チェシャ猫
Cheshire Cat
女王
Queen

雪乃
Yukino
シロウサギ
White Rabbit
葛木 亜莉子（アリス）
Katsuragi Arico（Alice）

ネムリネズミ
Dormouse
ビル
Bill
帽子屋
Mad Hatter
ストロベリージャムパン
Strawberry Jam Pan
ハリー
Harry
包帯女
Dressing Woman

歪《ゆが》みの国のアリス

執筆／狐塚冬里
原案／サン電子株式会社（ナイトメア・プロジェクト）
イラスト／vient

PHP

目次

アリス　僕らのアリス
あなたの腕を　足を　首を　声を　僕らにください
あなたを傷つけるだけの世界なら捨ててしまって
ちぎれた体は狂気に包まれて穏やかに眠る
さあ、覚《さ》めることのない悪夢をあなたに――……

第一章　終わらない放課後

ゆっくりと息を吸い込み、吐きながら目を開けた。

視界は不明瞭《ふめいりょう》でどこかぼやけている。瞬《またた》きを何度か繰り返してもまだ頭がうまく働かず、ようやく自分がうたた寝をしていたのだと気がついた。

自習室はとても静かだった。誰かが本を捲《めく》る音すらしない。窓から差し込む攻撃的な夕日の色を、白いカーテンが柔らかく包み込んで室内を淡く染めていた。

——何か夢を見ていたような気がする。

しかし、思い出そうとしても何も思い出せない。もしかしたら、夢など見ていなかったのかもしれない。それとも、今もまだ夢の中？

夢でないとしたら、なぜ三日月を横にしたような口が目の前にあるのか意味がわからなかった。

薄く開かれた口からは、黄ばんだ鋭い歯が見えている。亜莉子《ありこ》はまだはっきりとしない頭を傾《かし》げた。

ああ、大きな口だなあ。赤ずきんちゃんを食べる狼の口みたい……。

狼なら、口が耳の下まで裂けていてもまだわかる。狼はそういう生き物だから。

やはりまだ夢を見ているのかもしれない。でも、たまに思う。

——夢と現実の違いは、いったい誰が決めるのだろう。

今度はさっきとは逆の方向に首を傾げようとした時、

「おはよう、アリス」

目の前の三日月型の口が言った。

「!!」

反射的に体を後ろに引いたせいで、椅子からずり落ちそうになる。まだ、何が起こったのか理解出来《でき》ていなかった。

その人はまるで体育座りをするように手足を折りたたみ、机の上に座っていた。灰色のフードを目深《まぶか》に被《かぶ》っているせいで顔は見えない。見えているのは、あの耳元まで裂けた口だけだ。三日月型のせいか、その口はにんまりと笑っているように見える。ただそれは愛想がよく見えるといった類《たぐ》いの笑みではなく、気味の悪いそれだった。顎《あご》のラインは細く女性的にも見えるが、声の低さからすると男性のようにも思える。

亜莉子は相手を刺激しないように静かに立ち上がり、距離を取った。

先生たちは何をしているのだろう。こんな見るからに不審な人物を学校に入れるなんて。誰か人を呼ぼうとしたが、あいにく室内には亜莉子たちのほかに誰もいなかった。

「あれ、雪乃《ゆきの》は……？」

テスト勉強をしようと一緒に来たはずの友人の姿が見当たらない。まだ寝ぼけているのかと雪乃を探そうとする亜莉子を遮《さえぎ》るように、

「ユキノはいないよ」

とフードを被った男が言う。その得体の知れない不気味さに、亜莉子の足は勝手に一歩下がっていた。

「……先に帰っちゃったのかな」

ひとり言のつもりだった。だがそれにまた同じ返事が繰り返される。

「ユキノは、いない」

にやにやと笑う口。足に力を入れていなければ、逃げ出してしまうところだった。それほど、異様な雰囲気があった。

「……あ、あの……じゃあ、私も帰りますね……」

無視するわけにもいかず、曖昧《あいまい》な愛想笑いを浮かべて机を離れる。

男に背を向けるのにはかなりの勇気が必要だが、ずっと睨《にら》めっこをしているわけにもいかない。

亜莉子は努めてゆっくりとした歩調で自習室のドアまで向かった。早くここを出て先生に知らせないと。変な人がいるって。

引き戸に手をかけたところで、亜莉子は後ろを振り返った。そして後悔する。怖い物見たさという出来心は、後悔しか生まない。

目と鼻の先に、男は立っていた。

「キャアアッ!?」

まるで亜莉子にぴたりと寄り添うように。

勢いよく飛び退《の》いたせいで、背中がドアにぶつかり大きな物音を立てた。心臓が痛いくらいにばくばくと脈打っている。

近寄って来る足音なんてしなかった。いくら緊張していたとはいえ、これだけ近くに来られれば気づいたはずだ。

膝が震え、亜莉子はその場にずるずると座り込んだ。男はただにんまりと笑い、亜莉子を見下ろしている。

「な、なな何かご用ですか!?　あなただれ……!?」

動揺し過ぎて、声が震えていた。

「僕はチェシャ猫だよ」

「チェ、チェシャネコさん？　……外国の人？」

「さあアリス、シロウサギを追いかけよう」

「は……ウ、ウサギ？」

言葉は通じるようだったけれど、話は通じそうにない。どうして突然ウサギが出てくるのかと、亜莉子は眉根を寄せた。

「ウサギを……探してるんですか？」

ウサギでも猫でも構わないから、もう少し離れてほしい。

亜莉子は背をドアに押し付けどうにか距離を取ろうとしたが、男はそれに気づいているのかいないのか、近い距離を保ったまま小首を傾げるだけで一向に離れてはくれない。

「僕は探していないよ。アリスが追いかけるんだよ」

やはり、会話が噛み合わない。亜莉子は自分の方がおかしいのだろうかと不安になりながらも、どうにか会話を成立させようと次の質問を口にした。

「……アリスって？」

「きみだよ」

「ちっ……違います！　私、アリスじゃないです！」

激しく首を横に振ってから、ああ、そうかと思い至る。

「なんだ、人違いなんですね」

それなら、会話が通じないわけも、この近すぎる距離も……なんとか納得出来る。亜莉子がほっと吐息をつくと、

「違わないよ。僕らはアリスを間違えたりしないよ」

何をおかしなことを、といった口調で男が反論する。

「でも私はアリスじゃないんです」

「アリスだよ」

「いえ、違いますってば！　わ、私は葛木《かつらぎ》亜莉子っていうんです」

「………」

夕日を背に立っているせいで、こんな近くにいるのに男の表情は逆光になりよく見えなかった。ただ、納得していないことだけは空気でわかる。

「そりゃちょっとアリスと音は似てますけど、私、生粋《きっすい》の日本人だし、英語もかなり苦手だし、えとだからつまり……私はアリスじゃないんです！」

「………」

首を傾げたまま亜莉子を見つめていた男は、ようやくこくりと頷《うなず》いた。よかった。これで誤解が解《と》けた。

「じゃあアリス、シロウサギを追いかけよう」

「!!」

亜莉子は言葉を失って男を見上げた。この人、まるで話を聞いてない。一生懸命説明をした自分の努力の報《むく》われなさに開いた口が塞《ふさ》がらない。

男は悪びれた様子もなく、亜莉子を見下ろしていた。見上げた先には、相変わらずにんまりと笑う口が見える。それより上の部分には暗い暗い闇しかなかった。

視線をぎこちなく外そうとした時、その闇が音もなく近づく。

吸い込まれてしまいそうな闇に見入っていると、男が亜莉子に向かって手を差し出した。その瞬間、亜莉子はそれを払い落としていた。小気味よい音が室内に響く。

しまった、やりすぎた。そう思っても、もう遅い。男は叩き落とされた手をじっと見つめている。怒らせたのかもしれない。

「ごごごごめんなさい、でも、あの、もう帰らないと遅くなるし……!」

後日また改めて、と逃げるように背をドアへと押し付けると、再び男の抑揚《よくよう》のない声が降ってきた。

「……消えろってことかい?」

正直に言えば、今すぐ消えてほしい。

でも、さすがにそれを口にするのは憚《はばか》られ、何も応えられずにいると、男も黙ったまま亜莉子を見下ろしてくる。刺されたり、しないよね?

表情がわからないから想像だけがたくましくなってしまう。今日の夕刊の一面に自分の記事が載るところまで想像が進んだ時、ずきっと脇腹が痛んだ。一瞬、本当に刺されたのかと脇腹を見下ろしたが、制服に穴が空いていることも、血が出ているようなこともない。想像しただけで痛いと思うなんてどうかしてる。

沈黙が恐ろしくて目をきつく閉じると、男はようやく口を開いた。

「僕らのアリス、きみが望むなら」

どこか満足げな、芝居がかった口調。目を開けて絶句した。

——消えている。

床まで届く灰色のローブが、膝辺りまで消えていた。あまりのことに何も言えず、その様子を亜莉子はただ見つめることしかできない。男の体は下から上にどんどん消えていく。やがて三日月型の口が消え、綺麗さっぱり跡形もなく、消えてしまった。

「え……な、なんで!?」

自分で自分の目が信じられない。確かに消えてほしいとは言った。言ったけれど、誰がこんな消え方を予測するだろう。

ドアに手をついて体を支えながら立ち上がり、今の今まで男が立っていた場所をじっと見つめる。どんなに目を凝《こ》らしても、男がいた痕跡《こんせき》は何も残っていなかった。

……帰ろう。理由はわからないけれど、きっと疲れているのだ。

それ以上考えることを拒否しドアに手をかける。

「……どうなってるの……？」

廊下に出た亜莉子は、再びその場にへたり込んだ。

……廊下が長いのなんて知っていたけれど、問題はそこではない。

その廊下には、『果て』がなかった。

恐る恐る視線を動かして、息を詰める。すぐ隣にあったはずの階段もなくなっていた。今はただ平凡なクリーム色の壁があるだけで、これではどうやって外に出たらいいのかもわからない。

縋《すが》るような気持ちで後ろを振り返ったが、誰もいない自習室に戻る気にもなれない。ドアに掴まりなんとか立ち上がった亜莉子は、仕方なく廊下へと足を踏み出した。

廊下の右側には規則正しく窓が並び、真っ赤な夕日色に廊下を照らしている。左側には同じように等間隔で教室のドアが並んでいる。先生はおろか、生徒の姿すら見当たらない。それに何の音もしなかった。

窓の外を見下ろすと、前庭と街並みが見える。見慣れたその風景に、何故か違和感を覚えた。しばらく見つめていて、ようやくその理由がわかる。

——静か過ぎるのだ。

放課後だというのに、はしゃぐように帰りを急ぐ生徒の姿がない。今いる場所が四階なので街並みはかなり遠くまで見渡せるのだが、街の中を行き交う自転車や車の姿もひとつも見つけられなかった。

たまたま、生徒がいないタイミングで、たまたま、車が少なくて見当たらないだけかもしれない。

窓を開けさえすれば、生徒の喧騒《けんそう》と街の生活の音がきっと聞こえる。そう思ったけれど、窓を開ける気にはならなかった。

　亜莉子は視線を左側に向ける。こんなにもたくさんの教室があったなんて、今まで知らなかった。ドアの上のプレートには何も書かれていない。

　毎日通っている学校、いつもと同じ放課後、亜莉子が住んでいる見慣れた街。亜莉子が一番慣れ親しんだ場所のはずなのに、よそよそしい空気に満ちている。私はここにいてあってる？　不安な気持ちを抱えながら、廊下を進んでいく。

♠♥♦♣

……廊下はいくら歩いても終わりがなかった。

　亜莉子はいくつ目かの教室で勇気を出し、後ろ側のドアに手をかけた。後ろであることに何ら意味はない。前から入るのは少し気が引けるというそれだけの理由だ。

　どうせここにも誰もいないだろうと断りもなしに扉を引いたが、予想に反して教室の真ん中にぽつりと佇《たたず》む後ろ姿があった。世界から人が消えてしまったわけではなかったんだ、とほっと吐息が漏《も》れた。

「あの……！」

　反射的に駆け寄ろうとしたけれど、妙なものに目を吸い寄せられて足が止まる。その人は青いワイシャツとスラックスを身につけており、服装だけ見ればサラリーマンのように見えた。しかし、亜莉子の足を止めたのはその服装のせいではない。

その人の頭はふわふわと白い体毛で覆《おお》われ、頭のてっぺんから長い耳が二本生えていた。どう見ても、それは『ウサギの頭』だ。

体はどう見ても普通なのに頭だけウサギだなんて、どういう趣味なのだろうと知らず眉根が寄った。

さらによくよく目を凝らして見ると、向こう側の景色がうっすらと透けて見えた。半透明の人間だなんて、非常識だ。とはいえ、やっと見つけた人だ。どんなに非常識でも誰もいないよりはいい。

「あ、あのう……」

亜莉子は教室の隅を通って正面へと回り込む。まだ、この時はウサギの着ぐるみか何かだろうとちょっと期待していた。

でも、その期待はあっさりと裏切られた。

ウサギの頭は作り物ではなかった。正面から見た顔も白い体毛に覆われ、草食動物らしく前にゃや突き出た鼻は赤い。つぶらな赤い瞳も、どう見てもウサギそのものだ。

だが問題は顔よりもその手だった。手も、恐らくは顔と同じように真っ白な毛で覆われているのだろう。だろう、というのは手全体が真っ赤に染まっていたからだ。

その色はまるで――血のように見えた。

ウサギは亜莉子の方に見向きもせず、腕に抱いた人形をあやすように体をわずかに揺らしていた。

人間の赤ちゃんほどの大きさの人形だ。

亜莉子はよく見ようと目を細めて、その不気味な形態に口元を抑えた。

赤ん坊特有の水気を含んだぷっくりとした体。人形は、その胴体しかなかった。頭も、腕も、足もない。

それを大事そうに抱き、ウサギは歌っていた。

ウデ　ウデ　ウデ
ウデはどこだろ
ウデがなくっちゃ
僕にふれてもらえない

ウサギの手から伝った血が、人形の腹を滑り床へと落ちる。鮮やかな赤は今流されたばかりのものに見えた。

「足りないなあ」

ぽそりと零《こぼ》された呟きに、亜莉子の肩が震えた。

床に落ちた血から、視線をウサギへとゆっくり戻す。目が合うのではと恐れていたが、ウサギは亜莉子の方ではなく、どこか遠くを見つめていた。もしかしたら、亜莉子がいることすら気づいていないのかもしれない。

「だめだめ、足りない……急がなきゃ……」

ぶつぶつとひとり言を零しながら、白いウサギは覚束《おぼつか》ない足取りで扉に向かって歩き出した。半分透けた体は机を擦《す》り抜けていく。信じられないことばかりが、目の前で起きていた。

閉ざされたままの扉を通り抜ける直前、完全に固まってしまっていた亜莉子の耳にウサギのかすかな呟きが届く。

「アリス……」

何か反応を示す間もなく、ウサギはドアをするりと通り抜けて消えた。

今見たものは、なんだったのだろう。ウサギの幽霊？　それとも幻覚？

……まだ、夢を見ているのだろうか。

亜莉子は、ふらふらと今までウサギが立っていた場所に近寄った。そこには、確かにウサギがいたのだと主張するように、赤い水溜まりが出来ている。夢でも、幻でもない。

血溜まりから、ぽつりぽつりと血の跡が前の扉へと続いていた。それを追うようにして扉を開けると、その跡は廊下の奥に点々と続いている。

廊下の果ては相変わらず見えない。

考えるよりも先に、足が動き出していた。まるで血に誘われるように、亜莉子は廊下の奥へと歩き出す。

♠♥♦♣

いくら歩いても、廊下の果ては訪れなかった。

同じ景色も見飽きて、恐怖心よりも疲労感が上回り始めた時、ようやく廊下の終わりが見えて来た。一瞬喜んでから、喜んだ分だけがっかりする。

廊下の果ては、行き止まりの壁だった。

こんなにたくさん歩いて来たのに……。溜息をつきかけた時、その壁の下の方に小さな扉があるのを見つけた。

高さは二十センチくらいだろうか。猫専用のドアみたいな小さな扉だった。でも、普通のドアのようにノブにまで凝った細工が施《ほどこ》されていた。

どうしてこんなところにこんなに小さなドアがあるのか。わからないまでも指先でノブを回してみると、カチャリと音を立ててドアが開く。

床に這《は》いつくばるような姿勢で覗《のぞ》くと、ドアの向こう側も亜莉子が今まで歩いて来たのと同じような廊下が続いていた。だが、ひとつだけ決定的に違うものがある。

小さなドアの向こう、その廊下の先には階段が存在していた。

このドアの向こう側に行ければ階下に行ける……！　階下に行ければ、外に出られるかもしれない！

期待に胸を躍らせて顔を上げ、改めてドアの小ささを目《ま》の当たりにした途端、急激に期待が萎《しぼ》んでいく。こんなに小さなドア、通れるはずがない。

制服についてしまった埃《ほこり》を払いながら立ち上がり、辺りを見回す。

このドアを通ることはできないということは、階段にも辿り着けないということだ。それなら、教室にあるカーテンを結び繋いで、それを辿って窓から外に出るのはどうだろう。

でもここは四階。

四階から落ちたら……死ぬ、かな？

現実味のないことを考えながら、亜莉子は一番近い教室のドアを開けた。

「あれ」

視界に飛び込んできたピンク色のペーパーフラワーと、色とりどりの折り紙で作られた鎖の飾りに足を止める。机と椅子は全て教室の後ろの方に寄せられ、前方に空間が出来ていた。稚拙《ちせつ》な飾り付けといい、まるで小学校のお誕生日会かお別れ会のようだ。なんだか懐かしい。

どこか浮かれた雰囲気の教室は、誰もいないせいで少し寂しげな空気が漂っていた。

黒板にも様々な絵が描かれていた。どれも上手《うま》いとは言えなかったけれど、頑張って描いた感じが伝わり、微笑《ほほえ》ましくすらある。その真ん中に大きく書かれた文字が、赤く濡れた色をしていなければ。

おかえり
僕らのアリス

まるで、たった今書かれたみたいに、全ての文字から赤い色が垂れてきていた。そのせいでお化け屋敷の看板みたいに見える。

「アリス……」

今日はよく聞く名前だ。亜莉子は黒板を見上げながら、呟いた。

飾り付けに気を取られていたせいで気づかなかったが、教壇の上には大きめの蓋付きバスケットが置かれていた。

近づいてみると、バスケットの上には『私を食べて』と書かれたカードがおいてある。何か食べ物が入っているのだろうか。

「!!」

何の気なくバスケットの蓋《ふた》を開け、中に入っていたものを見た瞬間……亜莉子は一目散に廊下へと駆け戻っていた。

廊下に出て、乱れた呼吸を繰り返す。今見たもの。

──あれは、腕だった。

肘《ひじ》から切断された、白い腕。

少しでも教室から離れたくて無我夢中に廊下を走り、息が苦しくなってようやく足を止めた。途端に足が震えてきて、そのまま廊下にへたり込んだ。荒い呼吸の中、肺から血の味がする。

さっきの……何？

柔らかそうだった。その丸みと大きさのせいか、子供の腕に見えた。切断面は赤々と濡れていた。

まさか。そんな。

こみ上げる吐き気に、口を押さえ込む。

「廊下は走らないんだよ、アリス」

「きゃあッ」

突然聞こえてきた声に、亜莉子は悲鳴を上げながら振り返った。

けれど、そこには誰もいない。

「こっちだよ」

声は上から降って来た。声のした方を見上げると、掃除用具が入れられたロッカーの上に、ぼろ雑巾のような灰色の布の塊《かたまり》と三日月型の口が見えた。自習室で出会った、チェシャ猫と名乗った男だとすぐにわかる。

「そ、そんなとこで……何してるんですか……っ！」

ロッカーと天井の隙間はわずかしかない。どうやってあんな場所に乗ったのだろう。体を縮こませて、窮屈ではないのか。ただでさえ心臓がばくばく言っているのに、これ以上驚かせないでほしい。

「どうしたんだい、アリス。お腹が空《す》いたのかい？」

音もなく、チェシャ猫がロッカーから飛び降りた。

「す、空いてないです！　そんなことより、あっちに人の腕が……!!　どうしよう、そうだ、警察に一一〇番しないと……!!」

慌《あわ》てふためく亜莉子を、チェシャ猫はにんまりと笑んだまま見下ろしていた。まるで動じていない。

「あの……私の話、聞いてます!?」

「もちろんだよ。アリスの声はどこにいても聞こえるよ」

その割りには落ち着きすぎだ。……もしかして、感情があまり表に出ないタイプなのだろうか。

目の前の人を信用しているわけではないが、他に話せる相手もいない。

「……どうしたらいいでしょう……あんな……」

……切断された腕なんて見つけちゃって。

言葉にするとまた気分が悪くなりそうで、途中で言葉を呑んだ。

チェシャ猫は理解しているのかいないのか、うんうん、と頷く。

「シロウサギを追いかければいいんだよ」

「ウ、ウサギ!?」

「さあ行こう」

「今はウサギがどうとか言ってる場合じゃないでしょう!?」

腕の話をしていたのに、どうしてウサギが出てくるのか。そういえば、自習室で会った時もウサギがどうのと言っていた。あの時と同じで、やはり話が通じないのかもしれない。

何を言ってもにまにまと笑うばかりのチェシャ猫を前にしていると、不安がさらに膨《ふく》らんでいく。

沈黙に堪えきれず、無駄とわかっていながらも再び質問をした。

「ねえ、どうしてだれもいないの？　何があったの？　あなたは知っていますか？」

チェシャ猫は何も答えない。

「どうして廊下が伸びてるの？　どうしてドアがあんなにちっちゃいの⁉　あんなのどうやって通れって言うの‼」

答えの返ってこないもどかしさに、叫びそうになる。八つ当たりだとわかっていても止まらない。

だが、チェシャ猫は大きくひとつ、頷いた。

「小さいドアが通りたいんだね」

「え……や、そういうわけじゃなくって、私はただ――」

帰りたいだけ。最後まで言わせてはもらえず、「おいで」と言うなりチェシャ猫は滑らかな動作で歩き出してしまった。

「ちょ、ちょっと待ってくださいっ、ねえ！」

慌てて声をかけたけれど、チェシャ猫は振り返りもしない。灰色の背中がどんどん遠くなっていく。

そっと後ろを振り返ると、誰もいない廊下が長く、どこまでも伸びていた。ぞっとした。

ここにひとり残されるのと、見るからに怪しい男について行くのはどちらが賢明だろう。

――きっと、答えなんていくら考えても出ない。だから、待ってとチェシャ猫を追いかけた。

♠♥♦♣

本当について来て良かったのだろうか。

無言で歩き続けるうちに再び不安に苛《さいな》まれる。迷い始めた時、ふいにチェシャ猫が立ち止まり、
亜莉子はその背中に勢いよくぶつかってしまった。

「ご、ごめんなさい」

謝りながら顔を上げると、チェシャ猫が立ち止まっていたのはあの飾り付けられた教室のドアの前だった。

「だ、だめ！　入らない方がいいです！　だって、腕が……！」

「大丈夫だよ、アリス」

「だからアリスじゃないの！　ねえってば!!」

亜莉子の制止などおかまいなしで、チェシャ猫はするりと教室に入っていった。後に続こうなんて思うはずがなかった。もう二度と見たくない。

それなのに、どうして。

「アリス」

チェシャ猫の手には、あの柔らかそうな千切《ちぎ》れた腕が。

「やだやだっ、そんなもの持って来な――ぐっ……」

吐き気を覚え、その場にうずくまる。胃の中にあるものを全て吐き出してしまいたい。それを必死に押しとどめようと歯を食いしばると、涙が滲んできた。

……もう、堪えきれない。

そう思った時、背中に優しく手を置かれた。俯《うつむ》いていたせいで見えなかったが、たぶんチェシャ猫の手だろう。その手が熱を帯びた気がしたのと同時に、吐き気が治まっていた。その不思議な感覚に首を傾げていると、「大丈夫だよ、アリス」と頭の上から声がした。

「大丈夫じゃないです……！」

切断された腕を見ないように、うずくまったまま喚《わめ》く。

「お食べ」

「……はい？」

のんびりとした口調で言われた言葉は、あまりに場違いだった。聞き間違いかと顔を上げて、すぐに後悔する。

白くてぷっくりした、可愛らしい腕が目に入る。切断面はグロテスクに赤々と濡れていた。あまりの生々しさに見ていられなくなって、亜莉子は慌てて目を背《そむ》ける。

「それを……食べろって……言ったの？」

「お食べ」

目眩《めまい》がする。

人の腕を——食べる？

どう考えてもおかしい。逃げだそうとしたが、足が震えて力が入らない。

這うようにして逃げようとする亜莉子の前に、チェシャ猫が屈《かが》み込む。

「さあ」

目の前に差し出される白い腕。

「いや……助けて、だれか……！」

声が震えた。必死に体を反転させようとして、けれどあっさりとチェシャ猫に手を掴まれた。

「美味しいよ」

「いやああっ！　離して!!」

亜莉子は自由になる方の手をめちゃくちゃに振り回す。何度もチェシャ猫に当たっているはずなのに、まるで動じた様子がなかった。

「何考えてるのよ！　に、人間の腕を食べろだなんて!!」

それも子供の腕を――！

人が人の肉を食べることを、カニバリズムというのだと何かで読んだことがある。目の前の男はそういった類いの人なのかもしれない。だが、亜莉子は違う。

なおも差し出される腕から必死に顔を背ける。何があっても人間の腕なんて口にしたくない。

「ニンゲンじゃないよ」

切迫した様子の亜莉子とは正反対の、間延びした声でチェシャ猫が言った。思わず叩く手を止め、チェシャ猫を見上げる。

「パンの腕だよ」

「パン？　パンって……食べるパン？」

チェシャ猫はやはりにんまり笑って、腕を差し出した。視線が、その腕に吸い寄せられてしまう。

柔らかそうな腕。軽く曲げられた指の関節には、細かなしわが見えた。指先には桜貝のような小さな爪もあって――。

パンであってほしい。そう思ってまじまじと見たのに、どれだけ見ても子供の腕にしか見えなくて泣きそうになった。

「やっぱり本物じゃない！　こんなリアルなパン作れるわけがないもの！」

嘘つき、と再びチェシャ猫を叩きながら責める。

「血だってついてるもん！」

チェシャ猫は、腕の切断面の方をじっと見てから、それを亜莉子へと向けた。なんてことをするの。

「嫌！　もういい、見せないで！」

目をきつく閉じて顔を背けた時、ふわりと覚えのある香りがした。

「……パンの匂い……？」

まさかと思いながらも、香ばしい匂いに誘われて片目をうっすら開ける。

「!!」

鼻のすぐ先に白い腕をつきつけられていた。指の方でも気味が悪いが、切断面を見せつけられて咄嗟《とっさ》に払いのけそうになる。しかし、あることに気づいて動きを止めた。

――あるはずのものが、そこにはなかった。

「骨がない……」

本来、骨があるはずの部分には、赤いどろりとした液体が詰まっている。血だと思い込んでいた液体に目を凝らすと、小さな黒い粒が混じっていた。亜莉子が知っているものより色味がかなり濃いが、この赤と黒のどろっとした液体には見覚えがある。

「……これ、血じゃなくて……ジャム？　いちごジャム？」

幾分落ち着きを取り戻して、血――だと思っていたジャム――が滴《したた》る断面を凝視すると、それは確かにパンのようだった。細かな気泡がたくさん見える。

「……ほ、ほんとに……パンなの……」

首を少しだけ捻《ひね》って外側を確認すると、やはり人間の腕にしか見えない。

「パンだよ」

「よ……よく出来てるね……」

この出来映えなら、蝋人形館ならぬパン人形館が作れそうだ。誰が見るのかは置いておいて。

「お食べ」

再び、チェシャ猫がのんびりと言う。

「い、嫌！　いくらパンだからって、こんなの食べられない！」

たとえものすごくお腹が空いていたとしても、嫌だ。

言外にそう滲ませて睨むとチェシャ猫は少しの間黙り込んでいたが、何も言わずに腕の肉――に見える――パンをむしり取った。

頭でパンだとわかってはいても、顔をしかめてしまう。

その千切ったパンをどうするのか――聞く間もなく、亜莉子の口の中に放り込まれた。

「う――!!」

反射的に吐き出そうとすると、チェシャ猫が亜莉子の口と鼻を片手で覆った。これでは吐き出すどころか息もできない。全力で暴れたが、鼻まで押さえていることに気づいていないのか、チェシャ猫の手は一向に外れない。その細い体のどこに、こんな力があるのだろう。

このままだと窒息して死んじゃう――!

どうにか息を吸おうとして、その反動で口の中にあった物を飲み込んだ。ごくり、と亜莉子の喉が上下するのを見届けてから、手が離れて行く。

大きく喘《あえ》いだのは、息が吸えたからじゃない。飲んでしまったショックからだ。目が勝手に、肉の一部を削《そ》がれた白い腕を追う。

「美味しいね」

よかったね、と続きそうな声に、カッと腹が立った。

味の問題ではない。確かに、適度な甘味を含んだパン生地はしっとりと舌触りがよく、そのバターの風味はしつこすぎず、けれど癖になるような風味豊かなもので、酸味のきいた甘すぎないいちごジャムがまた見事なハーモニーを奏で……と自然と溢れ出る味の感想を首を振って追いやり、

「た、食べたくないって私、言ったのに……!!」

猛然と抗議をしようとした時だった。

ぐらりと世界が揺れ、平衡感覚がなくなる。今まで何の問題もなく見えていた平凡な廊下が、飴

細工のようにぐにゃりと歪《ゆが》んだ。チェシャ猫の姿も、おかしな具合によじれている。

これはきっと、あのパンを食べたせいだ。人そっくりのパンなんて食べちゃったから……。

見る間に大きくなっていく三日月型の口を恨めしい気持ちで見上げているうちに、ふっと世界が暗くなった。

♠♥♦♣

気を失ったのかと思った。だけど、そうじゃない。目は開いたままだったし、意識もしっかりしている。

世界が暗くなったと感じたのは、亜莉子の上から何か大きな――あまり現実的ではないが――たとえば、大きな布のようなものが降ってきたからのようだった。何の布なのかわからないが、妙に分厚くて重さがあり、頭の上からどかすことができない。

その布と格闘しながら、亜莉子は適当な方向に向かって呼びかける。

「……あのう……チェシャ猫、さん？　そこにいる……？」

「なんだいアリス」

思いのほか近くから返事が聞こえてきてほっとする。怪しい人であることに違いはないけれど、ひとりぼっちにされるよりはよほどいい。

「ねえ何なの、この布。どうなって……」

布を両手で押し上げるのを諦め、頭に乗せたまま手を下ろした時だった。手が、足に触れる。生身の足に。

「きゃあああッ！」

「どうしたんだい、アリス」

悲鳴を聞いた人とは思えない、のんびりとした返事が布の向こう側から返る。

「な、なんで!?　なんで私裸なの!?」

相変わらず視界は真っ暗で何も見えない。けれど、触れればわかる。腕も胸も足も、何も身につけていない。脱いだ記憶もなければ、脱がされた記憶もどこにもないのに、亜莉子は裸になっていた。

混乱している間に、突然視界が明るくなる。反射的に上を見ると、頭上に巨大な三日月が浮かんでいた。

今日何度目かの悲鳴を上げ、咄嗟に自分の体を抱いてしゃがみ込む。

「チェシャ猫、後ろ向いてえっ！」

「どうしてだい？」

「いいから早く!!」

怒鳴るように言うと、ようやくチェシャ猫はくるりと背を向けた。三日月が隠れ、灰色のフードに覆われた後頭部が見える。

「目もつぶってて！　私がいいって言うまでこっち見ないで！」

「僕らのアリス、きみが望むなら」

チェシャ猫はあの芝居がかった口調で応じながら、素直に後ろを向く。

一方、亜莉子は激しく動揺しながら、元の布の下へと潜り込んだ。手探りで服を探したけれど、どこにも見当たらない。

それに、問題は服だけじゃない。

「なんであなたはそんなに大きいの……!?」

「大きくないよ。アリスが小さいんだよ」

「わ、私!?　私が!?」

暗い布の下で自分の体を見下ろしたけれど、暗くてよく見えなかった。でも、感覚的には特別おかしなところはない。

「小さいって何!?　何それ、どういうこと……!?」

「小さくなったんだよ」

だからその理由を聞いているのに。

会話の通じないもどかしさから意味のない言葉を重ねる亜莉子を制するように、チェシャ猫は殊更のんびりとした声を上げた。

「アリス、ゆっくりお話し。真実は逃げないよ」

──意味がわからない。わからないけど、一理ある。

亜莉子は何度か深呼吸を繰り返し、何が起こっているのか落ち着いて考えてみた。

チェシャ猫は亜莉子が小さくなったと言った。そんなことあるわけはないと思うが、頭上の布――見覚えのある濃灰色のそれは亜莉子が着ていたセーラー服とよく似ていた。

亜莉子だけが小さくなったから服が脱げ、その脱げたセーラー服もチェシャ猫も世界も異様に大きく見えている。矛盾はしていないと思う。一番大きな大前提がおかしいけれど。

「人間て縮むものじゃないでしょ!?」

「縮むものだよ、アリス」

あまりにも堂々と言われると、自分の方が間違っている気がしてくるから不思議だ。そうかな？そうだっけ？

「ストロベリージャムパンを食べればだれでも縮むんだよ」

「それってさっきの腕パンのこと？」

「そうだよ」

「……なんでパンを食べると縮むの？」

「縮むように出来てるからだよ、アリス」

「…………」

どうしてと聞いて、そういうものだと言われてしまえば、それ以上何も言い返せない。人間はパンを食べると縮む……ぐるぐると頭の中を非常識な考えが巡る。落ち着いているつもりでも、やはり混乱しているのかもしれない。

もう一度深呼吸をしようとして、盛大にくしゃみが飛び出した。

そういえば、さっきから裸のままだ。無意識に鳥肌の立った腕を擦《さす》る。

布の下からそっと顔を出して外の様子を窺《うかが》うと、大人しく後ろを向いたままのチェシャ猫の姿があった。こちらを見ていないのを確認してから、脱ぎ散らかされたセーラー服を物色する。スカーフに目をつけると、素早く解き、体に巻き付ける。特大バスタオルほどにもなってしまったスカーフは、簡単に亜莉子の体を隠してくれた。ひとまずこれで裸という状態は脱した。ほっとしながら改めて天井を見上げる。

どんなに見上げても、世界が大きすぎて視界に収まり切らない。それでも、遥か上空に見える大きなつるつるした白い物は、見慣れた蛍光灯に違いなかった。信じたくはないし、まだ信じられなかったけど……チェシャ猫の言うとおり、亜莉子が縮んだというのは事実のようだ。

よりによって、どうして自分がこんな目に遭うのかと大きな溜息が零れる。廊下は果てがないし、血だらけのウサギに会うし、腕そっくりのパンに驚かされた挙句《あげく》、それを食べさせられるし、縮んでいるし、その不可抗力とは言え素っ裸にもされた。そして……唯一出会った人は、亜莉子の話をまったく聞いてくれないから会話も成り立たない。

律儀にまだ背を向けているチェシャ猫を見上げ、また溜息をつきかけた時、ふと気づく。

——おかしなことが起きはじめたのは、全てこのチェシャ猫に出会ってからじゃないのか。

一緒にいると、ろくなことが起きない。よくよく考えれば、体が縮んだのは完全にチェシャ猫のせいだ。亜莉子にパンを食べさせ、小さくしてどうするつもりなのか。——ごくりと喉が鳴った。

逃げよう。足音を立てないようにチェシャ猫に背を向けた。

「どこへ行くんだい、アリス」

「‼」

危うく、叫ぶところだった。恐る恐る後ろを振り返ると、チェシャ猫は亜莉子に背を向けたままだ。それなのに、どうしてわかってしまったのだろう。

「ど、どこにも行かないわ」

「もうそっちを向いてもいいかい」

「だ……だめ」

「そう」

いいって言うまで、こっちを見ないで。その言葉をチェシャ猫は律儀に守っている。その素直さに一瞬ほだされかけたものの、慌てて首を横に振る。

チェシャ猫の後ろ頭を見上げながら、そろそろと距離を取る。つるつるした素材のスカーフがずり落ちそうで速く歩けず、気ばかりが急《せ》いた。

「どこへ行くんだい、アリス」

「べ、別に……どこにも行かないわ」

答える声が震える。チェシャ猫は相変わらず亜莉子に背を向けていた。それなのに、どうしてわかってしまうのか。

「もうそっちを向いてもいいかい」

「だ、だめ！　絶対だめっ！」

「そう」

やっぱり、おかしい。亜莉子はスカーフの裾をたくし上げると、足音を立てないように小走りで走り出した。

どこか行く宛てがあったわけじゃない。それでも、とにかくチェシャ猫から離れたくて走り出し、息が切れ始めたころ、前方に扉が見えた。さっき、小さすぎて入れないと諦めたあの扉だ。

今の大きさなら通れるに違いない。近くまで行くと、あんなに小さかったはずのドアは、ごく普通のサイズに見えた。

この扉の向こうには、階段がある。あれさえ下りられれば……。

「どこへ行くんだい、アリス」

「きゃあああッ!!」

スカーフの端を踏みつけ、つんのめるようにしてその場に転んだ。慌てて振り返ると、灰色のローブが視界いっぱいに見える。何の音も聞こえなかった。後をついて来ているなんて、まるで気づかなかった。

頭を大きく後ろに反《そ》らせて確認すると、チェシャ猫はまだ亜莉子に背を向けたままだった。

「もうそっちを向いてもいいかい」

のんびりとした口調に背筋がぞっとした。どう考えてもおかしい。確かにこっちを見るなとは言ったけど、だからと言って後ろ向きのまま追いかけてくるなんて。

「アリス、もういいかい？」

「っ……だめ！」

「そう？」

チェシャ猫は文句ひとつ言わずに頷いた。それがまた不気味だ。

後ろを時折振り返りながら亜莉子は歩みを進めた。チェシャ猫はというと、後ろを向いたまま音もなしにするするとついて来る。ローブが大きく揺れるようなこともなくて、どうやって歩いているのかまるでわからない。これでは、幽霊か妖怪のようだ。

「つ、ついてこないでください……！」

「どうしてだい」

「あなたといると良くないことばっかり起きるから！」

「でもアリス――」

「いいからついてこないでっ!!」

たまらず叫ぶと、ぴたりとチェシャ猫が歩みを止めた。

「……僕らのアリス、きみが望むなら」

相変わらず、その口調は穏やかで何を考えているのかわからない。怯《おび》えながら、亜莉子は足を速め、飛びつくようにして扉のノブを捻った。

この扉は小さい。あの人は通れないはずだ。

亜莉子は逃げるように、扉の向こうへ飛び込んだ。

♠
♥
♦
♣

背中で勢いよく扉を閉める。これで、あの人は追いかけて来られない。

ほっと力が抜け、背を扉に預けたままずるずると座り込んだ。

「もうやだ……なんで私がこんな目に遭わなきゃいけないの……？」

涙腺《るいせん》が緩み、目の前の風景がぼやける。ただでさえ縮尺がおかしくて不明瞭な視界が、ますます見えにくくなる。

――もう、嫌だ。

きつく目を閉じた時、

「どうしましたあ、お嬢さん？」

頭上からやけに明るい声が降ってきた。

間延びした口調に顔を上げて、そのまま固まった。そこには、亜莉子と同じくらいの大きさの動物が二本足で立っていた。あまりの大きさに、咄嗟に反応できない。

「何泣いてるんですかあ？」

再び警戒心のない声で巨大動物が言う。

「あああなた、だれ……!?　クマ!?」

「ちっ、違いますよう！　僕はハリネズミですよう！」

よほどクマに間違われたのがショックなのか、ハリネズミは激しく首を横に振った。

「ハリネズミ……?」

　確認するようにじっと見つめる。確かに、細く突き出た鼻先や白目のない黒いつぶらな瞳はクマには見えない。何より、背中を覆う剣山のような固そうな毛が、言われてみればハリネズミの特徴そのものだった。

　あまりに大きいし、エプロンなんてしているから気づかなかった。ハリネズミのわりに大きく見えるのは、自分の体が縮んでしまったせいだと数拍おいて気づいたが、そんなすぐに順応出来るはずもない。

　亜莉子は、目の前に現れた動物がクマではないことに安心しながら、質問を口にした。

「……なんでハリネズミが日本語喋《しゃべ》ってるの?」

「え」

「なんで学校にハリネズミがいるの?」

「え」

　ハリネズミは何も答えられず、口を半開きにしたままぽかんと亜莉子を見つめている。

「あの……」

「……えっ?」

　このハリネズミ、さっきから何を聞いても「え」しか言っていない。どうやら、ハリネズミから何か聞き出すことは諦めた方が良さそうだ。亜莉子以上に混乱し、悩んでいるのが見てとれる。これでは永遠に話が先に進まない。

「……もういいです、気にしないで」

「そうですかあ?」

表情の変化はないけれど、口調からしてハリネズミがほっとしている様子は伝わって来る。悪い人――ハリネズミ?――ではないのかもしれない。スーツを着たウサギもいるのだから、エプロンをしたハリネズミがいてもきっと不思議なことではないのだ。

簡単な質問なら答えられるかもと顔を上げようとして、ぎょっとした。ハリネズミの鼻がくっつきそうなほど近い位置にある。

「な、何?」

「え?　何がですか?」

何がも何もない。話をするには距離が近すぎる。それとも、ハリネズミには自分の鼻の長さがわかっていないのだろうか。

「ところで、お嬢さんはここで何をしてるんですかあ?」

ひくひくと少し湿った鼻を揺らしながら、ハリネズミが口を開く。頭を若干引いても、まだ近い。

「わ、私は……自習室で寝てたの。そしたらフードの……」

「ふんふん」

鼻息が顔にかかる。思わず一歩後ろに引くと、その距離だけハリネズミも近づいて来た。

「変な人が……」

「はあはあ、それで?」

一歩引いて、一歩詰められ、一歩引かなくても一歩詰められる。こんな距離では会話なんて出来るはずがない。

「あの、ちょっと顔近すぎ……」

やんわりと鼻先を押し返すと、

「え？　ああ、すみません、ついー」

気を悪くした様子もなく、ようやく一歩距離を開けてくれた。まだ少し近いけれど、これならどうにか話が出来る。

「それで、それで？」

親身に話を聞いてくれるのは有り難かったが、話している途中で面倒になってきた。チェシャ猫に会ったまではいいものの、そこから先は上手く説明出来る自信もない。

「……困ってるの」

非常にざっくりと伝えると、ハリネズミは真剣な表情で亜莉子の前に正座をした。

「小さくもなっちゃったし……」

「やだなあ、ちっとも小さくないですよう！」

確かに、ハリネズミからしたら小さくはないかもしれない。でも、だからと言ってこのサイズでは困る。

「もとの私はもっと大きいの！　私、もとの大きさがいい……」

「そうですかあ？　そのくらいの方が可愛いですよう」

優しい性質なのか、ハリネズミの慰《なぐさ》めるような口調に口元が緩みそうになったけれど、再び距離が縮まってくる鼻に笑みを引っ込めた。始終匂いを嗅《か》ぐようにひくつかせた鼻を向けられるのは、あまりいい気分ではない。

「……私、何か変な匂いする?」

「えっ、しませんよう、変な匂いなんて！　全然！」

「ならいいんだけど……」

首と手を大げさなほどに振られると、妙に嘘くさい。亜莉子は自分の腕に鼻を近づけて、すんと鼻を鳴らしたが何の匂いもしなかった。自分では気づいていないだけだったらどうしよう。

すると、ハリネズミが亜莉子の顔を窺《うかが》うようにして覗き込んだ。

「……あのー、お嬢さんひょっとして」

「え?」

ぴと、とハリネズミの黒い鼻先と亜莉子の鼻先がくっついた。ひやりとした触感に、ぎょっと頭を引いて鼻先を擦《こす》る。ハリネズミはそんな様子に頓着せずに続けた。

「アリスじゃないですか?」

ドキリと鼓動がはねる。ようやく、自分をアリスと呼ぶ人から逃げて来たというのに。

「ち、違います」

「ああ……違うんですかあぁ……」

大きく肩を落とし激しく落ち込まれると、さすがに申し訳ない気になった。大きさを度外視すれば、ちょっとだけ可愛いし同情してしまう。

「違うけど……チェシャ猫って人にはそう呼ばれてたわ。えっと、チェシャ猫って灰色の――」

説明しようとした言葉は、勢いよく肩を掴まれて吹っ飛んだ。

「じゃあアリスですねッ!?」

前のめりすぎる反応に、即座に後悔する。でももう遅い。

「だ、だから本当は違うんだけど……」

「いいえ、猫が呼ぶならアリスです!!」

きっぱりと断言され、亜莉子は目を丸くする。こんなにも強引な人違いは初めてだ。

「やっぱりなあ、そうだと思ったんですよ！　だって匂い――」

ピタ、とハリネズミが口を閉ざした。途中で会話を止められると、妙に気になる。

「匂いが……何？」

「え？　いえ、別に？」

白々しい返事だ。

「そんなことより、僕らのアリス！　お帰りなさい！」

「きゃあッ」

力任せに抱きつかれ、思わず悲鳴が漏れた。人に抱きつかれることに慣れていないのもあるけど、ハリネズミに抱きしめられたこともないし、どちらかというとクマに襲われているような気分に近い。もちろん、クマに抱きしめられたこともないけれど。

ハリネズミは思ったよりも怪力で、骨が軋《きし》んだ音を立てる。

「僕は幸運です！　アリスに会えるなんて最高です!!」

「いっ、いたたた」

「噂には聞いてたんですよう！　僕は若いのでまだアリスに会ったことなくって、もう会えないんじゃないかなんて親方には言われてたんですけど！　でも僕はずっと夢見てて、いつか絶対――」

束の間、黙り込んだかと思うと、くく、というような低い笑い声が聞こえた気がした。

「……い、今笑った？」

「え？　いえ、別に？」

「……そう？」

不穏な笑い声が聞こえた気がしたけれど、気のせいだったのだろうか。

「ね、アリス。ぜひ当店へお越しください！」

痛いくらいの抱擁《ほうよう》を解いたハリネズミは、今度はぎゅっと手を握り締める。

「当店って？」

「僕の親方《おやかた》がテーラーをやってるんですよう！　ぜひ寄ってってください！　親方にもわけてあげたいですし！」

「わけるって、何を？」

すっかり興奮してしまったハリネズミには、亜莉子の声は届いていないようだった。

「服だってご入り用でしょ!?　うちにはアリスの服がありますから！」

「アリスの服？」

何を聞き返しても、綺麗に無視される。

「さあさあ、ご案内しますね！　すぐそこですから！」

「うわ……っ」

ものすごい力で腕を引っ張られ、なかば引きずられるようにしてハリネズミの後についていく。

「でも、私お金持ってないし……」

「お金なんて要《い》りませんよう。お金なんてねえ！」

なぜか、ハリネズミはうっとりした顔で鼻をひくつかせるのだった。

♠♥♦♣

「はいっ、こちらですよう！」

ハリネズミに連れて来られたのは、例の階段を下りたところにある一階の教室だった。

体が縮んでしまったせいで、階段を下りるのは骨が折れた。なぜか二階と三階部分は閉ざされるように壁で塞がれており、立ち寄ることができなかったのだが、階段一段が身長とほぼ同じ高さだけある。それを四階から一階まで一段一段下りたのだ。ここまで辿り着けたのは、ハリネズミの手助けがあってこそだった。

「……ここって、被服室じゃない？」

高すぎて教室のプレートは見えなかったが、位置的にはそのはずだ。

「いいええ、仕立て屋ですよう！」

ほら、とハリネズミが指差したドアには、四階にあったものと同じような小さな扉があった。その脇に、**『したてや・服お作りしマス』**という看板が立っている。

「さあ、どうぞどうぞ」

促されて仕立て屋に入ると、中には大小の様々な洋服がてんでばらばらに吊《つる》されていた。人形サイズのものから天井に届きそうなほど丈の長いものまで、品揃えが豊富だ。これなら、今のサイズに合う服もあるかもしれないと期待する。

「こっちですよう、アリス！」

人間サイズの作業机には床から梯子がかけられており、ハリネズミは服の合間を縫って進みながら、軽々とその梯子を登っていった。

亜莉子も急いでその後を追う。

「遅いッ！　どこに行ってやがった！」

作業机に上がると同時に威勢のいい声が飛んできて、思わず首を竦《すく》めた。

「おまえがいねぇと針が足らねぇだろッ！」

巨大なまち針を手に、男の人が仁王立ちになっている。その後ろには、型紙をあてた布が広げられていた。

顔をよく見ようと目を凝《こ》らしたけれど、なぜかその顔は絆創膏《ばんそうこう》だらけで顔立ちがわからない。これではミイラ男ならぬ絆創膏男だ。またおかしな人が現れた……と亜莉子は軽く目眩を覚え、額に手をやった。

「すみませーん親方ぁ！」

ハリネズミは絆創膏男改め親方に駆け寄ると、おもむろに背を向けてぶるっと体を震わせた。どういう仕組みなのか、その途端に体中の毛が針のように鋭く立ち上がる。親方はその毛を何本か引き抜いて、型紙を布に縫い止めていく。その手には迷いがなく、まさしく職人のそれだ。

自分だって縮んだりして『普通』の状態ではないというのに、人を見た目で判断してしまったことを少しだけ反省する。しばらく作業を見つめていると、ふと親方と目が合った。

「ん？　なんだ、嬢ちゃん。だれだ？」

「ああ、そうです！　そうなんですよう！」

亜莉子が応えるより先に、ハリネズミが嬉しそうにぴょんとその場で跳ねる。その拍子に、体の針が親方の手に突き刺さった。

「いッてェ!!」

「ああっすみません、親方ぁ!!」

「おまえなァ！　いつもいつも!!」

「ごめんなさい、ごめんなさい!!　でもでも、そんなことより、お客様なんですよう！」

まだ怒り足りない様子だったけれど、親方は亜莉子の方を見てひとまずは拳《こぶし》を収めた。商売人の鏡だ。

「……らっしゃい！　何にいたしやしょ」

手もみ付きで言われ、思わずマグロと言いそうになるが、そうじゃない。

「あの、私、服を……」

「服ね！　オーダーメイドで最高の服をお作りしますぜ。どんなのがお望みで？」

「えーと……」

どうせなら可愛い服がと悩むより先に、ハリネズミが口を挟む。

「親方っ、服ならあるんですよう」

「あァ？　何、寝ぼけてやがる。この嬢ちゃんからは注文受けてねえだろ」

「違うんですよう。こちらアリスなんですよう！」

「あッ……アリスだとォ!?」

絆創膏に埋もれた親方の目が鋭く光った。

「ア……アリス……」

親方は雷にでも打たれたように、ふらふらと数歩よろめいた。

「あっ、いえ、私は――」

「お帰りッ、俺たちのアリス……!!」

感極まった様子で両手を広げ、親方が突進してくる。そのあまりの迫力に、亜莉子は思わず避《よ》けていた。

「あ」

まぬけな一言を残し、親方はその勢いのまま床へとダイブする。

「ああっ親方ぁ～ッ!?」

ハリネズミの悲痛な声が、後を追った。

♠♥♦♣

「ごめんなさい……」

よろよろと梯子を登ってきた親方に頭を下げると、

「い、いいってことよ」

と笑って許してくれた。案外、いい人なのかもしれない。おかしな人にばかり会ってきたから、心の中がふわりと温かくなる。

「しかしアリスに会えるとはなァ！」

目に感動を湛《たた》え、親方が亜莉子を見つめた。ハリネズミもそうだが、ここまで歓迎されると訂正しにくい。

「親方親方っ、アリスに服を出してあげてくださいよう」

「おおっ、そうだな！　よし、倉庫から取ってくるからな。アリスはちっとそこで待っててくんな。おいハリー！　手伝いなっ！」

「はあいっ！」

親方はハリーと呼んだハリネズミを従えて机を降り、ドア続きの隣の部屋へ向かった。どうやら、被服準備室が倉庫になっているらしい。

よくわからないけれど、服をもらえるようだ。スカーフだけでは心許《こころもと》なかったこともあり、ほっとした。

♠♥♦♣

……待てど暮らせど二人は戻ってこなかった。服を探しているだけにしては、遅すぎる。何をしているのだろう。――何か困っているのかもしれない、と亜莉子は二人を追って倉庫へと向かった。

被服準備室に続くドアに近づいたところで、わずかに開いたドアの隙間から、親方とハリーの声が聞こえてきた。

「……ずいだろ……」

「……けど……ンス……」

「……めだ……女王に……」

「……噂どお……なら……」

中を覗くと、二人はまるで内緒話でもするみたいに頭を付き合わせていた。いったい、何の相談だろう。

「あのう……」

「うわあぁッ!?」

声をかけた瞬間、叫び声を上げながら親方が飛び上がった。

「アアアアリス！　どどどどどうしたァ!?」

「そ、そっちこそどうしたの？」

「別に!?　何にもッ!?」

どう見ても『別に』という反応じゃない。だけど、それに突っ込むのも申し訳ないほどの狼狽《ろうばい》ぶりに、亜莉子は話の矛先《ほこさき》をずらすことにした。

「何かお手伝いすることあるかなって思って」

「なななないっ！　全然ない!!」

「そう？　でも……」

「い、いいから、いいからアリスは外で待っててくんな！　すぐに用意するからなっ！　なっ!?」

肩を掴まれ、なかば追い出されるような形で外に出されてしまった。

「親方ぁ、やっぱりひとりじゃ持てませんよう、手伝ってくださいよう！」

「お、おう」

中から聞こえたハリーの情けない声に返事をし、親方はぎくしゃくしながら中へと戻って行った。

少しだけ開いていた扉も、パタリと閉じられる。

……いったい、何なのだろう。

仕方なく外で待っていると、やがて二人は大きな白い箱を運んできた。

「お待たせしましたあ」

箱は今の亜莉子から見ると敷き布団を二枚並べたくらいの大きさがある。これが亜莉子の服だと言うのなら、きっと中身は十二単《ひとえ》とかそういった類いのものに違いない。

「これ……？　随分と大きくない？」

「いや、これがアリスの服だからな」

親方に言われてハリーが蓋を開ける。中には深い緋色の服と白い布、黒い靴が入っていた。よく見ようと親方の傍《そば》に近づいて服を見下ろす。

「……やっぱりすごく大きいと思う。子供服みたいだけど、今の私にはそれでも大きいわ」

「………」

「……聞いてる？」

返事がないので顔を上げると、バチリと視線が合った。

「あッ……や、っ……お、大きくない、大きくないっ!!　全っ然大きくねェぞッ!!」

慌てたように親方は頭をすごい勢いで横に振る。その鼻が、ハリーみたいにひくついていて首を傾げた。やっぱり、何か臭うのかな。

「親方、試着室へ運びましょうよう」

「お、おうっ」

ハリーにせっつかれ、二人は被服室の一角にある試着室へと服を運び入れた。絶対に大きすぎるといくら言っても、聞いてもらえない。結局押し切られ、亜莉子も試着室の中に入った。試着室は普通の人間サイズなので、えっちらおっちらとハリーが懸命にカーテンを引く。最後にニコッと笑いかけてから、ハリーはカーテンを閉め切った。

亜莉子は後ろを振り返り、どう見ても大きい服を見下ろす。言っても聞いてもらえないなら、実際に着てみせて無理だとわかってもらうしかないだろう。溜息をつきながら服を引っ張り出すと、ワンピースのようだった。三、四歳の子供サイズだ。

ワンピースの下がやけにごわごわしていて手を突っ込む。引っ張り出してみて、慌ててまたそれをワンピースの内側へと戻した。下着だった。

どうしてこんなものまで用意されているのだろう。子供服に必要なものじゃないし、これではまるで、亜莉子が丸裸になることを予想されていたようで――気味が悪かった。

とはいえ、サイズが合わなければどちらにせよ身につけることはできない。溜息を零《こぼ》しながら袖に腕を通そうと試みる。もちろん、本気で着ようと思っていたわけじゃない。袖だけで体がすっぽり入りそうな大きさなのだから、着るも何もない。とにかくぶかぶかなところを親方たちに見せれば納得してもらえると思っていた。

けれど、投げやりな気持ちで腕を袖部分に入れた瞬間、布地がまるで吸い付くように縮まって亜莉子の腕のサイズに変化してしまった。動揺しながらもう片方の腕、体と布の中に入れていくと、あんなに大きかったはずの服が、最終的にぴったりのサイズに変化していた。

仕組みはまったく理解できなかったけれど、考えるのはやめる。たぶん、いくら考えても答えなど出ない。世の中は自分が思っているよりもずっと不思議に満ちているのだと、今日だけで一生分くらい体験している。

　無理矢理納得しようとしていると、カーテンの向こう側からひそひそ声が聞こえてきた。

「……一本ぐらい……」

「……におい……しょ……」

「……猫が……」

「……極上の……あじ……」

「……じょうぶ……」

　声が小さすぎて断片的にしか聞こえない。いったい何の話をしているのだろう。もう少し近寄ればば聞き取れるかもと一歩近寄った時、

「どうですかあ？　アリス」

　ふいに声をかけられて慌てふためいて後ろに下がった。盗み聞きをしていたせいで、胸がばくばく脈打っていた。

「は、はい！　あ、いや……もう少し待って！」

　中途半端に身につけていた服を一度脱ぎ、今度は下着から同じように腕を通してみる。やはり腕を紐に通した途端に生地が縮み、ぴたりと体にフィットした。未来の洋服のようで慣れてしまうとすごく便利だ。

　ワンピースを着直し、その上から白いエプロンをつける。用意された靴まで履き終えてから、鏡と向き合った。

鏡には緋色のエプロンドレスを着た自分が、映っている。服というより衣装と言われた方がしっくりくる、メルヘンチックなデザインだ。少し、可愛い過ぎるくらい。

「アリス、よろしいですかあ？」

また、ハリーの声がした。仕方なく、「はい」と返事を返す。

……気恥ずかしいとか言うのは贅沢だ。裸よりはずっといい。

カーテンが開かれ、ハリーが嬉しそうに手を叩いた。

「ああ、お似合いです、お似合いですう！」

褒《ほ》めながらも、さっと後ろに回ってエプロンのリボンをテキパキと結び直してくれる。

「やっぱり……アリスはこうでなくっちゃなァ」

親方は嫁に行く娘を見るように頬を緩ませた。

「……変じゃない？」

「ちっとも！　むしろアリスはそのカッコでないと、こっちが落ちつかねェや」

「……良くわかんないけど、ありがと」

二人から手放しで褒められると、お世辞だとわかってはいても悪い気はしない。

「それであの……お代、とかは？」

ハリーはいらないと言ってくれていたけれど、さすがにタダでもらうわけにはいかない。生地も良いし、それなりの値段がするはずだ。縮む機能なんてものまでついているから、払いきれるかわからないけれど。

「あー……それなんだがなァ」

なぜか口ごもる親方をハリーが押しのける。

「お代なんていいんですよう！」

小さな手をすりすりと擦り合わせる仕草が可愛らしい。

「お代はいいんですけどォ……その代わり一本もらえたらなって思って」

すりすりとハリーのごますりらしい動きは止まらない。

「一本って、何を？　私、今何も持ってないの……」

「やだなあ、持ってるじゃないですかあ！」

はしゃいだように、ちっちゃな手がバタバタと振られた。

「持ってるものならいいけど……。何を一本欲しいの？」

ピタ、とハリーが動きを止める。つぶらな目が期待するように輝いた。


「腕」


「……は、い？」

聞き間違えかと思った。

「腕、一本ください」

ハリーはちっちゃな手を差し出して、可愛らしく小首を傾げる。

「……は？」

「二本もあるんですから一本くらいいいでしょう、ね？」

嬉しそうな声で言いながら、ハリーが右腕を掴む。小さな手にも爪らしきものがあるのだと、初めて気づく。

「腕って……腕って……どういうこと？　腕なんか何するの……？」

思ってもみなかった要求に、頭がついていかない。

ハリーはちょこん、と首を傾げてから、またはしゃいだように両手をバタバタと動かした。

「やですよう、アリス！　食べるに決まってるじゃないですかあ」

「食べ……!?」

声がひっくり返った。冗談でしょうと引きつった笑いを浮かべたけれど、ハリーも親方もらんらんと目を輝かせている。それはまさに獲物を狙う目。

「おっ……美味しくないよ、私の腕なんて！　絶対美味しくない!!」

千切れそうなほど、首を振った。

「何言ってるんですか、アリス！　美味しいですよう！　アリスはー、すっごくいい匂いがするんですよう！」

二人はひくひくと鼻を動かして、うっとりと顔を蕩《とろ》けさせる。ハリーの言動で、さっきからやたらと匂いを嗅がれていた理由がわかり、ぞっとした。まさか、食べ物として見られていたなんて想像するわけがない。

「アリスの肉は甘くて蕩ける……この世にひとつの極上の肉……」

親方は恍惚《こうこつ》とした表情を浮かべながら、口端から零れているよだれをすすった。

本気だ。この人たちは本気で私を食べようとしてる。

逃げだそうとした瞬間、親方に腕を掴まれ床に引き倒された。

「ッ……!!」

強《したた》かに顎を床に打ち付け、痛みに涙が浮かぶ。

「大丈夫ですよう、アリス。すぐ済みますから！」

宥《なだ》めるような、でも喜びを抑えきれずに少し上擦ったハリーの声がする。

何が、すぐ済むのか。

「親方、押さえといてくださいねえ」

頭上でシャキン、と聞き覚えのある音がした。視線を上げると、銀色の光がチカチカと反射している。

ハリーが手にしていたのは――巨大な裁断バサミだった。

まさか……あれで、腕を切るの？

血の気が引き、無我夢中で暴れる。けれど親方の力は強く、体を起こすことすらできない。

「やだッ！　嫌だッ！　腕はだめ！　腕はだめッ!!」

「あ、じゃあ足でも」

「足もだめッ！　全部だめ!!」

やだやだと暴れると、押さえ込む親方の力が強まった。

「だめですようアリス、動くと余計痛いですよう！」

「切ったらどっちにしても痛いじゃない！　ひどい！　親切だって思ってたのに……！」

おかしなことばかり起きて、不安で仕方なかった。そんな中、少しはまともな人に出会えたのかなと思っていただけにショックが大きい。

涙ぐんで睨むと、ハリーは酷く慌てたように首を振った。

「ぼ、僕らアリスが大好きなんですよう!!」

「じゃあこんなことしないでよ！」

「ほらー、よく言うじゃないですか、食べちゃいたいほど好きだって!!」

「それは言葉の綾《あや》なの！　本当に食べちゃだめなの!!」

「あ、あ……じゃ、せめて指一本ずつってなァどうだ？」

まるで子供のケンカを止めるような口調で親方が口を挟む。

「嫌です!!」

「アリス、心配ないですよう！　美味しく残さず食べますから！」

「そんなこと心配してるんじゃないわ……!!」

残されようと残されまいと、大切な体の一部を失うことに違いはない。

「ほらほら親方！　ちゃんと手ぇ押さえててくださいねー」

ぐっと体を押さえる重みが増した。親方の全体重で押さえつけられては、とてもじゃないがはね除けられそうにない。右手はハリーにぐいぐいと引っ張られ、その肩下に裁断バサミの片方の刃が差し込まれる。

目の前に、ギロチンを置かれている気分だ。

……嘘でしょう、こんなの。

亜莉子の目がこれ以上ないくらい見開かれる。いっそ気を失ってしまいたかった。でも、今気を失ったら、確実に腕を失くしてしまう。

「じゃ、いきますよう」

ハサミに切り落とされる前に、目をきつく閉じて死ぬ気で暴れた。

「嫌あッ、離して――!!」

「ぐえっ！」

「きゃあッ！」

決死の覚悟で放った膝蹴りが、親方のお腹に入った。ひとつ目の悲鳴はたぶんそれだろう。けれど、もうひとつ聞こえた悲鳴は――？

恐る恐る目を開けると、ハリーがハサミを構えたまま固まっていた。慌てて挟まれたままの腕を引き抜いてからよく見ると、ハリーの頭に黄色い花が咲いていた。

……本物の花ではない。プラスチックで象《かたど》られたものだ。

どうやら、暴れた拍子に親方の持っていたまち針が、うっかりハリーに刺さってしまったらしい。体の上からふっと重みがなくなった。顔を上げると、親方が後退《あとずさ》るような体勢を取っている。

「う」

奇妙な静寂の中、ハリーが小さく呻《うめ》いた。

「ううう……」

みるみるうちにつぶらな瞳が潤《うる》んでいく。

「ああっ！　泣くなっ！　泣くんじゃねェぞっ！」

親方は急に慌てだし、じりじりと後ろに下がる。半分体を起こしてみても、何が起きているのか理解できなかった。

「おまえは強い子だろっ？　それくらい我慢出来るよな？　な!?」

「うううう……!!」

柔らかそうだったハリーの背の毛が、一斉に逆立った。嫌な予感がする。

「よせ、やめろ！　落ち着けッ!!」

ハリーが体をぶるぶる震わせる。

これ以上の説得は無駄だと判断したのか、親方は身をひるがえすと脱兎《だっと》のごとく走り出した。何が起こるのかはわからない。でも、逃げなくてはいけないことだけはわかった。亜莉子も親方を追って走ろうとしたが、腰が抜けてしまって立ち上がることすらできない。

「うわあああああん!!」

張り裂けるような鳴き声と同時に、ハリーの背から一斉に針が放たれた。咄嗟に腕で顔を庇《かば》う。貫かれる痛みを覚悟して目を瞑《つむ》っていたけれど……痛みは一向にやって来なかった。こわごわ目を開けてぎょっとする。目の前には、全身を串刺しにされた親方の姿があった。喉がひりついて悲鳴は出ない。

　一瞬、庇ってくれたのかと思った。けれど、ぽたぽたと親方の足元に落ちていく血を見て、親方が宙に浮いていることを知る。

　親方は、頭を指で掴まれていた。親方の後ろには、大きな三日月型の口。

「……チェシャ猫……」

　どうやら、チェシャ猫が逃げようとした親方を捕まえ、亜莉子を守る盾に使ったようだった。おかげで、亜莉子には傷ひとつない。

　チェシャ猫がぽとりと親方を床に落とした。親方は全身針だらけで、血まみれになってしまっている。

「……だ、大丈夫……？」

　大丈夫なわけがないのはわかっていても、あまりのことに他に何も言葉が出てこなかった。

　——もしかして、死んでしまったのだろうか。親方は膝をついた体勢で動かない。だがよく見ると、肩が小刻みに震えていた。

「お、親方ぁ……」

　すっかり針を収めたハリーがびくびくと声をかける。親方はエプロンベルトに刺してあったまち針をすらりと抜き、憤怒の形相でハリーを振り返った。

「こんの……粗忽《そこつ》モンがァ!!」

「きゃああ！」

　ハリー目掛けて投げつけられたまち針が、ハリーの頭にまた、花を咲かせた。

「毎日毎日ッ、あれほど見境なく針を飛ばすなって言ってんだろーがッ‼」

「ごめんなさーい！」

「待たねぇか、コラァッ‼」

　逃げるハリーを、親方が猛然《もうぜん》と追いかけていく。親方が絆創膏だらけの理由はこれか、と呆《ほう》けた頭で考える。元気そうでよかったけれど、全身串刺し、血まみれ……というのは相当怖い。

　そう簡単にはショックから立ち直れなくて、ぼんやりとチェシャ猫を見上げた。チェシャ猫は自分の手に刺さったハリーの針を抜き、本当の猫のようにその手を舐めている。亜莉子の視線に気づくと、にんまりと笑った。

　その巨大な口を見ていると、涙が零れてくる。自分でもよくわからないが、たぶん今起こったことが相当ショックだったのだと思う。

　チェシャ猫も自分を食べようとしている気がして、体が震えた。

「わ、私、私は、美味しくないよ……」

　チェシャ猫はわずかに首を傾げる。

「アリスは美味しいよ」

「美味しくないっ。だから食べたりしないで……！」

「僕はアリスを食べないよ」

本当だろうかと疑いの目を向けても、口しか見えないのでは判断がつかなかった。

「……ほ、本当？」

「美味しそうだけどね」

「！」

実感のこもった声に、ぎくりと体が強《こわ》ばる。

「服をもらったんだね」

良かったねと言いながら、チェシャ猫は乱れた服の裾を指先で直してくれた。口調とその指遣いだけを見ていると親切な人のように思えるから不思議だ。でも、親切そうにしていても食べようとする人もいる。遠巻きにこちらを見つめている親方とハリーに視線をやり、溜息を呑み込んだ。

「さあアリス、シロウサギを追いかけよう」

また、ウサギだ。

「……やだ、追いかけない」

もうわけのわからないことは御免《ごめん》だった。そっぽを向くと、ごろごろ雷のような低い音が聞こえて来る。

「皆、アリスが好きだからね、ひとりでいると――」

見上げると、鳴っているのはチェシャ猫の喉のようだった。

「食われるよ」

腕を切られそうになった瞬間を思い出して、ぶるっと身震いする。食材として好かれても嬉しくない。

「行くっ、一緒に行く！」

「いい子だね、アリス」

チェシャ猫は満足そうに頷き、亜莉子を手に乗せた。

「……アリスじゃないいんだけどな……」

その手に掴まりながら、こっそりと漏らした亜莉子の呟きは、チェシャ猫には届かない。

聞こえていたとしても――きっと、無視されただろう。

♠
♥
♦
♣

「でもどうやって探すの？　ウサギ、どの辺りで逃げちゃったの？」

「さあ？」

「さあって……それじゃ探しようがないでしょ」

「かけらが落ちている」

「かけら？」

「シロウサギの記憶のかけら」

「……ごめん、言ってる意味がわからない。なあに、それ」

「シロウサギが通ったあとには記憶のかけらが零れているのさ」

「…………」

聞いたところで、理解の出来るものじゃなかった。ひとまずそれは脇に置いておいて、迷子のウサギを探す方法に頭を巡らせる。

「……ニンジンでもあればいいのにね」

「にんじん」

「エサに出来るでしょう？　お腹が空けば出てくるんじゃないかしら」

「シロウサギはニンジンなんて好きじゃないよ」

「そうなの？　普通ウサギと言えばニンジンじゃない？」

「シロウサギが好きなのはアリスだよ」

——一拍、間が生まれた。

「……食べるのが？」

「食べるのも、だよ」

いつからウサギは肉食になったのだろう。

思わず眉根を寄せてから、はっとした。チェシャ猫はウサギを探している。ウサギはアリスが好物……だとすると、この場合のニンジンはアリス……つまり、亜莉子自身ということになる。

「わ、私、食べられるの嫌だからね！　腕一本も指一本も、嫌だからね!?」

手の中でいくら虚勢を張っても効果は期待できなかったけれど、大声で主張すると、チェシャ猫は鷹揚《おうよう》に頷いた。

「アリスの嫌なことはしないよ」

「……………」

その嫌なことの中に、追いかけたり腕パンを食べさせることは入っていないらしい。でも、今助けてくれたことも事実だから、せめてものお礼にウサギ探しは手伝おうと思う。

「ウサギ……結局は地道に探すしかないってことなのかな」

ウサギの探し方なんて知らない。だから、誰かが見かけていないか聞き込みから始めることにした。

「ねえ、ハリーたちのところに下ろしてくれる？」

「食われるよ」

「……食べられない距離に下ろして」

亜莉子も好きで彼らに近づくわけじゃない。他に誰もいないのだから仕方なく話を聞くだけだ。それにおそらく、チェシャ猫が傍にいればさっきみたいに襲われることはないだろう。

それでも念のため警戒しながら、そろそろと二人に近づいた。

「まったくおまえって奴ァ……」

「怒らないでくださいよう」

あぐらをかいている親方の背中が見える。ハリーは親方に突き刺さった針を抜いては、せっせと絆創膏を貼っていた。

「あのう……」

声をかけた途端、「あ、アリス！」とハリーがパッと嬉しそうな声を上げた。……少しも反省していない。

「なんですか、どうしたんですかぁ」

ハリーのひくひくと動く鼻を見て、亜莉子は一歩距離を取った。

「えっと……ウサギ、見なかった？　白いウサギ」

聞くのとほぼ同時に、親方が激しく目を逸《そ》らす。

「さあー、僕は見てませんねえ。親方は？」

何も気づいていないらしいハリーが、親方の顔を覗き込んだ。

「えっ……や、し、知らねえなあ……」

絆創膏の隙間から見える目が、挙動不審に激しく動いている。

「今、目、逸らしてなかった？」

「そ、逸らしてるもんかい！」

じっと見つめていると、親方の目はちらちらと傍らの生地を何度も確認していた。怪しんでくれと言ってるようなものだ。亜莉子はさっと生地へと近づいた。

「……この生地がどうかしたの？」

「あッ、よせ！」

亜莉子を止めようと親方が腰を浮かせる。その拍子に、ハリーが持っていた抜いたばかりの針が、親方の頭に再び突き刺さった。

「いてぇーッ‼」

「もー、だめですよう親方、動いちゃあ！」

親方が悶《もだ》えている隙に生地を確認する。

一見すると何の変哲もない白い生地だったが、よく見ると端が綺麗に処理されている。今から服を作ろうとする生地なら、端は切りっぱなしになっているはずだ。

そんなことを確認しながら四隅の一角に目をやると、金色の糸で文字が刺繍されていることに気がついた。

「……れすと……れすとらん・い・な・ば？」

確かに、そう読める。

「……これ、レストランのナプキンじゃない？」

「だっ、だからなんだってんだ！ ナプキンだって布には変わりねえだろっ！」

何も、ナプキンを持っていることを責めているわけじゃない。それなのに、親方は過剰なほどに反応を示す。

「じゃあ、なんでそんなにびくびくしてるの？」

ぐ、と親方が言葉に詰まる。これでは、隠し事があると白状しているようなものだ。

「これ、駅前のホテルの中にあるレストランだよね……」

「…………」

だんまりを決め込んだ親方に変わって、ハリーが「あー」と能天気な声を上げた。

「そういえば、親方、それ確かシロウサギさんが落として――」

言いかけたハリーの口を、親方がものすごい勢いで押さえ込む。

「余計なこと喋るんじゃねえッ……」

「シロウサギが落とした？　……ウサギが？　レストランのナプキンを？　どういうこと？　ウサギはナプキンなんて使わないでしょ？」

亜莉子は頭の中にもふもふした小動物を思い浮かべ、その首にナプキンを巻く姿を想像する。あり得ない。巻けるかもしれないけど意味はなさそうだし、レストランで食事する様子も想像できなかった。

「やだなあアリス！　シロウサギさんだってナプキンを使うこともありますよう！」

「そうかなあ……」

「そうですよう、身だしなみに気を遣う方ですからね。彼の服も親方が仕立てたんですよう！」

ハリーは誇らしげに胸を張った。

「……服？」

つぶらな瞳を見返すと、ハリーはハリネズミらしい動作で鼻を掻いた。

レストランでナプキンを使って、服装に気を配るウサギ。そこまで繋げて考えてみて初めて、亜莉子の脳裏に四階の教室で見た不気味な後ろ姿が蘇った。半分透けていたが白い体毛に覆われた頭からは、たしかに二本の長い耳が生えていた。

「ねえ……」

後ろに控えていたチェシャ猫を振り仰ぐ。

「あなたが探してるそのシロウサギって、ワイシャツ着てて、グレーのズボンはいてたりする？」

まさかと思ったが、あっさりとチェシャ猫は頷いた。

「するよ」

「わ、私、その人なら四階で会った……！　でも、消えちゃって……」

「かけらだからね。もろいんだよ」

「……どういう意味？」

問い返しても、チェシャ猫は答えない。答えられないのか、答えたくないのか……いつだって笑っている口からは、何も読み取れなかった。

仕方なく、親方の方を向き直る。

「シロウサギが落としていったのね、そのナプキン？」

「これは拾ったんだ！」

親方は勢い込んで立ち上がり、その勢いで絆創膏を貼ってあげていたハリーがころりとひっくり返った。転がるハリーなんておかまいなしに、親方は仁王立ちでまくし立てる。

「盗んだんじゃねえぜ！　持ち主が現れない場合、落とし物は拾ったやつのもんだろ!?　もう時効だ！　もう俺のもんだからなッ!!」

「落ち着いてよ、返せなんて言ってないでしょ」

よほど、あのナプキンが気に入っているらしい。親方の剣幕に若干引きながら、考えた。

——シロウサギがレストラン・イナバのナプキンを落としたということは、そこに行ったことがあるということだ。親方にいつ拾ったのか聞こうかとも思ったけれど、鼻息も荒く興奮していてとてもじゃないが聞き出せそうにない。

「……他に手がかりもなさそうだし、行ってみる？　ホテル……」

チェシャ猫は何も言わずに、亜莉子をまた手に拾い上げた。そうして、ひょいと肩に乗せて歩き出す。このまま行こうということらしい。

「ああぁ……行っちゃうですかあ、アリスぅ……」

「う、うん」

「そうだよな……けどもうちょっとくらい、ここにいたって俺たちァかまわねえのに」

「そうですよねー親方。せめて一舐め……」

早いこと立ち去った方が良さそうだ。

どこから学校を出るのかと思っていると、チェシャ猫は被服室の窓をあっさりと開きひらりと身軽に外へ飛び降りた。振り落とされないようにと、亜莉子は慌ててフードにしがみつく。

振動が収まってから、改めて学校を振り返った。学校に閉じ込められたような気がしていたけれど、世界はちゃんと学校の外側も存在していたらしい。

当たり前のことにほっとしながら、チェシャ猫とともに校舎を後にした。

第二章　狂騒のホテル　ブランリエーヴル

チェシャ猫の肩に乗せられ、レストラン・イナバが入っているホテル『ブランリエーヴル』を目指す。

──夕暮れの街は、とても静かだった。

普段なら、帰宅する学生やサラリーマン、夕飯の買い物に出かける主婦など多くの人が行き交うはずの時間。商店街のシャッターは開き、新鮮な野菜や魚が並んでいる。角の肉屋からは揚げたてコロッケの食欲をそそる香りがした。

いつもと何も変わらない風景が広がっている。その中で、人の存在だけが忘れ去られたみたいに消えていた。

チェシャ猫の肩の上で揺られながら、道路に視線を投げる。赤信号を前に行儀良く並んだ車たち。信号が青に変わっても、先頭の車は動き出さない。運転手がいないのだから、当たり前だ。後ろに並んだ車からクラクションが上がるようなこともなかった。どの車も運転手が不在。この街はどうなってしまったのだろう。

「メアリー・セレスト号ってこんな感じだったのかな……」

航海中の船から忽然《こつぜん》と人だけが消えてしまった、有名な事件を思い出す。誰も乗せていない船も、今のこの街のように静かで寂しげだったのかもしれない。

誰もいない街を、チェシャ猫と二人歩いて行く。

……考えようによっては良かったのかもしれない。小さく縮んだ姿を誰かに見咎められることもないし、チェシャ猫の格好を怪しまれることもない。

無理矢理前向きに事態を受け入れているうちに、ホテル・ブランリエーヴルに到着した。エントランスの自動ドアを抜け、ロビーへと入る。豪奢なシャンデリアには眩《まばゆ》いばかりの明かりがついているのに、やはりどこにも人は見当たらなかった。

「……ここにも、だれもいないみたい」

期待していたわけではないけれど、それでも溜息をつきそうになった。

その時、奥から大きな物音が聞こえた。何かが割れたような音だ。チェシャ猫の方を見上げると、無言のまま音のした方へと歩き出す。

音がした方に進んでいくと、目的地のレストラン『イナバ』があった。

店内に入ると、クロスのかけられたテーブルを何個も寄せ集めて作られた巨大なテーブルがあり、その奥にゆらゆらと蠢《うごめ》く巨大な影を見つけた。

あまりに大きすぎて、視界に入りきらない。二人が入って来たことに気づいていないのか、それは一定の動作を繰り返している。

「あれ、何なの……？」

どうにかして全体像を見ようとチェシャ猫の肩で首を伸ばしていると、チェシャ猫がレストランの奥側の端まで下がってくれた。そうすることで、ようやく『それ』の正体が判明する。

「!?」

視界に入りきってからも、三回ほど見直してしまった。『それ』は、大きな女性だった。大きいから大きいとしか言えないけれど、巨大という言葉でもまだ足りないと思えるくらい大きな大きな女性だった。

「これって……私が小さいから大きく見えてるとか、それだけじゃないよね!?」

巨大な女性は何も横にだけ大きいわけではない。その頭は天井に届きそうなほど高い位置にある。もちろん、すらりと高いわけでもない。全体的に巨大。そうとしか言いようがなかった。横から眺めていても、凹凸を表現できないような形をしている。あんなにたくさん寄せ集めたテーブルも、彼女が使っているとまるで小さなちゃぶ台のように見えた。

彼女はそのテーブルに乗せられた数々のご馳走を、片っ端からすごい勢いで口に運んでいた。ナイフもフォークも使わず、手掴みで。

「ご、豪快だね……。だれだろう……?」

あまりに豪快な食べっぷりのせいで、彼女の周りだけ白いテーブルクロスがべちゃべちゃに汚れている。

「公爵夫人だよ」

「……知り合い?」

こくりとチェシャ猫が頷いた。

公爵夫人――その名前のエレガントさと、目の前の彼女の姿が結びつかない。どの辺りが公爵夫人なのだろう。偏見かもしれないが、ついまじまじと見つめてしまう。

よくよく観察してみると、確かに彼女が身につけているはち切れんばかりの白いドレスも、首の肉に食い込んでかろうじて光沢が見えるだけになった真珠のネックレスも、身につけているものはどれも高価そうなものだと気づいた。身なりで人を判断するのは良くないかもしれないけれど、それくらいしか今の彼女からは『公爵夫人らしさ』が伝わってこない。

亜莉子とチェシャ猫がじろじろ見ているのもおかまいなしで、公爵夫人はテーブルの上に食べ散らかした料理を両手でかき集めた。どうするのかと見守っていると、それを皿ごと一気に口の中に流し込む。

ばりんばりん、と皿が噛み砕かれる奇妙な咀嚼音が部屋に響いた。

「……口切ったりしないのかしら」

「大丈夫だよ。公爵夫人だからね」

いったい、公爵夫人とはどういうカテゴライズの生き物なのだろう。チェシャ猫の説明では何もわからない。

テーブルの上から全ての料理がなくなると、公爵夫人は無言で汚れだけが残ったテーブルを見つめていた。お腹がいっぱいになったのかなと思ったが、夫人はテーブルに置いてあった特大のベルをおもむろに掴み——次の瞬間、ぐわんぐわん、と酷い大音量でベルを鳴らした。

思わず両手で耳を塞いだけれど、それでも到底防ぎきれない。ベルが鳴り止んだ後も、頭の中が音で詰まったようになっていた。

そこへ、手に銀のお盆を持った給仕が半ば転がるようにして走り出てきた。

「チェシャ猫、カエルよ、カエル！」

「カエルだね」

チェシャ猫の鷹揚な相槌《あいづち》を聞きながら、人間の子供ほどのサイズのカエルを目で追う。彼らは白いシャツに蝶ネクタイを締め、カマーベストまで着込んでいた。格好だけ見れば、立派にレストランのサービスマンに見える。もちろん、二足歩行も完璧で、列をなして次々と料理を運んでくる。

皿がテーブルに乗せられると、公爵夫人はベルを手放し、まだ湯気の立つ料理に飛びついた。冷ますことなく皿ごと食べ終え、次の皿が運ばれるのを待たずカエルの手から直接奪い取る。皿ごと振り回されたカエルが逃げるように奥の部屋へと戻って行った。

「……なんだか、皆忙しそうね……」

公爵夫人は食事に忙しいし、カエルの給仕たちは料理を運ぶのにてんてこ舞いだ。ぐるりと辺りを見回すと、公爵夫人の座っている席の対面の席（といってもテーブルをくっつけすぎて対面なんて距離ではないけれど）にもいくつか料理が並べられているのが見えた。よく見ると、その料理に埋もれるようにして、普通サイズの人間がテーブルに突っ伏している。

一番暇そうなのはその突っ伏している人だったけれど、見るからに悩みを抱えていそうで声をかけづらい。

「とりあえず公爵夫人に聞いてみようか。ね？」

「………………」

「どうしたの、チェシャ猫……」

チェシャ猫はにんまり笑顔のまま、動こうとしなかった。

チェシャ猫の肩に乗っている状態では、チェシャ猫が動いてくれないことにはどこにも行けない。

肩から降りれば自分でも動けるが、まず高すぎてどうやって降りたら良いのかわからなかった。

「……公爵夫人の近くに、連れてって」

はっきりと目的を告げると、チェシャ猫はようやく身じろぎした。それでも歩き出したくはなさそうだ。

「……まあ、きみがそう望むのならそうしよう。僕らのアリス」

妙にもったいぶった言い方に首を傾げる。いつもの芝居がかった台詞《せりふ》だが、今回は乗り気じゃなさそうな空気が伝わって来た。

それでも、チェシャ猫はゆっくりと公爵夫人の方へと歩き出す。

「どうしたの……いつにもまして大げさね」

「そうだね。たぶん食われてしまうからね」

「食われ……っ!?」

さらりと言われた言葉にぎょっと横を見る。チェシャ猫は乗り気でないながらも、一歩ずつ公爵夫人の元へと近づいて行く。

「でも僕らのアリスが望んだのだから仕方がないよ。僕は」

何が仕方ないのかまるでわからなかった。

「待って待って待って！」

大慌てでチェシャ猫の頬を叩き、

「く、食われるんなら近づかないでください!!」

ロボットの操縦でもしてるような気分で灰色のフードを引っ掴んだ。

「でもアリスが公爵夫人の傍に行きたいって言ったんだよ」

「食べられちゃうなら行きたくないの!!」

「……そう?　じゃあやめようか」

ようやく納得してくれたのか、チェシャ猫はくるりと回れ右をした。視界から公爵夫人の姿が消えて、心底ほっとする。

それにしても、どこまで律儀なのだろう。後ろを向いていろと言った時といい、今といい。言い方を間違えてしまうと、この先大変なことになりそうな気がする。気をつけようと亜莉子は心に誓った。

♠♥♦♣

公爵夫人に話が聞けないとすると、どうしたらいいのだろう。再び部屋をぐるりと見回し、お皿を運び終えたカエルたちが逃げ込むようにして戻って行く部屋に目をつけた。

「あの部屋に行ってもらえる?」

「いいよ」

今度はもったいつけることもなく、チェシャ猫が素直に歩き出す。

ノブがなく、体で押すだけの扉を抜けると、そこは厨房だった。ただし、地獄絵図の。

「し、死んでる……のかな？」

床にはあちこちにカエルの給仕が伸びていた。

厨房で元気そうに立ち回っているのは、奥でエプロンと三角巾をつけてくるくると忙しなく動いている女性だけだ。女性は左手で鍋を引っかき回し、右手でまな板の上の魚を叩き切っている。それだけならパワフルな女性で好感すら持てそうだけれど、彼女はけたたましく笑い声を上げながら料理をしていた。どう見ても尋常じゃない。

「……た、助けてくださ……」

カエルの屍《しかばね》の中から、瀕死《ひんし》の声が聞こえた。声のした方を見下ろすと、一匹のカエルがずりずりとチェシャ猫に這い寄ってきていた。何をするつもりなのか、チェシャ猫は亜莉子を調理台に下ろし、カエルの給仕がローブの裾を握るままにさせている。

カエルはローブを頼りに何とか顔を上げた。しばらくその瞳はふらふらと焦点が定まらなかったけれど、ようやくチェシャ猫の笑い顔を見つけたように視点が定まった。

「あれぇ……チェシャ猫さんじゃないですかぁ……ってことは……」

チェシャ猫を捉えていた目がぐるりと動き、カエルの首がぐぐぐと回った。カエルの目が、調理台の上に立つ亜莉子を見つけた。パチリと目があった瞬間、カエルがカエルらしく大きく飛び跳ねた。

「アリス！　アリスですねッ!?」

急に元気になったカエルの声に、そこら中で死体と化していたカエル給仕たちが次々と顔を上げていく。

「アリス？」

「アリスだって？」

「アリスだ！」

「アリスが帰ってきた‼」

歓喜の声が厨房に溢れ、生気を取り戻したカエルたちが一斉に調理台へと飛び乗った。

「ちょっ……」

緑色の集団に圧倒され、じりじりと後退する。脳裏に、ハリーや親方にアリスだと初めて言われた時のことが蘇《よみがえ》る。二人とも、すごい勢いで抱きついてきた。まさかまさか。興奮しきったカエルたちを見つめ返す。

嫌な予感ほどよく当たる。

カエルたちは喜びのままに、亜莉子めがけて同時にジャンプした。

「「「「**おかえり、僕らのアリス‼**」」」」

「いやあああッ‼」

咄嗟に飛び退《の》けられるほど、亜莉子は運動神経が良くない。大体の人間がそうするように、ぎゅっと目を閉じ、その場にしゃがみ込むのが精一杯だった。

「ギャッ！」

「いたッ！」

「ぐえっ！」

カエルたちの悲痛な声が、下の方からした。パッと目を開けると、足元にはカエルの山が出来上がっている。咄嗟のところでチェシャ猫がつまみ上げてくれたらしい。急いで安全な位置――チェシャ猫の肩に乗り直す。

「アリスゥ～……」

「ご、ごめんね。でも私カエル苦手なの……」

「そんなあ～」

少しだけ申し訳ないなと思いながらも、あのカエル山の下敷きにならなくてよかったと嫌な汗を拭った。

「そんなことより……どうしたの、この惨状は」

「そうなんですよ！」

「聞いてくださいよ！」

「もう限界です！」

「過労死ですよ！」

カエルの山からげこげこと一斉に声が上がる。

「いっぺんに言わないで、わかんないわ！」

カエルたちはしばらく何か話し合ってから、代表を決めたらしく一匹のカエル給仕が前に進み出た。最初にチェシャ猫のローブの裾を掴んだカエルのように見えた。たぶん。

「この店で公爵と公爵夫人の結婚祝賀パーティーがあったんです……」

カエルはその大きな目をぐりっと動かし、話し始めた。

「公爵夫人も最初この店にみえた時は、可愛らしいお嫁さんで。そりゃあ、もともと少しばかりふくよかな方でしたけどね」

今の公爵夫人は、ふくよかの範囲を遥かに超えている。

「公爵夫人は大変うちの料理を気に入ってくださいまして。最初は嬉しかったですよ……」

カエルの声に哀愁が滲んだ。

「でもねえ、いつまでたってもお腹いっぱいにならないのですよ、あの方は」

「ならないの？」

「ならないんですよ」

「仕方ないよ。公爵夫人だからね」

当たり前のことのように、チェシャ猫が口を挟む。何が仕方ないのかまったくわからないけれど、カエルたちはなぜかそうですよねえ、と納得したように頷いた。

「そのうちどんどん体は大きくなるし、食べる勢いも量も増えて……こんなことに」

カエルたちの溜息の大合唱が起きる。

「お料理出さなければいいじゃない。料理が終わったとか、もう閉店ですとか言って」

「………」

カエルたちは皆、アリスを無言で見つめた。こんなにも大勢に見つめられると、すごい迫力だ。

「アリス？」

代表カエルがにこりと微笑む。

「地獄、ご覧になりたいですか」

大きな目だけが笑っていなくて、

「ごっ、ごめんなさい……！」

反射的にチェシャ猫のフードを握り締めた。たぶん、カエルたちはもう試したのだろう。そして、言葉どおり地獄を見た。これ以上この話には触れないようにしようと、ひとりで頷く。

「とにかく」

乱れた場の空気を戻すように、カエルが咳払いをした。

「料理は止められません。僕らは料理を運び続けるしかないのです……徹夜で」

「……大変なのね」

「もう……死んでしまいます。料理運び死にです。僕らも……公爵さまも」

「公爵さま？」

「夫人の向かいの席におられませんでした？　公爵夫人のご主人ですよ、もちろん」

「ああ、そういえば……」

公爵夫人からすごく離れた向かい席に、突っ伏している人がいたことを思い出す。見るからに苦労人の空気を醸《かも》し出していたから、話しかけるのをやめた人だ。

「公爵さまはずっと夫人のお食事に付き合ってらっしゃるのです。でも公爵さまは胃が弱くて食も細いので、もう、ある意味拷問ですよね……」

　ははは、とカエルは酷く乾いた笑いを漏らした。人もカエルも、追い詰められると笑うしかなくなるらしい。

「お願いです、アリス！」

　代表カエルが濡れた目で亜莉子を見上げた。

「公爵夫人を止めてください！　もうあなたしか頼れないんですぅ……」

「そんなこと言われても……私たちはシロウサギを探しているだけで……」

「え……」

　カエルたちが同時に呟き、顔を見合わせる。

「どうかした？」

「シロウサギ……ですか？」

「うん。そうだ、皆、シロウサギのこと何か知らない？」

「……シロウサギなんて探したらだめですよ」

　真に迫った声に、今度は亜莉子が「え」と驚いた。

「探さないでください！　せっかくお戻りになったんですから‼」

　そうだそうだ、とカエル山のカエルたちもわめく。どうしてそんなに必死に訴えるのか、わけがわからなかった。

「別に私も探したいわけじゃないんだけど、なんていうか成り行きで……」

「シロウサギなんて探したらだめです、アリスはずっと――」

代表カエルが何かを言いかけた時、カエルたちが皆そろって顔を恐怖に引きつらせた。その視線はチェシャ猫に注がれている。横から覗き込んでみたけれど、そこにあるのはいつものチェシャ猫の薄ら笑い顔だ。

「……チェシャ猫がどうかした？」

「いえッ、別にッ!!」

カエルたちは気まずそうに視線をふらふらと彷徨《さまよ》わせている。その中から、一匹のカエルが場を取り繕《つくろ》うように大きく跳ねた。

「あの、シロウサギなら随分前に公爵さまが見かけたと仰《おっしゃ》ってました！」

「公爵さんが？」

「はい！　きっと何かご存知です！　夫人を止めてくださったら、きっと公爵さまは喜んで協力してくださいますよ！」

「お願いですアリス！　後生ですから見捨てないでくださいよォ～」

ここぞとばかりにカエルたちが懇願し始める。げこげことカエルの合唱になりそうになった時、また耳をつんざくようなベルが鳴り響いた。

カエルたちが緑から青になるくらい青ざめる。

「公爵夫人のお呼びです……！　料理がなくなったんですよォ……!!」

慌てふためいて、カエルの山が崩れていく。完全に混乱している厨房の中に、ベルに負けず劣らず大きい声が響いた。

「何してるのさ、カエルども！　料理はあるわよ！　さっさとお運び‼」

笑いながら料理をしていたあの女の人だ。

カエルたちは瀕死の体を引きずり、どうにか料理を盆に乗せよたよたと歩いて行く。疲労しきった体では料理の重みに耐えきれず、数歩歩いてひっくり返ってしまうようなカエルもいた。

「……放っておける状況じゃ、ないよね？」

相変わらず、チェシャ猫はただ笑っている。もともと返答を期待していたわけじゃないけれど、もう少し相談に乗ってくれてもいいのにと小さく吐息を落とした。

「公爵さんが何か知ってるみたいだし、夫人を止める努力をしてみようか……」

「僕らのアリス、きみが望むなら」

「もう、あなたはいつもそればっかりね」

ちらりとチェシャ猫の肩の上から、ひっくり返ったカエルを眺める。

「アンドレイ、しっかりするんだー！　あの約束を忘れたか！」

「うう……小さな教会……ぐふっ」

「アンドレーイ！」

意識を失ったカエル——アンドレイという名前らしい——を囲み、大きな瞳から涙を零すカエルたちを見て、亜莉子は肩を竦めた。

「なるべく大急ぎでね」

♠♥♦♣

ホールに戻り、世界中の不幸を一身に背負い込んだようなように項垂《うなだ》れる公爵に声をかける。公爵はまるでモーツァルトのような真っ白な巻き毛という奇妙な髪型をしていた。公爵ともなると、これが普通なのだろうか。

声をかけても返事がないので、チェシャ猫に頼んでテーブルに下ろしてもらい、やや乱暴に肩を揺すった。すると、公爵は突っ伏したままどうにか返事をしてくれた。起き上がる気力はないようなので、そのままの状態でカエルたちと話した内容を伝える。

「……というわけで、公爵夫人のあの状態を止められたら、シロウサギがどこに言ったか教えてもらえますか？」

「もちろんだよ。ハニーを止めてくれたら、喜んでシロウサギの行方を教えよう……。どちらにしろ、きみはハニーのディナーを終わらせる運命なのさ」

予言者のような公爵の言葉は、どうにも気味が悪い。うふふふと笑われれば余計に。

「さて、それじゃあ……どうしたらいいかな？」

腕組みをして、遠くに見える公爵夫人をちらりと見遣る。公爵夫人の胃袋はよほど丈夫らしく、衰えることのないスピードで料理を口に運んでいた。あれを止めるのはそう簡単なことじゃない。

「うーん……そうだ。すっごくまずいものを出してみるっていうのは、どうかな？」

「まずいもの……？」

公爵が虚《うつ》ろな目で夫人を見つめた。バリバリバリ、と皿を噛み砕く音がいっそ清々《すがすが》しいほどに響いている。

「…………」

「…………」

亜莉子も公爵も、ごくんと大きく上下した夫人の喉元を黙ったまま見つめていた。

「……まずいものがなんだって？」

「いえ別に」

すでにまずいとか美味《おい》しいとか、そういったレベルを超えている。一般的に食べられるかというラインすらも夫人が気にしている様子はない。

まるでブラックホールみたいな夫人の口を見ていると、何か別の活用法があるんじゃないかとすら思えてくる。たとえば、産業廃棄物を食べてもらうとか。実現したらかなりの社会貢献だ。

「……アリス、何かおかしなことを考えなかったかね」

「……いえ別に」

愛の為《な》せる技か、この方法は公爵の方を騙せそうにない。それならどうしようと悩んでいる間も、夫人はもりもり料理を平らげていく。あまりの食べっぷりに見ているだけでお腹がいっぱいになってくる。

何も良いアイディアを出せずにいると、公爵がまじまじと亜莉子を見つめながら首を傾げた。

「……さっきから思っていたのだが、きみは随分ちっちゃいのだなァ、アリス。昔会った時はもう少ぅし大きかったはずだが」

「好きで小さいんじゃないわ。ちょっと事情があって小さくなったっていうか、小さくさせられたっていうか……」

ムキになったように言い返してみて、何か本質的なところを聞き流してしまったことに気がついた。

「昔？　……昔、私たち会ったことある？」

「あるとも」

昔、こんなモーツァルト頭の人と会ったことなんてあっただろうか。亜莉子は頭の中にある思い出の引き出しをひっくり返してみたけれど、それらしい思い出は見つからなかった。

「……私は覚えてないんだけど、違う人じゃない？」

「いや、アリスだよ」

「じゃあ違うアリスさんなんでしょう」

そもそも、亜莉子はアリスではない。あまりに皆がアリスと呼ぶから、否定するのも面倒になってしまっただけだ。

「アリスはきみだろう」

——ほら、また。

「だから私はアリスじゃないんだってば」

誰もいなくなってしまった街の中、代わりのように現れた人たちは、亜莉子という名前を決して読んではくれない。亜莉子がいくら主張しようとしても、右から左へ名前が流れていく。公爵も同じだった。

「ああ、いっそ、うちのハニーもこのくらい小さいといいのだがなァ……」

人の話をまったく聞いていない。そのことに溜息をつこうとしたが、それよりも公爵の言った言葉にピンと来た。

「それ、いいかも！　小さくして、チェシャ猫が私にするみたいにつまみ上げちゃえばいいんだわ！　そうしたらもう食べられないもの」

「……それは……でも……彼女怒るんじゃないかなァ……」

我ながら名案だ。小さくなっても痛くもかゆくもないのだし、食費も抑えられるなんて公爵夫人の食欲対策にこれ以上の手はない。尻込みする公爵に亜莉子は自信たっぷりな顔を向けた。

「平気よ、縮むの痛くないし。それに怒ったっていいじゃない。あれだけ食べればもう十分よ。むしろ体に良くないわ」

「でも……嫌われたくないし……」

公爵はおどおどと視線を夫人へ向け、すぐに逸らした。

「……ほんとに奥さん、好きなのねえ」

あの状態の夫人を見て、なおも愛を訴え続けられることに感心してしまう。そういえば、二人はここで式を挙げたまま食事が終わらないのだから、今も新婚さんと言えるのだ。

当たり前だろうとわずかに頬を染めて照れる公爵の姿は実に微笑ましいが、だからと言って、この案を捨てる気もない。おそらく、これが最適な方法なのだ。どうしようと考え、ふと本屋さんで平積みにされていた雑誌の見出しを思い出した。

「……そんな風だといつか浮気されちゃうから」

「えッ!?」

「ほら、よく言うじゃない。甘いだけのオトコなんてダメだって！」

「!!」

たしか、雑誌の見出しには優しさだけじゃ物足りないとか何とか書いてあった気がする。個人的には優しさも大切だと思うけど、優しさと甘さは別物だということだろう。

公爵は大いにショックを受けたらしく、もともと白かった顔を青くして、ぶつぶつと何かを呟き、ひとりの世界に入ってしまった。

「問題は、あのパンの腕をどこで手に入れるかよね？」

亜莉子が食べたパンは、あのまま学校に置いてきてしまったはずだ。確認の意味も込めてチェシャ猫に言うと、猫はわざわざ顔を大きく近づけて話してくれた。

「パンはパン屋にあるよ」

「そうかなあ……。あんな不気味なパン、パン屋に売ってるかなあ」

もし売っていたら大騒ぎになっていると思う。第一、買い手がつきそうにない。

うーん、と唸っていると、公爵が口を挟んだ。

「パン屋なら、ここの地下にあるよ。地下はちょっとしたショッピングモールになっていてね。ストロベリージャムパンもそこにいたと思うが……」

「…あの白い腕のパンのこと?」

チェシャ猫が小さく頷く。あの腕が、パン屋に。相当強気な戦略に違いない。……それにしても、あのパンが売っている場所も知っているのに、公爵はどうして自分で買いに行こうとしないのか。

「……自分で買ってきて食べさせてあげればいいのに」

ぼそりと呟くと、ちゃんと聞こえていたらしく公爵がわざとらしい溜息をついた。

「アリス……わしは胃が弱くてねえ……」

「それはもう聞いたわ」

「あんなところに行ったら死んでしまう……」

「え」

思わず目を丸くして公爵を見る。

「あんなところって何?　パン屋でしょう?　ただの」

公爵はひらひらと手を振って、

「ああ、アリスなら大丈夫だよ。丈夫そうだし」

微妙に失礼なことを言った。この人はか弱そうに見えて、意外にしぶといのかもしれない。

「それじゃチェシャ猫、パン屋に行ってみようか」

公爵は放っといても死ななそうだが、働きづめのカエルたちはそう長くは持たないだろう。

「僕らのアリス、きみが望むなら」

いつもどおりの台詞を返してから、チェシャ猫は亜莉子を肩に乗せた。

♠♥♦♣

エレベーターで地下に下り、ショッピングモールへと入る。電気がちゃんと通っているのに人だけがいない光景は、やはり奇妙だった。

地下は想像していたよりも広く、五、六軒の店が並んでいる。中央には人口の池が作られ、白い女性の像が据えられていた。言うならば、泉の乙女だろうか。

パン屋は二軒あった。はたして二軒もパン屋が必要かどうかは置いておき、その二つを見比べる。二軒のパン屋ははす向かいに建っており、手前が『鶴岡パン店』、もう一軒が『ベーカリー・カメダ』という看板が出ている。鶴岡パン店の方がいかにも下町にありそうな雰囲気なのに対し、ベーカリー・カメダは洋風の小洒落《こじゃれ》たお店だった。ここまで雰囲気が違えば、客層もわかれるだろうから二軒あっても特に問題ないのかもしれない。……亜莉子がパン屋の関係性を心配する必要はないのだが。

「とりあえず近い方から見ていこうか」

チェシャ猫に鶴岡パン店の方に近づいてもらう。

鶴岡パン店は窓にもガラス戸にもカーテンがかかっていた。チェシャ猫が引き戸を開けようとしたけれど、鍵がかかっているらしく戸は開かない。

誰も人がいないとはいえ、さすがに戸を割って侵入するのは気が引けた。もうひとつの店が開いているかどうか調べようと『鶴岡パン店』に背を向けたところで、

「……あんぱんと言えば」

戸の向こう側から押し殺したような声がした。

「はい？」

あまりに唐突な質問に、咄嗟に言葉が出てこない。

「あんぱんと言えば！」

求める返事が返ってこなかったせいか、ドア越しの声は苛立ったように繰り返した。そうは言われても、何を期待されているのかさっぱりわからない。チェシャ猫に地面に下ろしてもらい、もう一度『鶴岡パン店』の戸に近づく。

「言えばって……何？」

「……こしあんか、つぶあんかッ！」

当たり前だろう！　と言わんばかりの勢いだが、まさかそんな二択だとは思いもしなかった。困ったようにチェシャ猫を見上げても、猫は笑うばかりで何も答えてくれない。猫だからパンなんて食べないのだろうか。

「うーん、どっちかって言うと……」

そういえば、この間食べたのはこしあんだった。

「こしあんかな」

言い終えるより早く、

「お命頂戴ッ!!」

開けられた戸の隙間から、光を反射した白刃が振り下ろされる。

亜莉子は、目を見開いて自分に向かってくる刃をただ見つめることしかできなかった。

「死ねえッ」

「危ないッ!!」

突然何かに胴体を締め付けられ、すごいスピードで移動させられた。目を回しながら自分の体を見下ろすと、やけに茶色い人の手に握られている。何が起きているのか、わけがわからない。

必死に身を乗り出してみると、どうやらこの茶色い手は若い男のものだということがわかった。なぜか腰布しか巻いていない筋肉質な男は、亜莉子を握り締めスライディングしていた。当然、知り合いではない。

亜莉子の混乱を余所《よそ》に、男は素早く立ち上がる。それと同時に、ダダダダという音が響いた。テレビや映画でしか聞いたことがない……銃撃音だった。

「早く、こっちへ！」

男は頭を低くした姿勢で、匍匐前進《ほふくぜんしん》するようにベーカリー・カメダへと逃げ込んだ。もちろん、亜莉子を手に握り締めたまま。

バタン、と大きな音を立ててドアを閉める。そのドアの向こうでは、本格的な銃撃戦が開始されたようだった。

「い、いったい何なの！」

茶色い手の中で必死に暴れたが、体格差がありすぎてどうにもならない。男は中央のテーブルへと駆け寄ると、亜莉子を称《たた》えるように頭上に掲げた。

「皆！　このレディは、こしあん支持者だ！」

わあ、と室内に歓声が満ちる。

「こしあん‼」

「こしあん‼」

「共に戦おう同士よ！」

店内にひしめく男たちによる大合唱に、亜莉子はますます困惑する。

「待ってよ！　私、全然状況がわからない！」

こしあんコールは止まることを知らず、むしろ声が大きくなっていくようだ。そんな中、「この人たちはあんぱんだよ」と聞き慣れた声がした。

いつの間にかチェシャ猫がテーブルの脇に立っている。あの銃撃戦の中、どうやってついて来ていたのだろう。見たところ、流れ弾に当たって怪我をしている様子もない。

「あんぱんって……何それ」

「あんぱんはあんぱんだよ」

「どういうこと？」

「あんぱんというのは、中にあんこが入ってるパンのことだよ」

「そんなことは知ってるけど……！　なんでヒトのかたちしてて動くの！　喋るのよ！」

「パンは動くし喋るものだよ、アリス」

「……ああそう」

言い切られてしまうと、脱力するより他ない。きっと、何を言ってもそういうものだの一言で終わってしまうのだろう。

改めて周りを見回してみても、やはりあんぱんにはとても見えなかった。皆、若い男に見える。お揃いの坊主頭に、つやつやとした茶色い肌。体格が良く、ボディビルダーの集団だと言われた方がよほどしっくり来る。

申し訳程度に巻かれた腰布には、『ベーカリー・カメダ』と印刷されていた。その頭に冗談みたいに桜の塩漬けが乗せられていなければ、到底あんぱんだとは信じられなかった。

あんぱんたちは物騒なことに、皆銃を肩にかけている。

「レディ、我々はきみを歓迎する！」

ひとりのあんぱんが一歩前へ踏み出した。

「ど、どうも。……あの、なんで向こうの鶴岡パン店と戦ってるの？」

「あっちはつぶあんぱん陣営だ。こっちはこしあんぱん」

「……はあ、それで？」

「俺たちは真実のあんぱんを決める戦いに臨んでいる」

「し、真実のあんぱん？」

「そうだ。あんこはこしあんであるべきか、つぶあんであるべきか。俺たちの誇りと信念をかけた聖なる戦いだ」

「……第二次あんぱん紛争」

ぼそりとチェシャ猫が説明を付け加える。あまりのくだらなさに亜莉子は目眩がした。こしあんかつぶあんかなんて、その日の気分次第だ。

「そんなの、どっちでもいいじゃない」

思わず呟いてしまった瞬間、店内が水を打ったように静まり返った。

……何か、まずいことを言ってしまっただろうか。

「どっちでもいい……と言ったのかい、レディ？」

亜莉子を握り締めたままの手が、小刻みに揺れていた。はっと辺りを見渡すと、銃口が全てこちらを向いている。

「どっちでもいいって、そういう意味じゃなくって、私はどっちも好きだってことよ！」

「どっちもォ!?」

大慌てで言い足すと、向けられた銃がジャキッと音を上げた。完全に、火に油を注いでしまったようだ。

「スパイだ！　裏切り者だ！」

「殺せ！」

「殺せ!!」

異様な興奮が高まるのと比例するように、亜莉子を握り締める力が徐々に増していく。まさかあんぱんに殺される日が来るなんて――。あまりの非現実感に悠長なことを考えてしまったが、それどころではない。

「チェシャ猫!!　笑ってないでなんとかしてえっ！」

「でもアリス、猫は笑うものだよ」

「そんなこと今はどうだっていいのっ！」

チェシャ猫がのんきに笑っている間に、ぺしゃんこにされてしまう。そう訴えようとした時、

「アリス……？」

「本当に、アリスなのか……？」

殺せと叫んでいた声が止み、さざ波のような囁《ささや》きが室内を満たす。先ほどとは違う種類の、この異様な空気を亜莉子は知っていた。

「僕らのアリス!!」

「お帰り、僕らのアリス!!」

またこの展開だ。アリスという名前がひとり歩きして、亜莉子にはついていけない。

歓喜の声を上げるあんぱんたちの中、ひとりのあんぱんが前に進み出た。どうやら彼がリーダーらしく、歓声がぴたりと収まる。

「アリスさま」

「さま!?」

「あなたこそ私たちの救世主」

パンの救世主だなんて聞いたことがない。ただ、とんでもない方向に話が進んでいることだけはわかる。

「我々はあなたをお待ちしておりました。あなたこそ、この長き戦いに終止符を打ってくださるお方」

「わ、私、そんな大層な人間じゃないですから！」

「けれど、アリスなのでしょう？」

「え……っと、それは……」

自信がなくて、思わずチェシャ猫を見つめるが、猫は笑うだけ。

「アリスでないと……？」

再び、銃口が向けられる。

「あ、アリスです！　……たぶん」

……ついに認めてしまった。これでもう、アリスじゃないとは言えない。

「ああ、アリス！　アリスさま!!」

リーダーは銃を置くと片手を高々と天に掲げ、陶酔したような声で言う。

「アリスの言葉は天の言葉！　さあ、こしあんぱんこそ正義であると仰ってください!!」

正義の定義だってわからないのに、あんぱんの正義なんてわかるはずもない。どうにかして止めようとした時、

「あいや待たれいッ!!」

大きな音を立てて、ベーカリー・カメダのドアが蹴破《けやぶ》られた。

戸口に現れたのは、同じようなあんぱんの集団だった。よくよく見ると、腰布の文字が『鶴岡パン店』となっている。つまり、押しかけて来たのはつぶあんぱんたちだ。

まさに一触即発。どうしてこんなことに、とアリスは頭を抱えた。

「卑怯なこしあんども！　我らのアリスを独占することは許さぬ！」

やけに古風な口調で言い放つと、つぶあんぱんたちは一斉に刀を構えた。

「卑怯だとォ!!」

こしあんぱんたちは手にしていた銃を一斉に構える。

「卑怯でないと言うのなら表《おもて》に出でよ！　正々堂々とアリスをかけて勝負しようぞ!!」

「ま、待ってよ！　私をかけてってそんな勝手に……!!」

「おお、望むところだ!!」

「だから私の意見も聞いてくださいっ!!」

「後悔させてやろうぞ!!」

あんぱんたちはアリスの言葉に一切耳を貸さず、すごい勢いで店の外へと飛び出した。こしあんぱんの手に握られたままのアリスも否応《いやおう》なしに外へと担ぎ出される。アリスを掴んだままのこしあん陣営は銃を、相対するつぶあん陣営は刀を構えて睨み合う。

ショッピングモールは今や、大戦争の危機に陥っていた。このままでは、大勢の犠牲が出る。何よりもきっと、アリス自身も巻き添えになってあんこが原因で死んでしまうだろう。それだけは避けたかった。

「やめてよ！　暴力は良くない！　絶対良くない！」

渾身の力で叫んだ瞬間、ようやく睨み合っていたあんぱんたち全員がアリスを見た。望んだこととはいえ、あまりの視線の重さに思わず顎を引く。

「アリスの言葉は天の言葉……」

ふいに、チェシャ猫が歌うように言った。

「チェシャ猫まで何を言い出すの……」

自分の言葉にそんな重みがあるはずがない。けれど、

「そうだ！」

あんぱんたちがわっと賛成の声を上げた。

「アリスが決めることだ！」

「ええっ!?」

「アリス！　我らのアリス!!　アリスを評議場へ！　お言葉を賜《たまわ》ろう!!」

あっという間に話がまとまり、あんぱんたちはモールの中央にある池へと集まっていく。

「ねえ、待ってよ！　私の言葉は天の言葉なんかじゃないわ！　私はそんな偉い人じゃないんだってば！」

あんぱんたちは聞く耳を持たず、アリスを白い女性の像の手へと乗せた。アリス、アリスとあん

ぱんたちは縋《すが》るように叫ぶ。

……これはもう、腹をくくるしかなさそうだ。

「静かにー!!」

覚悟を決めて叫ぶと、大合唱がぴたりと止む。

「……わかった。決着をつけましょう」

おお、とモールが沸き立った。歓声が広がってしまう前に、「ただし！」と付け加える。

「私が決めるんじゃないわ。皆で決めるの。話し合うの」

「話し合う……？」

「そうよ。話し合いもせずに暴力で解決なんて良くないよ」

しばらくあんぱんたちはざわついていたが、次第に賛成する者が現れた。

「まあ、アリスがそう言うんなら……なあ」

「ああ……アリスが言うんなら」

とりあえず全面戦争は避けられそうだと胸を撫で下ろす。

「じゃ、代表者、出て来てください」

武器をお互いに捨てさせ、ようやく話し合いが始まった。

「まずはお互いのアピールね。えっと、そうね……こしあんぱんからでいい？」

えへんと気取った咳払いをし、こしあんぱんの代表が一歩前へ出る。

「ではお先に。まず……なんと言ってもこしあんは舌触りが最高です。あのつややかさ、滑《なめ》らかさ。

その点、つぶあんはいけませんねェ。ざらざらと豆の皮がひっかかって」

「ふん。そんなことをぬかすとは若輩者のあかしよ」

　すかさず、つぶあんぱんの代表が口を挟んだ。

「通《つう》はつぶあんを選ぶ！　選ばれた者にしかわからぬ最高のあんこなのだ。こしあんなどとは格が違うわ！」

「バカなことを！　だいたいつぶあんなんて、こしあんの作りかけじゃないか！」

「あえてつぶを残し、完成させぬ……これがわびさびよ！」

「くッ……！」

　こしあんぱん代表が気圧《けお》されたように呻いた。これを好機とばかりに、つぶあんぱん代表が畳み掛ける。

「大体、こしあんはバリエーションが少ないように見受けられるが、いかがか。我らつぶあんはかき氷、しるこ、ぼたもち……様々なところで活躍中だ。能力のない奴らはつぶしがきかなくて大変だのう」

　ところが、ここでこしあんぱんが不敵な笑みを浮かべた。

「ふん、俺たちは浮気性じゃないんでね……。だいたい、そんなにあさーくひろーく使えるあんこなんかじゃ、何かを極めることなんてできないね」

「我らは万能なのだ！」

「そういうのを器用貧乏と言うんだ！　だいたい、しるこなどはこしあんで作る地方もある！　おはぎもぼたもちもだ！」

「だったらおぬしとて器用貧乏ではないかッ‼」

そうだそうだ、と聴衆から野次が飛んだ。こうなってしまってはもう、代表者同士の話し合いで収まりそうにない。雲行きが怪しくなってきたところで、ついに「「アリス！」」と双方の代表者から同時に声がかかる。

「「アリスはどうお考えです‼」」

「えっ、私⁉」

白羽の矢が立ったのと同時に、代表者のみならず、あんぱん全員の目が自分を見つめているのが痛いほどよくわかる。できれば傍観者のままでいたかった。あんぱんの正義なんてアリスにはわからないけれど、今どちらかを選んでしまったら大変なことになることだけは確かだ。

「「アリス！　お言葉を！」」

「う……」

あんぱんたちに詰め寄られ言葉に詰まる。

「あ、あのさ、もっと仲良くしようよ……。同じあんぱんなんだから」

するとと同時に、

「「同じあんぱんだから許せないんですッ‼」」

と叫び声が返ってきた。先ほどから合わせたみたいにぴったりな言い分は気が合っているようにも思えるのに、どうして上手くやれないのだろう。これが同族嫌悪というものだろうか。

「……私はどっちも好きだよ。それぞれのいいとこがあると思うわ」

「いけません！　どちらかをお選びください！」

「はっきりしてください！　我らとあ奴ら、どちらがお好きなのです!?」

これではまるで、二股がばれて問い詰められている図だ……。

「だからどっちも好きだってば。討論だって五分五分じゃない。どっちもいいあんぱんだよ」

討論だって五分五分なのだから、選べと言われたって選べない。

「では！　人生最後の日！　あなたの目の前にこしあんぱんとつぶあんぱんがいたとします！　あなたはどちらを食べますか！」

すごい究極の選択だ。

「お答えくだされ、アリス!!」

必死に詰め寄られているけれど、どうして人生最後のことまでここで決めなければいけないのか。

「さあ、アリス！　本当の気持ちを!!」

納得がいかない部分もあるが、あまりに真剣な表情のあんぱんたちの熱意に押され、アリスは目を閉じて想像してみることにした。

人生最後だとわかっている日。目の前にはあんぱんが二つ並んで食べられるのを待っている。アリスが片方に手を伸ばすと、残されたもう片方はきっと悲しそうな顔をするだろう。選ばれない子は寂しい。それを、アリスは知っている。だから――

「……いらない」

選ばれない子を作るくらいなら、最初からどちらもいらない。

きっぱりと言い切ったアリスに、つぶあんぱん代表もこしあんぱん代表も口を「は」の字に開けて絶句した。

「人生最後の日に、あんぱんは、食べない」

モールに沈黙が落ちる。そして、全員がほぼ同時に「ええええーーーーーッ!?」と悲鳴にも似た叫びをあげた。

あらかじめ耳を塞いでおいて、本当に良かった。

「おまえらに魅力がないからだーーーッ!!」

こしあんぱん代表が震える指をつぶあんぱん代表に突きつける。

「なにを！　その言葉、そっくり貴様らに返してくれるわ!!」

まったく同じようにつぶあんぱん代表が指を突きつけ返し、それを合図にしたようにあんぱんたちの大乱闘が始まった。武器は先ほど捨てているため、殴る蹴るの喧嘩だが、もげたあんぱんの腕や足が空を飛び交っている。人間そっくりのそれは見ていて気持ちの良いものじゃない。

さりげなく目を逸らすと、ふいに体をつまみ上げられた。チェシャ猫だ。

「鶴のパン屋からストロベリージャムパンの匂いがするよ」

ストロベリージャムパン？　と一瞬、首を傾げかける。すっかり、当初の目的を忘れかけていた。

「……じゃあ、探しに行かないとね」

チェシャ猫はわずかに頷くと、あんぱんたちの乱闘を避けて広場をするすると迂回《うかい》し始める。

「ねえ、私、わかったことがあるのよ」

「何がだい」

「こういうデリケートな問題に第三者が立ち入るもんじゃないってこと」

あんぱんたちは今やアリスなんてそっちのけで生き生きと喧嘩をしていた。間に入って良かったのか悪かったのかわからないが、もともとこうなる運命だったような気もする。

「それから……人生最後の日に、あんぱんは食べたくならないだろうなってこと！」

「賢明だね、僕らのアリス」

♠♥♦♣

あんぱんたちに気づかれないように、素早く鶴岡パン店の中へ滑り込む。全員が乱闘に参加しているらしく、店内にあんぱんはいなかった。

「奥の方だよ」

チェシャ猫の肩に揺られて厨房の奥へ向かうと、**『ストロベリージャムパン（焼き立て）』**というプレートのかかったドアがあった。わかりやすくて助かるものの、そのプレートの文字がまるで危険を知らせるような黄色と黒で書かれていることが多少気になった。『入るな、危険』と書かれた方がよほどしっくりくる配色だ。

チェシャ猫がドアを開けた瞬間——

「「「**食べて、僕を食べて!!**」」」

少年たちの声の洪水に襲われた。

室内には檻《おり》がありその中に何人もの少年が閉じ込められていた。皆同じ、真っ白な顔に坊主頭でふっくらと柔らかそうな頬をしている。そんな彼らが、他の子を押しのけるようにして鉄格子に駆け寄り、「食べて、僕を食べて!!」と必死に訴えていた。

「なんなの、この子たち……」

あまりに異様な光景に怖《お》じ気づきそうになりながらも、無意識に捕まってしまったチェシャ猫のフードから手を離す。

「ストロベリージャムパンだよ」

「この子たちが……」

改めて見ると、確かにあの腕パンとよく似た真っ白な腕が鉄格子から伸ばされていた。あれを食べてしまったのかと思うと、また胃液が込み上げてきそうになる。

「なんで檻に入れられてるの？」

「捕まえておかないと死人が出るからね」

「え……」

「ストロベリージャムパンはパンの中でも特に『食べられる』ことに強い執着がある。昔、ドードー鳥を集団で襲って満腹死させて以来、ストロベリージャムパンは捕まえておくことになったんだよ」

チェシャ猫が話している間も絶えず鉄格子から必死に手を伸ばし、「僕を食べて！」と悲痛に訴える子たちを見てぞっとした。

「それは……お気の毒に……」

満腹死したドードー鳥も、食べ切ってもらえなかったストロベリージャムパンも。

「そうだね。最後の一羽だったのにね」

チェシャ猫はさして残念そうでもなく呟くと、鉄格子のはまった檻に向かって一歩近づいた。

「お腹が空いていないのなら、連れて行くのはひとりにおし」

「そもそも私が食べるんじゃないでしょ」

食べるのは、公爵夫人だ。

自分が食べるわけじゃないと思えば、冷静に選ぶことも出来る……と思ったのに、逆にこだわりもなくて困った。

「「「食べて、僕を食べて!!」」」

ひとりだけと言われて檻に目をやると、ストロベリージャムパンたちが、必死に自分を食べてもらおうと前に出る。まだ幼さの残る容姿の男の子たちが、一斉に目を輝かせる様子はとても異様だ。

「……食べられるの嫌じゃないのかな。怖くないのかしら?」

「怖い?」

「私は嫌だもん……食べられるの。怖いし、きっと痛いわ」

ハリーたちに腕を切られそうになった時のことを思い出し、思わず肩を擦った。

「パンは食べられるものだよ。それに……」

ぐうっとチェシャ猫が檻の中を覗き込む。

「早く食べてもらわないとカビだらけだよ」

カビという言葉を聞いた途端、ストロベリージャムパンたちが怯《おび》えたように檻の隅っこへと引き下がった。皆、顔が恐怖に引きつっている。

「カビ……生えるの？」

「生えるよ。パンだから」

パンだからと言われてしまえばそれまでなのだけど……と考えかけてやめた。何が常識で何が非常識だなんて言っても意味がないことはもう十分にわかりきっている。

カビが生えるのをあんなに怯えているということは、カビが生えれば食べられなくなるのは、ストロベリージャムパンも普通のパンと同じことらしい。食べられずに捨てられるよりは、食べてあげた方がパンにとってはいいのかもしれない。

「……じゃあ選ぼうか。えーと……」

人差し指を檻に向け彷徨わせる。人差し指が止まりそうになる度に、ストロベリージャムパンが目を輝かせた。どの子も食べられたいという意思は同じらしく、その点では問題ないのだけれど。

「……皆、同じに見える」

「パンだからね」

「うーん……」

自分で食べるわけでもないとなると、余計に選びづらい。結局選べずに指を下げると、「ああ」

と悲しげな声が上がった。妙に良心が咎《とが》めるからやめてほしい。

あの公爵夫人なら全員食べられるのでは、とも考えたけれど、こんなにたくさんのストロベリージャムパンを食べたら、豆粒よりも小さくなってしまうかもしれない。さすがにそれでは公爵に怒られそうだ。

頭を悩ませていると、ふと部屋の片隅に置いてあった大きな箱が目にとまった。チェシャ猫に言って傍に寄ってもらうと、やや薄汚れた白い箱はどうもクーラーボックスのようだ。

箱の横には黒いマジックペンで『ハイキ』と書き殴ってある。

「はいき……？　チェシャ猫、開けてみよう」

「僕らのアリス、きみが望むなら」

チェシャ猫は箱の前にアリスを下ろしてから、クーラーボックスの留め金に手をかける。二つの留め金が外された瞬間、内側から勢いよく蓋が跳ね上げられ、何かが飛び出した。それが何かを確かめる間もなく、アリスは何者かに胴体を締め上げられ悲鳴を上げた。

「い……痛い痛いッ！　何、何なの!?」

握り潰す勢いで胴を掴む手は茶色く、ひび割れている。よく見ると、その所々に不気味な黒い斑点が浮かんでいた。

目だけをどうにか動かして確認すると、喉元に銀色に光るものが突きつけられていることに気づく。どうやらフォークのようだ。

「動くな！」

鋭い恫喝《どうかつ》に首を竦める。

「命が惜しければ、俺の言うことを聞け!!」

耳元でしゃがれた声が聞こえるのと同時に、辺りに顔をしかめたくなるような悪臭が漂った。どこかで嗅いだことのあるような匂いだ。

先ほどまであんなに騒がしかったストロベリージャムパンたちも今や檻の奥に縮こまりガタガタと震えている。すごく犯人を怖がっているようだ。

「よ、要求は何？」

なるべく犯人を刺激しないように落ち着いた声を出す。

「俺を、食え」

「……はい？」

何を言われたのかわからず、思わず聞き返した。それに苛立ったように、犯人が繰り返す。

「俺を食え。しかも、美味そうにだ！」

こんな脅された状態で美味しそうに何を食べろと言うのか。意味がわからず、首を捻って犯人の顔を無理矢理見ると、かろうじて茶色い頬の下辺りが見えた。

「……えーと……あなただれ？」

「ストロベリージャムパンだよ」

問いかけに答えたのは、まるで焦った様子のないチェシャ猫だった。口元がにやけているからそう見えるだけで、実際は焦っているのかもしれないけれど。

「……檻の中の子たちと一緒の？　でも、それにしては色が……」

檻の中にいる子たちは皆、真っ白でふっくらした頬を持っている。でも今アリスを拘束している犯人の頬は茶色く濁り、ひび割れもあった。

「それは廃棄パンだからね」

『ハイキ』の意味がようやく繋がったが、チェシャ猫の一言は犯人を逆上させてしまった。

「俺を食え！　食わなければ殺す!!」

「痛ッ……！」

フォークを喉に押し付けられ、痛みに顔をしかめる。食べてほしいという願いそのものはあの真っ白なストロベリージャムパンたちと一緒なのに、こうも強行手段に出られるとまったく可愛くない。今になってようやく、ドードー鳥に本気で同情した。

「待って！　話、しよう！　逃げたりしないからフォークをどけて……！」

「…………」

「あなたの話、ちゃんと聞くから！　ね!?」

必死に訴えると、ゆっくりと喉元からフォークが離れていった。思ったよりも話が通じるパンでよかったと胸を撫で下ろす。

胴体を締め上げていた腕からも解放され、再びチェシャ猫の肩へとよじ登った。すっかり定位置になりつつある。

「俺は昔、人が羨《うらや》むほど出来のいいストロベリージャムパンだった……」

廃棄パンは今まで自分が入れられていたクーラーボックスに腰を下ろし、溜息混じりに口を開く。

遠い目をして、失くしてしまった過去に思いを馳《は》せているようだ。同じように想像してみようとしたけれど、黒い斑点だらけの今の廃棄パンからはおよそ想像ができなかった。

「肌の白さ、つや、ふくらみ、もちもち感、きめの細かさ……どれをとっても俺にかなう奴はいなかった……。もちろん一番に買い手がついたよ。俺は最高の瞬間を迎えて、天寿をまっとうするはずだったんだ」

やはり、パンは食べられるのが一番幸せらしい。自分との感覚の違いに感心すらしながら曖昧に頷く。

「ところがだ。あのくそったれ店主が！　うっかり並べ直す時に落としやがったんだ‼」

だん、と怨念のこもった拳を廃棄パンは自分の膝へと打ち付けた。その俯いたままの体勢で、喉の奥から苦しげな声を吐き出す。

「……そいつのせいで、俺は床をスライディングするはめになった。俺は傷物になり……俺が並べられるのを今か今かと待っていた客は俺ではなく、俺の次にうまそうなヤツを買って行った。俺は……廃棄を宣告された……」

「それは……お気の毒だと思うけど、でも……」

「わかってるよ。どんなに出来が良くても泥にまみれたパンは売り物にならない。俺たちはそういう存在だ。だけど、俺は諦められなかった」

膝の上に置かれた廃棄パンの手が、ぎゅっと強く握られる。

「あんなささいなことでどうして全てを否定されなきゃならない!? あんなたった一回の事故で……どうして俺は存在意義さえ失わなければならない!?」

魂の底からの叫びに、胸が締め付けられた。かろうじて「そうだね」と返事を返したけれど、それはちゃんと声になっていただろうか。

たった一回の事故。それも自分ではどうしようもない不可抗力によるもの。その事故が、誰かの運命を変えてしまうことは確かにある。それに見舞われれば逃れようがなく、あっという間に大切なものを奪われてしまう。きっと、何の同情もなしに。私の大事なものを。

「俺たちはパンだ。俺たちは食われるために生まれたんだ」

パンは食べられるために生まれる。それなら、人は何のために生まれるのだろう。その答えを知っている気がするのに、知りたくないと思う。

「俺は必ず食われてやる……! そう誓った俺は廃棄回収車が来るたび、暴れまくった」

一度廃棄された身で、それでも自分の運命に抗《あらが》おうとする姿は、いっそ清々しかった。私には真似できない。アリスは他人《ひと》事のように考える。

「廃棄回収車に乗ることは免《まぬが》れた。だが、俺を食べたいと言う人は現れなかった……。それでも俺は待った。いつか必ず、俺を食べたいと言ってくれる人が現れるって……」

廃棄パンは俯いたまま、拳にしていた手を広げ、その指先を見つめていた。すっかりひび割れ、カビが生えたその手は、廃棄パンの目にどんな風に映っているのだろう。かつての美味しそうだった自分の姿を、彼はまだ覚えているのだろうか。お客さんたちに、あのパンは美味しそうねと微笑みかけられた日を。いい子ねと笑いかけられた遠い昔を。

「待って、待って、待って……気づけばこんな姿になっていた」

自嘲するような、けれど寂しそうな声だった。

「カビが生え、干からび、異臭を放つ。……自分でも寒気がする。わかってたよ。もうだれも迎えになんか来ないってことくらい……わかってた」

……なぜか、その気持ちはわかる気がした。

暗いケースの中で、くるはずのない「いつか」を夢見ている。そんな日が来ないことくらい、わかっていたのに。

――わかっていたのに、それでも振り切れない、かすかな希望。

いつか必ず、あなたは私を……

「廃棄くん……」

「……待て。そのネーミングは、俺に対する挑戦か？　お、おいっ？」

慌てたような声に首を傾げた。目の前の廃棄パンの姿が、滲んでいる。

「ご、ごめん、おかしいな……ちょっと待って……」

なぜか、涙が止まらなかった。拭っても拭っても涙が溢れて頬を濡らす。どうしてこんなにも切ないのかわからなかった。わからないのに、胸が痛いくらいに苦しい。どうしようもなくて、アリスはチェシャ猫のフードで涙をぐいぐいと拭った。

「泣くことはないんだよ、アリス」

慰めるというよりは、窘《たしな》めるようなチェシャ猫の声。

「アリス？　おまえアリスなのか……？」

廃棄パンが驚いたような声を出す。そういえば、名乗っていなかったかもしれない。

「……そうか、おまえアリスか……」

廃棄パンはそう言ったきり、黙り込んでしまった。その間もアリスの涙は止まらず、チェシャ猫のフードを濡らしていく。なぜ、涙が止まらないのかアリスにもわからなかった。この涙は、この痛みはいったい誰のものなのだろう。廃棄パンの不幸な身の上話に同情したのか、それとも。

「アリスに泣いてもらうなんて、運がいいんだか、悪いんだかなァ……」

廃棄パンは一向に泣き止まないアリスをしばらく眺めていたが、小さく溜息をつくと銀のフォークでアリスの額を小突いた。それも結構容赦なく。

「オイ、そんなに泣くなって。アリスが俺たちのために泣いたりしたら意味ないだろが」

額を小突いたフォークは痛かったけれど、廃棄パンの声は優しかった。辛《つら》いのも悲しいのも廃棄パンだけのものだというのに、同情して泣いた上に自分の方が慰められるなんて。アリスがようやく泣き止むと、どこかすっきりしたような顔で廃棄パンが笑った。

「アリスに俺なんか食わすわけにゃいかねーなァ！」

なんて返事をすればいいのかわからなかった。だからただ首を横に振る。

「俺……明日の廃棄回収車に乗るわ」

「そんな……！」

「ま、ここらが潮時だろ」

でも、と言うアリスの言葉を遮るように、廃棄パンは大きく伸びをする。

「そうやってアリスが俺の代わりに泣いてくれたからさ、なんかもういいかって」

廃棄パンの顔がくしゃりと歪む。

「パンは泣けないんだよ」とチェシャ猫が横から口を挟んだ。

泣きたいのに泣けない。その事実にまた、胸が痛んだ。

「……きっかけを待ってたのかもな、俺は」

「きっかけ？」

見返した彼の顔は穏やかだった。

「諦めるきっかけを」

――諦めなきゃ、いけないの？　……私も？

ズキン、と胸が痛む。これは自分の痛みだろうか。

「ま、結果的にアリスに会えたわけだし。……俺の悪あがきも少しは無駄じゃなかった、よな？」

廃棄パンが笑う。全部を受け入れた顔で。

それを見たらもう、駄目だった。

「だめだよ、そんなのだめっ!!」

拳を握り締め、チェシャ猫の肩の上で立ち上がる。

勝手に変えられてしまった運命。不慮の事故さえなければ、叶えられたかもしれない夢。その夢を諦めなければいけないなんて、誰が決めたんだろう。叶うことがあったっていいはずだ。

「チェシャ猫、私決めたわ」

もう涙は出なかった。廃棄パンを見つめ、はっきりと口にする。

「廃棄くんにする！」

「へっ」

間の抜けた声を上げ、廃棄パンは目を丸くした。

♠♥♦♣

公爵夫人の元へ連れて行くストロベリージャムパンがようやく決まり、アリスたちは鶴岡パン店の裏口から外へと出た。表ではまだあんぱんたちの戦いが続いている。どうやら素材の原産地まで争いの種は拡大しているらしい。それに巻き込まれないようにとこそこそとレストラン・イナバへと戻った。

レストランの中は相変わらずの惨状だった。公爵は突っ伏したままぴくりとも動かないし、厨房とホールの間に倒れているカエルの量はレストランを後にした時より増えているようだ。

「あの人が公爵夫人だよ」

入口から下がって、公爵夫人の顔がようやく見えたところで、アリスは廃棄パンに夫人を紹介する。

「俺は彼女に食われるんだな！」

「うん……あ、あのね、あんまりその……味わって食べてもらうことは出来ないかもしれないんだけど」

公爵夫人のあの食べっぷりを見れば、すでに気づいているかもしれない。廃棄パンががっかりしたんじゃないかと様子を伺うと、

「いいよ。今は食べてもらえるってだけでありがたいさ」

思ったよりも明るい笑顔が返ってきてほっとする。

「良かった……」

「なんだよ、暗ぇよ」

アリスを慰めるように、廃棄パンが声を立てて笑った。晴れ晴れした笑顔だった。

「アリス」

ふいにチェシャ猫が目の前に一本の指を差し出す。よく見るとそれは、あんぱんの指のようだ。あんぱんたちの戦いの最中、どうしてそんなものをどさくさに紛れて拾ったきたのだろう。

「お食べ」

「い、いらないよ！　何言い出すの、突然！」

「ストロベリーは小さく、あんぱんは大きく」

呪文のような言葉に、アリスは首を捻る。

「……大きくなれるの？　元に戻れるってこと？」

チェシャ猫が頷いた。

「でも……」

目の前のあんぱんはどう見ても人の指で、パンとわかってはいてもあまり食欲は湧いてこない。

「食えよアリス。あんぱんは単細胞だけど味は悪かないぜ」

いつのまにか屈伸運動をしていた廃棄パンが、顔を上げた。彼に言われてしまうと、それ以上断るのも申し訳ない気がして、渋々あんぱんを受け取る。

指先とはいえ、今のアリスにとってはフランスパンをさらに巨大にしたくらいの大きさに見える。アリスがあんぱんを両手で抱えるのを確認すると、チェシャ猫が静かに床に下ろしてくれる。

「……じゃあ、い、いただきますっ」

覚悟を決め、思い切り指先に噛みついた。爪の部分は薄い飴で作られていて、カリッとした食感がアクセントになりとても美味しい。指先だというのに一口であんこに辿り着き、そのあんこも甘さがちょうど良くパンとの相性が最高だった。

「お、美味しいです」

お世辞ではないことが通じたのか、自分が食べてもらえたわけでもないのに、廃棄パンが嬉しそうに笑った――直後、世界が揺れた。縮んでしまった時と同じように激しい目眩に襲われ、みるみる床が遠ざかって行く。

ふらつく背をチェシャ猫が支えてくれた時には、すっかり元の大きさに戻っていた。手も、足も全て元どおりだ。

あんなにも巨大に見えていたレストランも、今見ればそんなに広くないことがわかる。こじんまりとした趣味の良いレストランだ。ただ、公爵夫人は相変わらず巨大ではあったけれど。

「戻った……んだよね？」

振り返るとチェシャ猫の顔が小さくなっている。廃棄パンも今はアリスの胸辺りまでの身長の、小さな男の子だ。なんだか気恥ずかしくなってスカートの裾を直すと、

「なんだ、アリスってわりとおっきかったんだな」

と廃棄パンが眩しそうにアリスを見上げた。

「よし！　俺もそろそろ行くかァ！」

これでもう思い残すことはない。そんな風に見えた。

「廃棄くん……」

「お別れだな、アリス」

膝をついて、廃棄パンをそっと抱きしめる。肌はひび割れて硬いし、カビの匂いが鼻につく。それでも、嫌じゃなかった。廃棄パンはくすぐったそうに身を捩る。

「泣くなっつったろ。アリスを泣かしたなんてばれたら、首をはねられちまう」

「ご、ごめん？」

意味はよくわからなかったけれど、慌てて手の甲で涙を拭った。

「ありがとな。おまえのおかげだよ」

「私、何もしてないよ……」

促すようにチェシャ猫に肩を突かれ、アリスは彼から体を離して立ち上がった。お別れだ。

「ほら泣いてねェで、ちゃんと見とけよ！　俺の晴れ舞台なんだからな‼」

言うと同時に、廃棄パンは曲芸師さながらの身軽さでテーブルに飛び乗った。軽く屈伸をし、コンディションを確認するように手首足首を回す。

「おっさん、ちょい邪魔」

おっさん呼ばわりされた公爵は、怒る気力もないのかふらふらと顔を上げ、今度は椅子の背もたれにぐったりと体を預ける。テーブルの上に料理以外の障害物がなくなった。

テーブルの端ギリギリまで下がると、廃棄パンは集中するように大きく深呼吸を繰り返した。そして、ゴールを確認するように公爵夫人を睨み付ける。廃棄パンの気合いの入りように、アリスは思わずチェシャ猫のローブを握り締めた。

スタートの合図はなかった。彼はアリスへと軽くウィンクをすると、それを最後の挨拶にテーブルを蹴った。十メートルはあろうかという長いテーブルを駆け、公爵夫人の目の前のお皿を避けるように軽やかに跳躍する。綺麗な放物線を描いて、彼の体は頭から公爵夫人の口へと吸い込まれていった。そこには、何の迷いも見られなかった。

足先まで見えなくなった瞬間、公爵夫人が「ぐ」と呻き声を上げる。喉を押さえてから、苦しそうに自分の胸をどんどんと叩いた。まさか喉に詰まったのかと冷や汗が流れる。

やっと、食べてもらえたのだ。どうか吐き出したりしませんように――祈るように見つめる中、公爵夫人の喉が大きく上下した。その後も、公爵夫人はテーブルの上にある料理を片っ端から口の

中に放り込んでいく。

「ちゃんと……食べたよね？」

夫人を見つめながら聞くと、視界の端でチェシャ猫がにんまり頷いた。

「そう、よかった……」

涙が一粒、頬を流れる。それを拭いながら、諦めてしまった夢を叶えた彼を想った。一度諦めてしまった夢でも、叶うことはあるのだ。

「あとは、小さくなってくれるかなんだけど……」

……しばらく待っても、公爵夫人の食欲は留まることを知らない。

正直、少し心配だった。ストロベリージャムパンであることには違いないが、廃棄パンは年季が入っている。効力が薄くなってしまっているどころか、効かない可能性だってある。

「小さくなれ、小さくなれ……お願いだから小さくなって……」

呪文のように唱えていると、公爵夫人の体が徐々に縮み始めた。まるでぱんぱんに膨らんだ風船が萎《しぼ》んでいくかのように、ぐんぐんと小さくなっていく。

「やったあ……！」

思わず叫び、夫人の元に駆け寄った。

公爵夫人は、自分の身に何が起こったのかわかっていないらしく、マッシュポテトらしきものが盛られているボールの中で目を丸くしている。その大きさは手乗り文鳥程度で、小さくなっていたころのアリスよりもさらに小さい。

「おお、おお、お前！」

さっきまで椅子でぐったりしていた公爵が、よろめいた足取りで駆け寄ってきた。ボールを覗き込み、「こんなに小さくなってなあ」と感動したような声を上げている。夫人はと言うと、まだきょろきょろと辺りを見回していた。

「さあ約束よ、公爵。シロウサギのことを教えて」

「もちろん、もちろん。シロウサギはそこの――」

言いかけた公爵の言葉を、夫人の悲鳴が遮った。慌てて公爵がボールを覗き込む。てっきり、縮んでしまった事実にショックを受けて叫んだのかと思ったが、そうではなかった。

夫人はマッシュポテトの山をうっとりと見つめ、

「食べ物が大きくなったわ！　これならいくら食べても無くならないわ！　ああ、なんて幸せなの!!」

大喜びで頭ごとポテトに突っ込んで食事を再開した。

「おまえ、これ、お前！」

公爵が止めようとしてもおかまいなしだ。

「あのー……公爵さん？」

「…………」

公爵はマッシュポテトの海で泳ぐ夫人を凝視している。

「……それでシロウサギは『そこの』……？」

ふるふると公爵の肩が震えていた。嫌な予感がする。

「何も変わっておらんではないかー!!」

予感は的中し、公爵は不満たっぷりにアリスを睨み付けた。

「わしは食事を終わらせてくれと言ったのだぞ！　前より嬉々として食べておるではないか!!」

「それは……まあ、でもほら、小さくなったってことはお料理がちょっとでもいいんだし、そうしたらカエルたちの負担は軽くなるでしょう?」

「カエルなんぞどうでも良い！　わしは！　わしの平穏は!!」

「平穏って言われても……」

存外しぶとい人だとは思っていたけれど、あれだけカエルの犠牲を出しておきながらどうでもいいとは、やはり神経は図太いらしい。

「えっと……いい奥さんね。とっても前向きだと思うわ」

普通、小さくなったら取り乱して食欲どころじゃなくなってしまう。

「愛してるんでしょ。あるがままを受け入れてあげたら……」

「じゃあシロウサギのことなんか教えてやらんもんね!!」

これではまるで子供だ。

「もう、聞き分けのないこと言わないでよ。状況はマシになってると思うわ、少しは……」

見た目だけしか平和になっていないかもしれないけれど、少なくともこれでカエルが死んでしまうようなことはなくなるだろう。

「アリス」

「なあに？」

ボールを覗き込んでいたチェシャ猫がふいに呼んだ。これ幸いとばかりに公爵の追求から逃れて、チェシャ猫と同じようにボールを覗き込む。

「ど、どうしたの、これ……？」

ボールの中では、公爵夫人がお腹を抱えてポテトの海をのたうち回っている。体があまりに丸いので転がって遊んでいるようにも見える。

「食中毒」

ぼそっとチェシャ猫が言った。

「えっ!!」

公爵が慌ててボールの中から夫人を掬《すく》い上げる。公爵の手の中で、夫人は短い手足をバタバタと動かしている。

「おなか～お腹痛い～!!」

「おお、おお、お前や。大丈夫かい？」

「トイレ～！　あなたトイレ～!!」

「おお、おおトイレ！　トイレだな！　任せておきなさい!!」

公爵は大急ぎで夫人をトイレへ運ぼうとして、その途中でアリスを振り返った。

「ありがとう、わしらのアリス!!　世話になったな」

「あの……」

「そうそう、シロウサギならそこの扉を抜けていったぞ」

そこの、と顎で示された先には無骨な鉄の扉があった。今まで、巨大な公爵夫人の体で隠れていたらしい。

「トイレ〜‼」

「お、おお、おお、もう少しだ。我慢おし」

公爵は満面の笑顔でトイレへと駆けて行く。食中毒だろうと、食事が中止されればそれでいいらしい。公爵の基準に首を傾げたくなる。

「……大丈夫かな、公爵夫人」

食中毒の原因は間違いなく、廃棄パンだろう。彼を食べさせたことに後悔はないけれど、それでも申し訳ない。

「大したことでもないさ」

「……そうね。夫人の胃は丈夫だもんね？」

お皿をすごい勢いで飲み下していたことを思い出す。お皿を消化出来るくらいなら、年季の入った廃棄パンくらいどうってことないだろう。

「シロウサギの行方《ゆくえ》も聞けたし、結果オーライよね？」

そっと厨房を覗き込むと、給仕をしていたカエルたちが死んだように眠っている。お腹が上下しているから、死んではいない。

奥で料理していた女も、コショウと包丁を握り締め、立ったまま眠っていた。いくら笑っていてもやはり疲れはピークだったに違いない。

「お疲れさま……」

皆を起こさないように声をかけると、

「さあアリス、シロウサギを追いかけよう」

チェシャ猫のこの言葉も、なんだか久しぶりな気がした。

♠♥♦♣

公爵が指《さ》し示した扉は鉄製で、上品なレストランの中では浮いていた。

「ここで……いいんだよね……?」

いかにも怪しい雰囲気に怖じ気づきそうになる。チェシャ猫はというとアリスの後ろにぴたりとついたまま何も言わない。

扉は普通のものより少しだけ小さめで、アリスでも屈《かが》まなければ通れそうにない。ノブを回すと予想外に簡単に回った。ただその扉は重く、かなり力を込めて引っ張らないと開かなかった。ようやく隙間ができたので中を覗き込むと、すぐに四、五段の階段があり、そこから真っ直ぐに薄暗い通路が伸びていた。横幅も狭く、人がやっとひとり通れるほどしかない。

「……なんか不気味……」

屈んで扉をくぐり、通路に足を踏み入れると湿った空気が肌にまとわりつく。

「ねえ、こんなとこ本当に――」

チェシャ猫の方を振り返ろうとした瞬間、目の前で重い扉が音を立てて閉まった。外からの光が遮断され、通路が急に暗くなる。慌てて扉を開こうと手を伸ばしたけれど、

「えっ、あれ？」

想像した場所にドアノブがなく、アリスの手が空を切った。

「嘘でしょ……ドア、消えちゃった……」

暗くて見えないだけかと手探りでノブを探したけれど、やはりない。扉のあった場所に手を滑らせても、真っ平らな壁があるだけで扉の区切り目すらない。

「チェシャ猫！　ねえ、聞こえる!?」

扉があったはずの場所を両手で叩いても、返事は返って来なかった。それに鉄の扉を叩いているはずなのに音の反響もなく、まるでコンクリートを叩いているような軽い音が返る。

いくら壁を叩いても手が痛いだけで、一向に扉は開きそうにない。仕方なく、後ろに伸びている通路を振り返った。ぽつりぽつりと裸電球が下げられてはいるがその明かりは弱く、余計に通路を心許ない印象にしている。

壁はコンクリート打ちっ放しの素っ気ない作りで、この壁の向こうがあのレストランだとはとても思えない。通路が長すぎるのか、奥は暗くて見えなかった。もう一度、背後を振り返る。どう見ても壁しかない。

――戻れないのならば進むしかない。一歩前へと足を踏み出した。

学校にいた時もそうだった。とにかく前へ、進める方へと歩き、ここまで辿り着いたのだ。幸い、この通路は一本道で迷うことはなさそうだ。

覚悟を決めて歩き出すと、自分の足音がやけに大きく耳に届いた。窓がないせいで音がこもっているのかもしれない。

裸電球の明かりを頼りに前に進んではいるものの、その明かりはあまりに弱く照明器具としての役目を果たしていなかった。しかも等間隔に並んでいるせいで、次第に自分がどれくらい歩いたのかわからなくなっていく。

きちんと前に進んでいるだろうか――。後ろを振り返ってみても、途中まで裸電球の明かりが見えるだけだ。下手をすると前後がわからなくなってしまいそうで、頭だけで振り向くに留め、再び前へと歩みを進める。心細いせいか、自然と腕は胸の前で合わせるような奇妙な格好になっていた。

コツ、コツ、と自分の足音が耳につく。ハイヒールでもないのに、本当によく音が響いた。何か踏んでいるんじゃないだろうかと立ち止まった時、コツ、コツと地面を踏む足音が聞こえた。

――私、今歩いてない。

恐怖で体が竦み、身動きすら取れなかった。

コツ、コツ、コツ、と聞こえるヒールの音は、前から徐々に近づいてきているようだ。後をつけられていたわけじゃないことにほっとし、けれどまだ不安げに前方に目を凝らした。

相変わらず通路は暗く、何も見えない。

足音は規則正しかった。反対側から来るということは、出口も知っているということだろう。そのことに少し安心し、アリスも再び歩き出そうとした時、相手の足先が見えた。黒いパンプスだ。女の人だったことにどこかほっとしていると、続いてベージュ色のスカートが見え、裸電球の心許ない光の中に全身が浮かび上がる。

「!!!」

……喉がひりついて、悲鳴さえ上げられなかった。

コツ……、と女が一歩アリスへと歩み寄る。女の顔には包帯が幾重にも巻かれ、かろうじて見えるのは口だけ。目も鼻も包帯に隠され、顔立ちはわからない。

「あ……」

後退ろうとした足がもつれ、その場に尻餅をつく。慌てて立ち上がろうとした瞬間——

キャンキャン。

甲高い子犬の鳴き声がすぐ横で聞こえた。ぎょっと顔を向けると、そこにあったのは機械仕掛けで動くおもちゃの小犬だった。

明るい栗毛の体が、アリスが見ている目の前で見る間に黒く焼け落ち、プラスチックが焦げる嫌な匂いが鼻についた。愛らしかった顔は爛《ただ》れ、不格好な機械の骨が覗く。

キャンキャン。

小犬は吠える。……先ほどより、鳴き声が濁って聞こえた。

アリスは瞬きひとつせず、小犬が黒焦げになっていくのを見つめていた。目を、離すことができなかった。だってそれは……

「おまえ……せい……」

かすかに聞こえたくぐもった声に、はっと顔を上げる。女は、包帯で覆われ見えないはずの目で、けれどしっかりとアリスを捉えていた。

心臓が、大きく跳ねる。

女は不確かな足取りで、ゆっくり、ゆっくりとアリスに向かってくる。どうにかして逃げたいのに、射竦められたように体が動かなかった。

「……アリ……おまえのせ……」

アリスの顔に、女の影がかかる。その距離まで近づかれてようやく気づく。

――女の右の脇腹はぐっしょりと赤く染まっていた。

だらりと下げられた右腕も、その手に握られた包丁も。

ぽたり、と赤い雫が地面に落ちる。

キャンキャンキャン……。

小犬はまだ吠え続けていた。壊れて歪んでしまった耳障りな声で。

「ごめんなさい……」

どうして謝るのか自分でもわからない。

ただ怖くて……怖くて怖くて、仕方ない。

女が真っ赤な包丁を振り上げた。

「ごめんなさい、ごめんなさい、ごめんなさい!!」

アリスは頭を抱え、その場に丸くなる。それ以外の言葉を忘れたかのように、それしか、身を守る術《すべ》を知らないかのように、ただひたすらにごめんなさいと繰り返した。

……包丁に貫かれる痛みを待っていた。

けれど、いつまで経ってもその時はやって来ない。恐る恐る目を開けると、そこには女も、機械仕掛けの小犬もいなかった。地面に目を凝らしてみたが、落ちたはずの赤い染みもない。一瞬の間の後、アリスは弾かれたように駆け出した。先の見えない通路を、前も見ずに走る。

ごめんなさい、ごめんなさい、ごめんなさい。

恐怖のあまり吐き気がした。頭の中で何度も謝罪を繰り返す。誰に向けてのものなのか、なぜ謝らなければいけないのか。そんなこと、アリスにもわからない。

何も考えたくなかった。それなのに、油断すると頭が勝手に動き出そうとする。頭をコンクリートに打ち付けてしまいたい衝動を抑え、とにかく走った。

永遠に終わらないかに思われた闇の通路は、唐突に終わりを告げる。

通路の突き当たりにドアが見えた。ドアの向こうがどうなっているかはわからない。——でも、ここから出られるなら、なんでもいい。

アリスは迷わず、そのドアに手をかけた。

第三章　見慣れた街の　見慣れぬヒトたち

ドアの向こうは、見覚えのない路地だった。

生ぬるい風が頬を撫でる。ふらふらと歩いて行くと、路地の途切れた先に人が歩いている。……随分久しぶりに人を見た気がした。

大通りまで出てみて、ようやくそこがレストラン・イナバの入っていたホテルの裏通りだったのだと気がつく。だがすぐには実感が沸かず、しばらく人々が行き交うのをぼんやりと見守る。すでに夜に差しかかっている街の通りには、外灯が灯《とも》り、ショーウィンドウも明るい光を放っていた。

ほんの少し前まで、誰もいなかった街。

帰宅途中らしいサラリーマンが、立ち尽くしていたアリスにぶつかりそうになり、舌打ちを零して避けて行った。戻りたいと思っていたはずの日常なのに、まるで迷子にでもなったような気分だ。どこへ行けばいいのかわからない。

――ふと視線を感じて顔を上げると、車の流れる車道の向こうからこちらを見ている男がいた。目が合うとすぐに、横断歩道へと走って行く。

知らない人のはずだ。信号は赤で、男の人は苛立ったように足を止め、

「おい！」

アリスに向かって呼びかけた。

――逃げて。

頭の中で誰かが言った。誰の声かもわからないのに、心臓が大きく脈打ち、焦り出す。あの男に捕まってはいけない。本能のようなところで感じ取ったアリスは、じり、と一歩足を引いた。

車道の信号が黄色に変わり、車の流れが止まり始める。歩道の信号が青になったら、あの男はアリスを捕まえに来るだろう。

信号が変わるのを見届ける前に、アリスは身を翻《ひるがえ》して走り出した。

「おい、待て！」

焦ったような男の声が背中から追ってくる。アリスを捕まえに来る。

捕まってしまったら私は――

点滅する信号を強引に渡り、人にぶつかり、ぶつかられながら男の目から逃れるために走った。

適当なビルの陰に駆け込み、乱れた呼吸を押し殺して様子を伺う。……追って来るような足音は聞こえなかった。それでもしばらくじっと身を潜《ひそ》め、ようやくほっと息を吐き出した瞬間、背を叩かれて飛び上がる。

慌てて振り返ると、そこには見慣れたセーラー服姿の少女が立っていた。

「雪乃……？」

小中高とずっと一緒の学校に通う、一番の友達。

「やっぱり亜莉子だ」

亜莉子、と呼ばれてようやく『こちら』に帰ってきたような気がした。

「どうしたの、そんな可愛いカッコしちゃって」

屈託のない笑顔を浮かべながら、雪乃はエプロンドレスの裾を引っ張る。

「雪乃……だよね、本物よね？」

思わず、確認するように雪乃の腕を掴む。

「どうしたの、亜莉子……何かあった？」

「変な人が追いかけてくるの！」

「ええ!?」

慌てたように、雪乃は辺りを見回した。

「どんな人？」

「男の人で……三十歳くらいの」

ビルの陰から顔を出すようにして確認してくれた後に、

「特に怪しい人はいないみたいだけど……」

安心させるように亜莉子の手をぽんぽんと優しく叩く。その手に励まされるように、どうにか呼吸を落ち着かせた。

「うん、もう大丈夫」

「危ないなあ、亜莉子って変なのに好かれやすいんだから……」

笑みを浮かべていた雪乃の目が、突然険しくなる。

「どうしたの、それ……ほっぺた真っ赤じゃない！」

わけがわからず頬に手を当てると、思い出したように頬が熱を帯び、じくじくと痛み出す。

「あ、痛……」

「だれかに叩かれたの!?」

「う、ううん。そんなことないよ。おかしいな、いつのまに……」

確かに頬は痛みを訴えているけれど、ぶたれた覚えも、ぶつけたような覚えもない。――こんな痛みは、知らない。

心配そうに顔を覗き込んでいた雪乃は、ふわりと表情を和《やわ》らげた。

「大丈夫」

何度、雪乃のこの言葉に助けられてきただろう。笑いかけてもらえるだけで、本当に大丈夫なような気がするから不思議だ。

「私が一緒にいてあげるから」

「ありがと……」

ようやく体の力を抜くことができた。友達が――雪乃が、いてくれて本当によかった。

「……というわけで、どっか行かない？　お腹空いちゃった」

笑顔で人差し指を立てられ、面食らう。

「……でも私、お金持ってないよ」

鞄は学校に置いて来たままだし、服ももらい物のエプロンドレスでポケットには何も入っていない。

「ファーストフードならおごってあげる」

「でもこんなカッコなのに」

「なんで？　いいじゃん、かわいーよ」

ひとりになったところで、どこに行ったらいいのかまたわからなくなってしまうだろう。おごってもらうのは気が引けたけれど、今はひとりになりたくなかった。

「うん……いいよ。行こ！」

「そう来なくっちゃ」

じゃあこっちね、と雪乃は先導するように歩き出す。何も考えていないようでいて、ちゃんと亜莉子が逃げて来た道とは反対の方向に歩き出してくれる気遣いが嬉しかった。雪乃の気遣いはいつだってさりげなくて、いつだって亜莉子を助けてくれる。

——特別な友達。

♠♥♦♣

駅前のファーストフード店は、放課後はいつも亜莉子と同年代の学生で溢れている。だが今は夜にさしかかっている時間帯のせいか、大学生らしき人やまだ若い印象の社会人たちの姿が目立った。

「何にする？」

「ほんとにおごってもらっていいの？」

「いいよ。誘ったの私だし」

「じゃあお言葉に甘えて」

メニューを見上げたけれど、食欲はわいてこなかった。

「ホットココアにしようかな」

何か温かい飲み物で胃を温めたい。亜莉子が選ぶと、

「じゃあ、私はポテトと……トマトジュースにしよっと」

雪乃はさくさくと店員に注文を通す。

飲み物を受け取ってから二階に上り、大きなガラス窓に面したカウンター席に並んで腰を下ろした。街の人々が見下ろせるこの席は、二人のお気に入りだ。

「はい、どうぞ」

「ありがとう」

ホットココアを受け取り、口に運ぶ。息を吹きかけながらゆっくりと飲み込むと、口の中にじわりと甘味が広がっていった。長い間、こういう落ち着いた時間を過ごしていなかったような気がする。

だいぶ気持ちが落ち着いてきたので、亜莉子は雪乃に話を聞いてもらおうと口を開こうとしたが、最初の言葉が出てこなかった。あまりにたくさんの奇妙なことがあり過ぎて、何からどう話したらいいのかわからない。

そもそも、『あちら』の世界での出来事は本当にあったことなのだろうか。

チェシャ猫に仕立て屋のハリネズミ、公爵夫人にカエル給仕、ストロベリージャムパン……。落ち着いて思い出してみても突飛すぎて、本当に彼らと会って話していたのか自信がなくなってくる。気がついたら外に出ていたし、ずっと一緒にいたチェシャ猫だって今はいない。亜莉子が白昼夢を見ていたと言った方が、まだ信じてもらえそうな気がした。

「そういえばさ」

迷っている間に、雪乃がトマトジュースをすすりながら口を開く。

「もうすぐ亜莉子、誕生日でしょ」

「え……」

今まで考えていたこととあまりにかけ離れた日常の会話に、一瞬思考が停止した。

「どうかした?」

「あ、ううん！　なんでもないよ」

不思議そうに首を傾げた雪乃に、慌てて首を振る。そう、普通とは、日常とはこういうものだったはずだ。ココアの味と共に、日常を噛み締める。

「プレゼント、楽しみにしててよ。今回のはとびっきりなんだから！」

「いいのに、プレゼントなんて……」

そんなに気を遣わないで。そういう意味で言ったつもりだったのだけれど、雪乃は拗《す》ねたように頬を膨らませた。

「もう、なんでよ」

「あ、違うの、ごめんんね。そういう意味じゃなくて、うち、誕生日祝う習慣ないから……。言わなかったっけ?」

「……そうだっけ?　なんで?」

何の気負いもなく雪乃が聞く。答える亜莉子の方が少しだけ躊躇《ちゅうちょ》してしまった。気を遣われたら、少し辛い。

「……お父さんが亡くなったから、かな」

亜莉子の父は、亜莉子が四歳の誕生日を迎えた数日後に亡くなった。幼かったこともあり、亜莉子にはあまり父親の記憶がない。けれど、自分の誕生日のすぐ後に亡くなったということだけは不思議とよく覚えていた。

父の命日と近いせいなのか、亜莉子の家では亜莉子の誕生日もなかったもののように普通の日として過ぎていった。誕生日だけではない。

父がいなくなった時から、お祝い事というものをした覚えがなかった。

人に話すと大抵驚かれ、同情される。雪乃とは付き合いが長いからすっかり話した気でいた。優しい雪乃のことだから、きっと質問したことを気にしてしまうと思ったけれど、

「ふうん」

と思いのほか、薄い反応を返した。そのことにかえってほっとする。

「でもせっかく亜莉子が生まれた日なのに……」

同情でもなんでもない。本心からそう思ってくれていることが伝わってきて、嬉しかった。誰に祝ってもらわなくても、雪乃にそう言ってもらえるだけで満足だ。照れ臭いから口に出しては言わないけれど。

「あ、だけどね、今年は武村さんがお祝いしようって言ってくれて」

雪乃と話しているうちに、日常の感覚を取り戻してきたせいか、今まで忘れていたことも順番に

思い出していく。

「……タケムラさん？」

「お母さんの恋人。話したことなかった？」

「ふうん……」

また、雪乃は曖昧に頷いた。

武村、というのは近く亜莉子の母と結婚する予定の男性だ。まだそんなに長い時間を共に過ごしたわけではないが、亜莉子にも優しく接してくれるいい人だという印象があった。

父親が死んでからお祝い事の消えた葛木家にも、新しい父親と共にお祝い事が帰って来るかもしれない。そう思うと嬉しかった。

「どんな人？」

「武村さん？　いい人だよ。穏やかで……私にもすごく優しい」

「ふーん……じゃ私のプレゼントはいらない？」

ほんの少し拗ねたような雪乃の口調に思わず笑ってしまう。

雪乃はたまに、子供っぽい。

「いる！　だってとびっきりなんでしょ！」

前のめりに言うと、すぐに機嫌を直したように雪乃も笑った。

「そう、楽しみにしててね！」

自分の誕生日を楽しみにするのなんて、物心が付いてからは初めてかもしれない。程よいぬるさになったホットココアに口をつけながら、雪乃のとっておきを想像して小さく笑う。

「あっ……」

紙ナプキンか何かを取ろうとしたのか、手を伸ばした拍子に、雪乃がトマトジュースをトレイの上に倒した。

「やっちゃった」

急いで起こしたけれど、それでもトレイの上は赤い液体で汚れてしまった。トマトジュースとは思えないその赤さに驚き、亜莉子はぎこちなく目を逸らす。

「ちょっと待ってて」

ハンカチを手に、雪乃が席を立った。

「トイレ?」

「うん」

どうやら、スカートにもジュースが飛んでしまったらしい。洗ってくる、と雪乃がぱたぱたと走って行く。

トマトジュースまみれのトレイをどうしようかなと思っていると、ちょうど二階のゴミ箱を片付けに来た店員が、嫌な顔ひとつせずに片付けてくれた。すでにポテトを食べ終えていて、よかった……。

手持ち無沙汰になった亜莉子は何気なくガラス窓から見える駅前通りを眺めた。そこには多くの人が各々の生活を営《いとな》むために行き交《か》っている。

険しい顔で携帯を耳に押し当てているサラリーマンに、これから合コンか何かなのかお化粧も洋服もばっちり決まった女の人、大きなヘッドフォンをつけて体を揺すりながら歩く若い男の人がいれば、亜莉子たちと同い年くらいの制服姿の女の子たちもいる。

約束したわけでもないのに、こんなにも多くの人がひとつの場所に集まっている奇妙さ。それと同時に、今ここにいる人たちが誰もいなかった時のことを思い出して不思議になる。

人を観察しているだけでも飽きないなと、次から次へと通り過ぎて行く人々を見ていると、その中に異質な白い色を見つけた。

「!!」

思わずガラス窓にへばりつくようにして、その後ろ姿を追っていた。

黒や茶色の頭の中を、長くて白い二本の耳が揺れながら遠ざかっていく。周りの人はシロウサギが見えていないみたいに、誰も気にしていない。シロウサギもまた誰も気にしていないように、ふらふらと、けれどぶつかることもなく人混みの中を歩いて行く。

――追いかけなきゃ。

シロウサギが見えなくなる前に、とカウンターの椅子から滑りおりたところで我に返った。どうして、追わなければいけないのか。

シロウサギを追いかけていたのは亜莉子ではない。チェシャ猫が探せと言っていたから、亜莉子はそれに付き合っていただけだ。今はもうそのチェシャ猫もいない。そう、亜莉子には関係がない。

それでも、追わないといけない。だってもう……

――それしかないの。

また、あの声がした。

怪しい男に出会った時にも、頭の中に聞こえた声だ。誰の声かはわからない。どうしてそれしかないと言うのかもわからない。

どうしたらいいのだろうと混乱しているうちに、右の脇腹がふいに痛み始めた。急な痛みに驚いてお腹を見てみても、何もおかしなところはない。それなのに、ずきずきと痛みだけがある。

その痛みが、亜莉子の背中を押した。

――行こう。

また、頭の中の誰かが言う。

――追いかけて、辿り着かなきゃ。

何のことかはわからない。それでも、その声は亜莉子を突き動かす。そうだ、私は行かなければならない。一歩踏み出した時、

「お待たせ、亜莉子」

ちょうど雪乃が戻って来た。

「ごめん……私、行かなきゃ」

両手を合わせて謝ると、雪乃の脇を擦り抜けるようにして階段を駆け下りた。

「え……ちょっと亜莉子⁉」

階段の上から、慌てた声が追いかける。

「ごめん、ほんとにごめんねっ！」

謝罪を繰り返しながらも、亜莉子は振り返らずに店を飛び出した。

♠♥♦♣

シロウサギを追いかけているうちに、いつのまにか高架線の裏通りを歩いていた。雑居ビルや個人商店が並ぶ通りは静かで、つい先ほどまでの人混みが嘘のように途絶えてしまっていた。

シロウサギは相変わらず半分透けていて、後ろからでもウサギが手に抱いている人形が見えた。前に教室で出会った時も抱いていた、赤ちゃんのようにぷっくりとした人形だ。

頭も、腕も、足もない、胴体だけの人形……のはずだった。

「！」

今、シロウサギが抱いている人形には、腕がついていた。

みずみずしく柔らかそうな腕が、あやすように揺《ゆ》するシロウサギの手の中でぶらぶらと揺れる。

「……ねえ」

恐る恐る声をかけてみた。シロウサギは振り返らない。亜莉子の声なんて聞こえなかったみたいに、赤ん坊をあやしながらゆらゆらと歩いて行く。

外灯がまばらにしか設置されていないせいか、道は暗かった。普段ならば、通ることを避けるような道だ。だけど今は、シロウサギの影がほんのりと発光しているように見えるせいか、不思議と恐怖は感じなかった。

白い影が放つぼんやりとした光を見つめながら歩いていると、ふいにウサギが歌い出す。

アシ　アシ　アシ
アシはどこだろ
アシがなくっちゃ
僕と一緒に歩けない

ウサギは歌いながら、脇に立ち並ぶビルのひとつへと入っていった。

亜莉子はすぐには後を追いかけず、ビルを見上げる。縦に細長い四階建てのビルで、今は使われていないのか明かりのついている窓はない。壁には煤《すす》がこびりついていた。火事でもあったのだろうか。

少し迷ったが、戻るわけにはいかない。亜莉子はシロウサギを追って、廃墟と化したビルへと足を踏み入れた。

♠♥♦♣

ビルに入るとすぐにエレベーターがあった。ボタンを押してみたけれど反応がない。壊れているのだろうか。

ビルの中は外よりもずっと煤汚れが酷く、ボタンを押しただけで指が真っ黒になった。エプロンでそれを拭いながら、エレベーター脇にあった細い階段へと足を進める。長年誰の手も入っていないのか、階段には煤の他にも砂やごみが積もっていて、歩く度にざりざりと音がした。天井も壁も、煤だらけだ。……やはりこのビルで火事があったのだろう。

二階につくとドアがあったので引いてみた。けれど、入ってすぐのところに大量のガラクタが積まれていて、奥へは行けそうにない。諦めて三階へと上がった。二階同様、三階にもドアがついており、試しに開けて見ると今度は何も荷物がなく、廊下へと出ることができた。

ドアから伸びる細い廊下には、左右に二つずつ、磨りガラス入りのドアがついていた。廊下も煤で汚れてはいたが、階段よりはずっとましだ。

埃っぽい空気はひんやりと冷たく、地下の空気を吸っているような錯覚に陥る。――人の気配は、しない。シロウサギの姿もない。

廊下の明るさがチカチカと明滅し、そこでようやく天井に蛍光灯がついていることに気がついた。外から見たら電気などついていないように見えたのに、まだ電気が通っているらしい。

よく見ると、右手前の磨りガラスの奥が、ほの明るい。それは、シロウサギの発光しているあの光のようにも見えた。ドアの上半分にはめ込まれた四角い磨《す》りガラスは少し割れていて、小さな隙間がある。そこから中を覗き込もうかなとも思ったが、少しの間悩んでから結局ドアをノックした。

「はい」

まさか返事が返って来るとは思っていなかっただけに、とっさに反応できない。亜莉子がドアを凝視している間に、ドアノブが回り、軋んだ音を立てながらドアがわずかに開いた。

「ようこそ……」

ドアの隙間から、笑っている男の目が見える。

「あ……あの……」

亜莉子がまごついている間に、ドアは大きく内側へと開かれる。

「さあどうぞ」

結局、何も応えられないまま、亜莉子は室内へと足を踏み入れた。

室内はぼんやりとした明かりに照らされていた。よく見るとそれはテーブルの上に置かれたキャンドルで、外から見えた明かりもこれだったようだ。

電気は点《つ》いておらず、コンクリート打ちっ放しの壁と天井が、キャンドルの揺れる明かりに無愛想に照らし出されていた。小さな窓がひとつあったが、酷い埃ですっかり曇りきり外の景色は見えない。たとえ磨かれていたとしても、隣のビルの壁が見えただけだとは思うが。

長いこと閉め切られていたのか、室内の空気は澱《よど》んでいる。それでも廊下や階段とは違い、ごみや埃は落ちておらず、不潔だとは思わなかった。

どうぞ、と男にレストランのボーイのように椅子を引かれ、キャンドルの置かれているテーブルに促される。テーブルには白いクロスがかけられ、お皿もないのに銀色のスプーンとフォークが綺麗に並べられていた。向かい側にも椅子が一脚あるが、食事の用意がされているのは亜莉子が勧められている席だけだ。

「どうぞ」

もう一度声をかけられ、亜莉子は男の方へと視線を戻す。

妙に細い男だ。肩幅が狭いせいでそう見えるのかもしれないが、顔も面長で手足も異様に長い。上下に引っ張られたようだとでも言えばいいだろうか……。

「どうぞ」

笑ったまま、男が繰り返す。

男の物腰は柔らかく、先ほどから笑みを絶やさない。でも、その笑顔はお面のように張り付いていて、笑っているのに笑っていないような印象を受けた。チェシャ猫もいつでも笑っているが、この男はまたそれとも違う。

それにしても、ここはレストランだったのだろうか。

――だとしたら、とんだ勘違いだ。

食事をしに来たのではないと告げようと思うのに、男の笑顔は有無を言わさぬ妙な迫力があり、亜莉子は気圧されるように椅子の前に立った。座る動作に合わせて椅子を押され、ごく自然に腰を下ろす。

男は優雅な仕草でお辞儀《じぎ》をすると、すたすたと廊下の方へ消えて行く。

扉の向こう側から食器を扱うような音がするので、食事の準備をしてくれているようだとわかる。

あれだけ熱心に椅子を勧められたせいで席を立つのも躊躇《ため》われ、仕方なく亜莉子は男が戻ってくるのを待つことにした。

　しばらく経つと、食器の音をかすかにたてながら男が部屋に戻って来た。男は右手に真っ白なテーブルナプキンのかかったカゴ、左手には蓋のついたシチュー皿を持っていた。食器の音で消されているのか、男の足音はまるでしない。男は滑るように亜莉子の背後に回り込むと、後ろから手を回すようにして皿とカゴをテーブルに置いた。

　やはりここはレストランだったのだ。亜莉子が支払いのことを気にかけていると、男がテーブルを回って正面の椅子に座る。もしレストランならば、同じテーブルにボーイが座ったりはしないだろう。

「あの……あなたはだれ？」

　どうして亜莉子を部屋に招いたのか。どうしてこんな風にもてなしをするのか。誰かと間違えていませんか――？

　そんな気持ちを込めて聞くが、男は薄い笑みを浮かべたまま何も応えない。……いや、口端が引き上げられているから笑みのように見えるだけで、男の細い目はまるで笑みなど浮かべていなかった。それどころか視線は冷たく、まるで亜莉子をじっと観察しているかのようだ。その様はどことなくは虫類を思わせる。

　男が亜莉子を見つめたまま口を開いた。

「シチューはいかがですか。パンをどうぞ」

　棒読みではないが、機械的な口調だ。それだけに意図がわからない。

「……シロウサギを探してるの。ここに来なかった？」

「シチューはいかがですか。パンをどうぞ」

男はまったく同じ言葉を繰り返した。亜莉子の質問が聞こえなかったのだろうか。男の真っ黒な髪が、キャンドルに照らされた箇所だけ濡れたような緑色に光っていた。それがまた、は虫類を連想させる。

「いらないわ。ねえ……」

「シチューはいかがですか。パンをどうぞ」

亜莉子の声が聞こえなかったはずはない。亜莉子が無言のまま目の前のシチュー皿とパンの入ったカゴを見つめていると、

「シチューはいかがですか。パンをどうぞ」

細い目をさらに細めて男が繰り返した。亜莉子が何かを口にするまで、この男は同じ台詞を言い続ける気かもしれない。椅子に座った時のことを思い出し、諦めてパンへと手を伸ばす。

カゴにかけられていた白い布巾を取ると、パン特有の良い香りがした。カゴの中にはこんがりと茶色いパンがこんもりと盛られている。桜の塩漬けが乗ったあんぱん、けしの実つきのあんぱん、ごまを散らしたあんぱん……なぜかどれもあんぱんばかりだ。どれかはこしあんで、どれかはつぶあんなんだろうと思うと、なぜか手を伸ばす気にはなれなかった。

あんぱんの山を前に逡巡していると、茶色いパンの隙間から白い肌がちらちらと見えた。気になってあんぱんを退けてみると、その白くて丸いパンはカゴの一番底、他のパンに押し潰されるように

して入っていた。とても柔らかいせいで、少し潰れてしまっている。さらによく見ると、端っこに黒い斑点が浮かんでいた。カビが生えている。

「カビ……」

引き寄せられるように、亜莉子は白いパンを手に取っていた。パンを千切ると、中から赤いジャムがとろりと垂れる。ストロベリージャムパンだ。

何の躊躇もなく、千切ったパンを口に放り込んだ。その途端、口の中いっぱいに甘味が広がる。カビが生えていたはずなのに、少しもカビ臭さなんて感じず、それどころか柔らかいパン生地は泡《あわ》雪《ゆき》のように口に入れた途端ふわりと消えていった。パンを食べる手が止められない。千切っては口に運び、口の中から消えてしまうとまた千切っては口に運んだ。

やがて、急激な眠気に襲われたが、パンを食べる手は止められなかった。

ゆらゆらと頭を揺らしながらも取り憑《つ》かれたようにパンを食べる亜莉子を、細い男は無言で見つめている。亜莉子の頭の揺れが大きくなってくると、男はパンのカゴとシチュー皿をそっと脇へとどかした。

ますます頭が重くなっていく。眠気が強くなっていく。最後の一口を口に入れた時、ついに耐えきれず、亜莉子はテーブルに突っ伏した。やっと、目を閉じることが出来る。酷い眠気の中、ぐるぐると脈絡のない疑問が頭を巡った。

シロウサギはどこにいるの？

チェシャ猫はどこへ行っちゃったの？

私はどうしてシロウサギを追いかけてるの？

――私は、どうなるの……？


ぐるぐる、ぐるぐると疑問は回る。

わるいことは、ぜんぶ、けしてあげよう

男が何か呪文のような言葉を口にした時には、すでに亜莉子は深い眠りの底へ落ちていた。

♠♥♦♣

……キャンキャン。キャンキャン。

どこからか、小犬の鳴き声がする。本物の小犬じゃない。機械の、作り物の声だ。焼け焦げ、無残に骨組みが覗いてしまっているあの小犬の声だ。

キャンキャン。キャンキャン。キャ――……

ガシャン、という音と同時に小犬の声が止む。床に転がった小犬のおもちゃは、おかしな機械音だけをジージーと鳴らしていた。

誰かが、壁に小犬を投げつけたのだと理解するのとほぼ同時に、虚《むな》しく口だけを開け閉めする小犬を誰かの細い手がぞんざいに拾い上げる。そしてまた、無造作に壁へと叩きつけた。

キャン、と小犬が短く鳴き声を上げる。壁にぶつけられた拍子にたまたま鳴ったのだとわかっても、それは悲鳴のように聞こえた。

小犬は壁に跳ね返されるとまた拾われ、壁へと投げつけられる。

何度も、何度も、何度も――

そのうちに小犬のプラスチックの骨組みが砕け始めた。前足がもげ、黒いプラスチックの目が空を舞う。

――どうして。

小犬を投げつける細い手が泣きながら言った。その声はか細いのに、小犬を壁に投げつける力は驚くほど強い。

どうして。

ガシャン、と音を立てて小犬の体がぐにゃりと曲がった。

どうして。

どん、と音が変わる。壁に目を向けると、打ち付けられた小犬の血が、赤い染みを広げていた。

どうして。

細い手が重そうにまた小犬を壁に投げた。鈍い音が聞こえた後、べしゃ、と濡れた音を立てながらそれが床に転がる。

打ち付けられ過ぎて、それの頭がごろりと取れた。細い手がその頭を手に取り、持ち上げる。

目が合った。それは、小犬の首ではなかった。

あれは——子供の亜莉子。

どうして。

泣きながら、その人は亜莉子の首をありったけの力で壁へと叩きつける。

壁に跳ね返された頭が転がっていく。ごろごろと血の跡をつけて転がった後、首がぽつりと呟いた。

——ごめんなさい。

♠♥♦♣

息を大きく吸うのと同時に、目が覚めた。

真っ白なテーブルクロスが目に入り、ゆっくりと頭を上げる。テーブルの上にはパンの入ったカゴもシチュー皿も、キャンドルもなくなっていた。唯一の明かりがなくなったせいで、室内はほの暗い。煤汚れた窓からわずかに差し込む外灯の光が、ほんのりと室内を照らしていた。

は虫類のような男はいなくなっていた。空席の椅子を眺めてから、頭をゆるりと振る。

どのくらい眠ってしまっていたのだろう――？

どこからが夢で、どこからが現実か、境界線が滲んでしまったみたいに曖昧でよくわからない。はっきりしない頭に手を伸ばそうとして、頬が濡れていることに気づいた。……泣いている？

夢を見て泣くなんて、まるで子供みたいだ。

まだぼんやりしていたが、頭の重みは取れていた。何回か瞬きをしてから立ち上がろうとした時、廊下からかすかな物音が聞こえて来た。やや遠くから聞こえるその音は、階段を登ってくる誰かの足音のようだった。亜莉子は身を固くして室内をさっと見回す。そこにある家具と言えばテーブルと椅子だけで、とてもじゃないが身を隠せそうもない。

……こつ、こつ、と足音はまだ聞こえていた。

一瞬、あの細い男なのではとも思ったが、あの男は亜莉子の回りを歩く時でさえもほとんど足音がしなかった。とすると、あの男ではない。

少し迷った後、亜莉子は素早くドアへと駆け寄った。幸い、ドアには鍵がついている。そのつまみを音を鳴らさないようにゆっくりと横に倒した。

ガチ、と予想以上に大きな音が鳴り、冷や汗が出る。

その時、階段から通じる扉が開く音がした。今の音に気づかれたのかもしれない。心臓がうるさいくらいに脈打っている。

息を潜めて耳をそばだてていると、足音が徐々に大きくなっていく。

……こちらに近づいて来ている。呼吸音でばれてしまわないよう、口を手で覆ったが鼓動はますます速くなるばかりだ。

ガチャガチャ、と乱暴に目の前のノブが捻られる。心臓が飛び出しそう。

割れた磨りガラスの隙間から、誰かが中を覗き込んでいる気配があった。室内は窓から差し込む外灯の明かりのせいで、完全な闇ではない。しかし亜莉子が息を潜めているドアの前にはその光も届いておらず、そもそも、廊下側からは完全に死角のはずだ。動きさえしなければ気づかれないと何度も自分に言い聞かせた。

——ほんの数秒が、五分にも十分にも感じられる。

やがて、足音は更に奥へと進んで行き、少し離れたところから、ノブを回す音が聞こえてきた。ひとつずつ、部屋を調べているようだ。

亜莉子は細心の注意を払いながら外の様子を伺った。ガラスの割れ目から、廊下の蛍光灯に照らされた影が見える。

「!!」

角度をずらして顔を確認し、ぎょっとした。あの人だ。

ホテルの前で道路の向こうから亜莉子を見つけ、追って来た、あの男だ。一番奥の部屋も開かないとわかると、男は諦めて踵《きびす》を返した。亜莉子も慌てて頭を下げる。

部屋の前を足音が通り過ぎる時は激しく緊張したが、男が部屋の前で立ち止まることはなかった。

やがて階段へと通じるドアから出て行く音が聞こえ、足音は小さくなり聞こえなくなった。どうやら階段を降りて行ったようだ。

窓に駆け寄り、煤を手で拭ってから確認すると、男が背を丸めてビルから出て行くのが見えた。

……あれは、誰なのだろう。どうして、亜莉子を追って来るのだろうか。

男の後ろ頭が見えなくなるまで見つめていると、ふと、きな臭い匂いが鼻についた。まさか、と鍵を開けて部屋を飛び出す。

階段とは反対側、廊下の突き当たりに燃え上がる炎が見えた。燃えるような物なんて何もなかったはずなのに、コンクリートの壁がまるで木材のように赤々と燃えている。

煙が天井を覆っていくのを見て、咄嗟に手で口を覆って廊下を走り、階段へと続く扉を勢いよく引いた。その瞬間、階下から炎が吹き上がった。

「熱い……!!」

あまりの熱に腕で顔を庇う。下にはもう降りられそうもない。

どこか他に出口は、と振り返った時、廊下を燃やす炎の中に蠢く影が見えた。ああ……と口から意味のない言葉が漏れる。

——炎の中。足を、腕を、髪を焼かれながら、包帯で顔を覆った女が亜莉子をじっと見据えていた。火がちりちりと女の毛先を燃やしていくのに、不思議と包帯だけが焼かれることなく頑《かたく》なに顔を覆い隠している。

人の肉が焦げる嫌な匂いがした。

女の体が揺れる。炎をまといながら、その腕がまるでおいでおいでをするように動かされた。

目を見開いて茫然と見つめいていた亜莉子だったが、女が一歩踏み出したのと同時に踵を返して再びドアを開き、階段を上へと駆け上った。

女が憎悪をまとい、炎と共に追って来ているのがわかる。

少しでも立ち止まったらあの女に、火に食われてしまう。

――火は嫌だ。火は怖い。

必死に階段を駆け上がり四階へと通じるドアを開いたが、四階はすでに火の海だった。すぐにドアを閉め、更に上へと駆け上がる。突き当たりの鉄製のドアを開けると、強い風に迎え入れられた。屋上だ。

転げるようにして屋上の中央まで駆けると、炎を連れてあの女が屋上へと上がってくるのが見えた。風に煽《あお》られ、炎はますます勢いを増している。女の憎悪を媒体にしたように、屋上の床が勢いよく燃えていく。このままでは、屋上もすぐに火の海になってしまうだろう。

女から目を離さずに後退すると、腰に屋上の手すりがぶつかった。はっと背後を振り返ると、目が回るような高さだ。

両手を広げ、女はゆっくりと歩いて来る。まるで亜莉子をその腕に抱きしめようとしているかのように。

「いや……熱いのはやだ……」

炎の熱が、じりじりと肌を焼く。

炎を背負ったまま、女が一歩、また一歩と近づいてくる。もうほんの一メートルほどしか、二人の距離は離れていなかった。

炎の熱で頬が痛い。煙が染みて目を開けていられない。

後ろ手に柵を掴みながら、このまま燃やされるのだと思った。私も、無様な骨をさらして燃やされるのだと。そして、焼け焦げた体は庭に埋められる。――あの小犬と同じように。

わたしは　わるいこだから

女の手が腕を掴もうとした時、炎から逃れたい一心で亜莉子は手すりの向こうへと身を投げ出していた。

これで焼かれずに済む――。そう思うのと同時に、これから死ぬのだと思った。四階のビルから飛び降りたのだ。きっと即死に違いない。

だけど、焼け死ぬよりはずっといい。一瞬の痛みで済むのだから。どんなに固い地面に叩きつけられても、焼かれ続けるよりは、ずっといい。

冷たいコンクリートに頬をつけ、そのまま意識が消えるのだろうと思っていた。……けれど、いつまで経っても衝撃はやって来ないし、先ほどから頬に触れている地面がやけに柔らかく生温かった。

地面に叩きつけられる瞬間はできれば見たくないのだけれど、と思いながらもそっと目を開けると、目の前ににんまり笑った三日月型の口がある。

「……チェシャ猫？」

両腕を突っ張るようにして上半身を起こすと、

「やあ、僕らのアリス」

チェシャ猫は亜莉子の下敷きにされたまま、のんきな声を上げた。

「た、大変……！」

どうしてこんなことになっているのかはわからないが、亜莉子は慌てて立ち上がろうと体を起こす。その途端にバランスを崩し、今度は膝からチェシャ猫の腹に着地した。

「ぐえっ」

苦しげなチェシャ猫の声と、膝に伝わった柔らかい感触に青ざめ、今度こそチェシャ猫の上から滑るようにして降りた。

「な、なんか、はみ出てない!?」

四階から落ちてきた人間を受け止めたのだ。それにプラスしてニーキックまで。無事なはずがなかった。

「ナンカ?」

倒れたまま、チェシャ猫は首を傾げる。

「胃とか！　腸とか！」

本人が気づいていないだけで大変なことになってはいないかと、亜莉子はチェシャ猫の腹を灰色のローブの上からまさぐった。血で濡れていることも、腹が破けて何かが飛び出してしまっているようなこともない。

「どこか痛いところは？　骨が折れたりしてない？」

「痛くないよ」

体中を点検しているうちに、チェシャ猫の喉がごろごろと鳴り出す。

……撫でているわけではないのだけれど。

大きな怪我をしていないことを確認してから、亜莉子は改めて自分が飛び降りた廃ビルを見上げた。縦に窓が四つ。四階に間違いない。屋上の柵はさらに高い位置にある。

いくらチェシャ猫がクッションになってくれたとはいえ、二人とも無傷というのは、俄《にわ》かには信じられない高さだ。

「……本当に怪我はないの？」

上半身を起こしたチェシャ猫を、疑惑たっぷりの目で見つめる。

「猫は丈夫なんだよ」

「そう……。それならいいわ」

チェシャ猫がそう言うのなら、大丈夫なのだろう。

「ありがとう、下敷きになってくれて」

それ以上反論する気もせず、素直に頭を下げた。チェシャ猫は何を考えているのかわからないいつもの笑顔で、

「アリスは中身が出たら大変だからね」

と言う。そうねと応えはしたものの、猫だって中身が出たら大変なんじゃということは言わない

でおいた。

　チェシャ猫は立ち上がりながら、ごく自然な動作で手を差し出す。その手に掴まり、震える足にどうにか力を込めて立ち上がった。立った途端にまた座り込んでしまいそうなほど、がくがくと足が震えていた……はずなのに、チェシャ猫の手を握っているうちに、震えは不思議と止まっていた。

　——前にも、同じようなことがあった。

　チェシャ猫といると、チェシャ猫に触れると、妙に落ち着く。恐怖に震えていたり、動けないほどの緊張に襲われている時でも、チェシャ猫に触れると不思議なくらいに気持ちが静まった。

　ちら、と大きく裂けた口を見上げる。もう亜莉子は見慣れてしまったが、普通に考えると不気味な容姿だろう。この不気味な猫を自分は信用するどころか、頼りにしているのだろうか。我ながら不思議だった。

　もう一度、廃ビルを見上げる。夜の闇の中にひっそりと沈む姿のどこにも、炎の気配はない。あんなに燃えさかっていたというのに、あの火はどこに行ってしまったのだろう。

「遅れるよ、アリス」

　ぼうっとビルを見上げている間に言われ、うんと生返事を返した。返してから、「え？」と振り仰ぐ。

「遅れるって何に？」

「もちろん、お茶会にさ」

　チェシャ猫はいつものごとく、にんまりと笑った。

第四章　真夜中のお茶会

　チェシャ猫に連れられて歩く街は、再び無人と化していた。ファーストフード店から見下ろした時はあんなに人がいたのに、どこに消えてしまったのだろう。

　誰もいない街を歩きながら、チェシャ猫に問いかける。

「ねえ、お茶会って何のお茶会？」

「お茶会はお茶会だよ」

「……じゃあ、だれが開いてるの？」

「帽子屋とネムリネズミだよ」

「ぼうしやとねむりねずみ？」

　名前にしては変わっている。

「それってどんな人？」

「帽子屋は帽子屋で、ネムリネズミはネムリネズミだね」

「……そのまま過ぎてわからないわ」

「そうかい？」

「まあ、いいか。それで、その二人はほんとにここでお茶会してるの？」

「ここだよ」

　噛み合わない会話を続けながら辿り着いた先は、亜莉子の自宅からもそう遠くない市民公園だった。お世辞にもお茶会が開かれるような小洒落た公園ではない。

「……ヨーロッパの優雅な公園とは違うよ？　ブランコとか砂場とかある普通の公園だよ？」

亜莉子が幼いころはよく遊んだ、ごく普通の公園。それに今は夜で、外灯のほの暗い明かりしかない。夜の公園でお茶会だなんて、少し気味が悪い。

「ブランコがあってもお茶は飲めるよ」

「そりゃ飲めるけど」

「……アリスはブランコが嫌いなのかい？」

「ブランコは好きだよ」

「じゃあ砂場が？」

「砂場も嫌いじゃないよ」

「……何が不満？」

「不満は別にないけど……」

チェシャ猫が不思議そうに振り返る。その顔は相変わらずにんまり笑っていて、まあいいかという気にさせる。

チェシャ猫の言うとおり、どこでだってお茶は飲める。映画に出てくるような優雅なガーデンパーティーを想像してしまったのが悪いのだ。ブランコに座って紙パックの紅茶を飲むのだって、考えようによってはお茶会だろう。

公園の入口にある車止めまで来ると、藤棚の下にログテーブルと二つの人影が見えた。じっと目を凝らして見ると、ひとりはやけに緩慢《かんまん》な動作で動き、もうひとりはやたらと忙《せわ》しなく動いている。どう見ても、お茶を楽しんでいるようには見えなかった。それどころか、ひとりは『ヒト』にすら見えない。亜莉子は目を閉じ、軽く深呼吸をした。

「何をしているんだいアリス」

「ちょっとね、心の準備をね」

ここから先はきっと、『あちら』の世界だ。

「……よし、行こ！」

決意も新たに顔を上げ、車止めを避けてお茶会へと足を踏み出した。

♠♥♦♣

藤棚の下まで行き、お茶会の様子を眺めて亜莉子は絶句していた。想像していたものと随分と違う。

ログテーブルには白いテーブルクロスが引かれ、銀のトレーに銀のポット、同じく銀のフォークやナイフが使われていた。ティーセットは白い磁器製で、欠けてさえいなければ上等な品に見えたに違いない。……そう、お茶会のテーブルは恐ろしく荒れていた。

ナイフとフォークは机に突き刺さっているし、カップもお皿も割れている。そのひび割れたお皿の上にはサンドイッチやスコーン、クッキーなどが飾られていたが、割れたまま使われているのも気になれば、カップをクッキー入れにしているのも気になる。さらに食べこぼしなのか手でわけたのかわからないほど大きなスコーンのかけらがそこら中に散乱していた。

さらに異様なのが、その食べこぼしに負けず劣らず大量に置かれた時計だ。テーブルには所狭しとありとあらゆるタイプの時計が並べられ、それは足元にまで及んでいる。

テーブルの中央にはアンティーク調の時計がチョコレートケーキの真ん中に頭から突き刺さっており、まるでオブジェのような存在感を醸《かも》し出している。もはや、時計の役目は完全に果たしていなかった。お茶会なんて洒落たものに参加したことのない亜莉子でも、こんなに大量の時計がお茶会に必要ないことくらいはわかる。

いっそ清々しいほどの荒れっぷりに半ば感心して眺めていると、椅子の上に立ってカップに紅茶を注いでいた人物が勢いよく叫んだ。

「遅いよアリス！」

――アリス。

亜莉子の名前は再び、アリスへと変わる。

テーブルの反対側に顎を着けて目を瞑っていたもうひとりが、その声に気づいたようにうっすらと目を開けた。

人ではない。ネズミだ。ネズミと言っても、人間の赤ちゃんほどの大きさがある。まだ眠たそうな目をして、ひくひくと鼻を動かしていた。

叫んだ方の人物も体はそう大きくない。その体に合わないサイズのぶかぶかのシャツとベストを着ている。子供が大人の服を悪戯《いたずら》で着ているような感じだ。声も若く、ひょっとしたら小学生か中学生くらいかもしれない。かもしれない、というのはその顔が見えないからだ。

なぜかはわからないが、彼の頭は大きなシルクハットにすっぽりと収まってしまっていた。紅茶をカップに注ごうにも、あれでは前が見えないだろう。盛大に紅茶をテーブルにまき散らしているのが滑稽《こっけい》だ。

この風体から、シルクハットの彼が帽子屋で、巨大なネズミがネムリネズミなのだろうということは、さすがにアリスにもわかる。

「いったい何時だと思ってるんだ！」

ポットから紅茶をぼたぼたと零しながら、噛みつくように帽子屋が言う。

「え？　えーと……」

テーブルに散乱している時計を見下ろすと、どれもこれも三時を指していた。もう深夜の三時だったのだろうか。それにしてはまるで眠くない。

少し不思議に思ったものの、どの時計も三時を指しているのだから仕方ない。

「三時……かな」

「三時になってからどれくらい経つと思うんだ‼」

怒鳴った拍子に、ポットから零れた紅茶が白いテーブルクロスを茶色に染めていく。

「三十秒くらいじゃない？」

正確にはわからないが適当に応えると、

「違うよ！」

間髪入れずに怒られた。

「気の遠くなるくらい長いよ！」

「でも時計を見る限り、三時になったばっかりよ」

「ああもちろん、三時になったばっかりさ！　だけど三時になったのはもうずうっと昔のことなんだ！」

……いまいち意味がわからない。三時になったばかりなら、三時になってからそんなに時間は経っていないはずだ。それなのに、三時になったのはずっと昔のことだなんて、まるでなぞなぞのようだ。

「おかえり……ぼくらのアリス……」

ネムリネズミが目を瞑ったまま、ティーポットを震える手でこちらへと差し出す。その先にカップもないのにどうしようというのか。

「さあ……座っ……お茶を……」

徐々にスローモーションのように遅くなっていく口調に不安を覚えていると次の瞬間、ガクン、とネムリネズミの顎がテーブルに落ちた。もちろん手にしていたティーポットの中身の熱々紅茶は、盛大にテーブルへとまき散らされることになった。

「っ！」

背後から襟首を引っ張られ、首が絞まるのと同時に後ろへと一歩よろめく。そのおかげで熱湯を浴びずには済んだけれど、あんまりな助け方に思わずチェシャ猫を恨めしげに振り返ってしまう。

避《よ》け損ねた帽子屋は、ひーひー言いながら濡れた服を肌から引きはがしていた。もしかしたら、こういう時のために大きめの服を着ているのかもしれない。元凶のネムリネズミはと言えば、テーブルの上で幸せそうな寝息を立てている。

「……ねえ、私たち、シロウサギを探してるんだけど……何か知らない？」

まだ服を絞っていた帽子屋に聞くと、

「ああ、ウサギならここに来たけど」

と何の興味もなさそうに応えた。

「ほんと!?　いつ!?」

「ついさっき」

「随分昔……」

帽子屋とネムリネズミが同時に言う。

「……どっち？」

「三時になる前だよ」

反射的に時計の群れに目をやる。今は三時になったばかりだけれど、三時になったのは随分昔のことで、シロウサギが来たのはその三時になる前だからついさっきのことになるけれど、やっぱりそれは随分前のことになる。……まったくもって意味がわからない。

「……それで、どっちへ行ったか知ってる？」

時間のことは諦めて、とにかく行き先だけでも把握しようと尋ねる。

「あっち……」

ネムリネズミが指を差しかけ、その途中でまた夢の世界へと旅立ってしまった。指差そうとしたちっちゃな前足がぱたりとテーブルに落ちる。これではどこを指しているのかわからない。

するると、帽子屋がその前足を掴み、ぐいっと横へと曲げた。指は、美しい白バラが巻き付けられたアーチ状の門を指していた。その門は、公園のバラ園への入口だ。確か、数年前に市が緑化計画の一環として作ったものだ。アリスは一度も中に入ったことがない。

バラ園へと続く門は普段は閉ざされており、花の咲く季節にだけ開かれる決まりだったはずだ。門に絡まる白いバラが咲いているということは、今は市民に開放されている季節なのだろう。門扉は大きく開いていた。

「ありがと、二人とも！　行ってみるね」

「アリス！」

バラ園の門を目指して駆け出した途端、珍しく緊迫したチェシャ猫の声が公園に響いた。

「え、なに……痛ッ!!」

振り返るより早く、右腕に痛みが走る。慌てて見下ろすとバラの蔓《つる》がまるで生き物のように巻き付き、アリスの腕をぎりぎりと締め上げていた。

「な、何これ!?」

どう見てもただのバラの蔓なのだが、引きはがそうとしても解《ほど》けず、腕に棘《とげ》が突き刺さり皮膚を突き破る。見る間に血が流れ出し、それに勢いづいたかのように蔓は首にまで伸びて、巻き取るようにアリスの体を引き寄せる。このままでは、バラに絞め殺される……。

さっと血の気が引き、無意識のうちに叫んでいた。

「助けて、チェシャ猫!!」

チェシャ猫は音もなく駆け、走りながらその鋭い爪で自分の腕を引き裂いた。パッと赤い血が散り、目を疑う。

「なんで自分を……」

一瞬、チェシャ猫の気がおかしくなったのかと思ったが、腕に絡みついていた蔓の力が弱まり、首に巻き付いていた蔓がチェシャ猫の方へと伸びたのを見てそうじゃないと気づく。

鋭い棘に皮膚を引き裂かれながらも、チェシャ猫は頓着《とんちゃく》した様子もなくアリスの腕にまだ巻き付いている蔓を素手で外していく。その手のひらも、棘に刺されて血が滲んでいる。

「チェシャ猫……」

バラは、完全に標的をアリスからチェシャ猫へと変えていた。

絡んだ蔓がアリスから完全に離れると、今度はチェシャ猫が蔓に捕らえられバラの方へと引きずられて行く。

「チェシャ猫！」

「あー、やばいんじゃね？」

紅茶をすすりながら、興味なさげに帽子屋が言った。

「バラは猫が大好物だって話だぜー。ま、俺だったらアリスを食うけどなァ。猫に手ぇ出すのは怖いしさあ」

のんきに観賞しながら、紅茶を口元に運ぶ。

紅茶なんて飲んでいる場合じゃない。テーブルに置かれていたナイフを咄嗟に手に取り、チェシャ猫に当たらないようにと投げると一本の蔓に突き刺さった。切断された蔓の断面から、赤い汁がだらりと垂れる。

――まるで血のように真っ赤だ。

それでも、蔓はチェシャ猫を逃がそうとしない。それならと、近くにあった花瓶を手に取り、思い切りバラへと投げつけた。バラは器用にそれを避ける。

「避けないでよ……！」

今度は三段のケーキスタンドを手に取り、手裏剣のように一枚ずつ皿を順に投げたが、バラはこの攻撃もひょいひょいと身軽に避けた。

「ああああ！　何すんだ、アリス‼」

手当たり次第に食器や料理を投げるので、帽子屋が焦ったように自分の周りにあるカップやポットを腕の中に抱き込み始めた。それでも構わず、ケーキ皿に大量の時計、フルーツが丸ごと入ったボウルとどんどん投げる。

「やめろよアリス！　お茶会が出来なくなるだろッ！」

だから、紅茶を飲んでいる場合じゃない。早くしないとチェシャ猫の命が危ない。アリスは帽子屋を睨み付け、手の中に抱き込んでいるポットを奪おうと手を伸ばした。けれど、帽子屋はそうはさせまいと必死にポットにしがみつく。

——ポットとチェシャ猫と、どっちが大切なの。

「邪魔しないで！」

カッと頭に血が昇り、気がつくと帽子屋を抱き上げていた。

「ななな何すんだ、アリス！　おまえ、俺を投げる気か!?」

「私はチェシャ猫を助けるの!!」

「うわあああっ、やめ、やめ、やめろ!!」

「えええいっ!!」

後生大事に抱えられたポットごと、帽子屋をバラ目掛けて放り投げる。

「うっきゃあああああ!!」

白い湯気と、帽子屋の悲鳴が同時に上がった。

熱湯を浴びせられたバラが、苦しげに大きくうねる。その隙を縫って、チェシャ猫がするりと蔓から抜け出した。

「……よかった……」

ほっとした拍子に力が抜け、アリスはその場にへたり込む。小柄とはいえ、帽子屋なんてどうやったら投げられたのかわからなかった。あれが、火事場の馬鹿力というものなのかもしれない。

帽子屋はというと、バラに捕まることなく転がるように逃げて来て、

「ネムリン～！　ひどいんだよ、アリスがぁ～!!」

とネムリンことネムリネズミに泣きついている。泣きつかれた方は幸せそうな寝顔のまま、うん

うんと頷いていた。

座り込んだままのアリスの前に、チェシャ猫がゆっくりと近づく。その体は今や灰色と赤のまだらに染まっていた。

「ご、ごめんね、チェシャ猫……」

バラの好物が猫だなんて知らなかった。

でもそんなこと言っても今さら遅い。

「アリス、僕らのために泣くのはよくないよ」

そこら中血だらけなのに、チェシャ猫は相変わらずのんきな声で言う。手が震えて仕方がなかった。

「そうだそうだ！　そういうのをホンマッテントーって言うんだ！　ほんっとバカだな、アリスは！　白バラは血ィ吸うだろっ！　ジョーシキだぞ、ジョーシキ！」

ぷんぷん怒りながら、帽子屋はまたカップになみなみと紅茶を注ぎ、カップを持ち上げずに口の方を近づけて啜る。

「白バラは血を吸って赤くなる……」

ネムリネズミの声にはっとしてバラの方を見ると、あんなに真っ白だったバラがうっすらピンク色に染まっていた。あの色はきっと、チェシャ猫の血を吸ったせいだ。

「ケガ……て、手当てしなきゃ」

無様なくらい声が震えていた。

あんなにたくさんのバラがピンク色になるくらい、チェシャ猫は血を吸い取られてしまったのだ。

もしあのままチェシャ猫がいなくなってしまっていたらと考えると、怖くて怖くてたまらなかった。

だってここには、味方はチェシャ猫しかいない。そのチェシャ猫がいなくなってしまったら私は――……

震える手をチェシャ猫に伸ばそうとしたら、反対に手首を掴まれた。

「な、なに……」

掴まれた手首が熱を持ち、瞬きをする間にチェシャ猫の顔がぐにゃりと歪む。

「!?」

慌てて目を擦ると、

「……どうかしたかい、アリス」

いつもどおりのにんまり顔。チェシャ猫の顔をいくら見つめても、歪んでなどいない。

「……ううん、なんでもない」

気のせいだったのだろうか。でも、と考えていつの間にか手の震えが治まっていることに気づいた。動揺したせいでおかしく見えただけかもしれない。

「とにかく手当てしないとだよね。ねえ、帽子屋。包帯ないかな」

「あるわけないだろ！　考えてみろよ、お茶会に包帯なんか必要か!?」

お皿をめちゃくちゃに投げたからか、元からの性格なのか、帽子屋は喧嘩ごしの口調で言ってから、ぷいっと顔を背《そむ》けた。

「じゃあ、そのナプキンもらっていい？」

それ、とネムリネズミの隣の席を指差すと、

「あげる……ぼくらのアリス……」

むにゃむにゃ言いながらもナプキンを差し出してくれる。

「ナプキンはお茶会に必要だろっ！」

遮るように帽子屋が手を伸ばしたが、それよりも早くどうにかナプキンを手に入れた。汚れたテーブルにスライディングすることになった帽子屋が、恨めしげにアリスを見上げる。どうも、帽子屋はお茶会への執着心が半端ないようだ。

「チェシャ猫、手、洗ってこよ」

「必要ないよ」

せっかくナプキンを手に入れたというのに、チェシャ猫はローブの上から赤い染みを舐め始めた。そういえば猫だったと思いながらも、待っててと言いおいて公園の水場へと走る。

まずは自分の腕の傷を水で洗い、エプロンで軽く拭いた。派手に血が流れていたわりには、深い傷じゃなくてほっとする。これなら、チェシャ猫も深刻な怪我はしていないだろう。

ナプキンを水に濡らして戻り、自分では舐めにくそうな場所をローブの上から押さえる。

「アリスも舐めればいいのに」

「私は猫じゃないから傷を舐めたりしないの」

「猫の血は美味しいんだよ」

もったいないとばかりに言われ、苦笑が零れた。

「舐めないってば。変なこと言い出さないで」

チェシャ猫はまだ血が滲むアリスの傷を舐めたそうに舌を覗かせていたけれど、それも丁重にお断りした。

一通りチェシャ猫の傷の手当てが済んだころ、

「アリス……」

眠りながら、ネムリネズミが何かを差し出した。

受け取ると、どうやらナプキンを裂いて作った包帯のようだ。帽子屋がネムリネズミの指示の元、ぶつぶつ言いながら何かを作っているとは思っていたが、包帯を作ってくれていたのか。

「ありがとう」

頭を撫でると、ネムリネズミは気持ちよさげに身をよじった。それを見て、怒ったように帽子屋がアリスの手をはたく。

「作ったのは俺だ！」

「はいはい。帽子屋もありがとね」

お礼を言いながらシルクハットをつつくと、帽子屋は拗ねたようにそっぽを向いた。本当に子供みたいだ。

せっかく作ってもらったので、有り難く包帯は使わせてもらうことにする。チェシャ猫に頼んで腕に巻いてもらいながら、これからどうしようとピンク色になったバラ門に目をやった。

「こんなの、どうやって通ればいいの？」

「そりゃ、バラが眠ってる時に通ればいいに決まってんだろ」

帽子屋が不機嫌そうに応える。アリスが気に入らないというよりは、ネムリネズミがアリスに優しいことが気に食わないようだ。やっぱり、子供みたいだ。

「眠る？　バラって眠るの？」

そんな話、聞いたことがない。

「四時になりゃ眠るよ！　バラは早寝早起きだからな！」

「四時って……」

テーブルの上に散乱した時計を見下ろす。どれもまだ三時を指したままだ。ここに来てから随分経つが、一分たりと時間が進んだ様子はない。

「だってずっと三時なんでしょ、ここ。いつ四時になるの？」

「時計の針が進んだらに決まってるだろ！」

その時計の針が進んでいないから困っているのだと苛立ったが、それを帽子屋に言ってもどうしようもなさそうだった。

「……わかった。時計が四時になればいいのよね？」

四時にならないなら、すればいい。

アリスは目覚まし時計のような形をした時計を手に取り、背面のねじを捻った。

「……あ、あれ？」

ネジは異様に固く、回る気配すらない。

「何やってんだよ。バカだなあ、アリス。時間を動かせるのは時間くんだけだよ。ジョーシキだろ!?」

常識と言われても困る。『こちら』側ではアリスの常識はまるで通用しないのだから……。心底呆れたような顔をされ、さすがにむっとした。

「時間くんて？」

「時間くんも知らないのか！　あああ、まったくもう！　なんて無知なんだ!!」

「時間なら知ってるわ」

「呼び捨てにするな！」

「……じゃあ、その時間くんに針を動かしてもらってくれない？　あなたたちだってお茶会はそろそろ飽きちゃったでしょ」

てっきりまた怒られるかと思ったのに、唇を尖《とが》らせたまま、帽子屋は黙り込んでしまった。

「捕まっちゃっ……た……」

代わりに、夢の世界からネムリネズミが口を挟む。眠ってはいるものの、アリスたちの会話はしっかり聞こえていたらしい。

「捕まったって……だれに？」

「女王陛下さ！」

すかさず帽子屋が答える。

「女王陛下？　そんな人がいるの？」

今の日本には確かいなかったはずだ。でもやっぱり、アリスの知っている常識は役に立たないのだろう。

「時間くんは体が無いから首も無いんだ！　だから捕まっちゃったんだよ‼」

案の定、帽子屋の言っていることは意味がわからなかった。アリスが首を傾げていると、横からチェシャ猫が口を挟む。

「女王は首が無いものが嫌いなんだよ」

……補足をしてくれているつもりのようだが、残念ながらわからない。

それでも情報をかき集めて考えてみると、こうなる。女王は首の無いものが嫌いで、時間くんは首が無いから女王の怒りに触れ、捕まった。

「……訪ねて行ったら会ってもらえるかしら？　私でも」

首が無い者は捕まるかもしれないが、アリスには首がある。ひとまず捕まる理由はないだろう。

「そりゃ会えるだろ。おまえ、アリスだもん」

「そう……？」

アリスというのは、思っていたよりも便利な身分のようだ。

「じゃあ私、女王さまに時間くんを出してもらえるように頼んでみる」

そうするより他に、あのバラの門をくぐる方法はないのだから、多少遠回りでも仕方がない。

「女王さまのところへはどう行ったらいいの？」

「土管を通って海を渡ればいいんだよ」

あの土管、と帽子屋は焼き菓子を持ったままの手で公園の砂場の方を指差した。視線を動かしてアリスは眉根を寄せる。確かに土管に見えなくはないけれど、そこにあるのは土管に似せて作られた遊具だ。

「……通るって言われても……通ったら元の公園に出ちゃうわ」

「ああもう、うるさいなアリスは！　文句が多い！　これ以上うだうだ言うと、サンドイッチにして食っちゃうぞ‼」

言いながら、帽子屋は割れたお皿の上にあったサンドイッチにがぶりと噛みついた。公爵夫人ほど歯は丈夫そうではなかったけれど、噛まれたら痛いに違いない。

「……じゃ、行ってみようか」

チェシャ猫に声をかけ、土管に向かって歩き出そうとすると、すぐに悲鳴が聞こえた。驚いて後ろを振り返ると、ネムリネズミが帽子屋の手にフォークを突き立てている。

「痛ッてえ！　おいこらっ、ケーキはこっちだってば！」

帽子屋は手にフォークを突き刺されたまま、必死に近くのケーキを引き寄せた。けれど、ネムリネズミはむにゃむちゃと言いながら、帽子屋の手を掴んで離さない。

「赤い土管……入り口から……ぼくらのアリス……」

何の夢を見ているのかわからないが、言いながらネムリネズミがパクリと帽子屋の手を口に入れた。

「いてててッ！　こら食うなッ！　それは俺の手！　ケーキはこっち‼」

「ケーキ……美味しい……」

「ちがーう‼」

帽子屋とネムリネズミの攻防は長くなりそうだ。きっと、お茶会の間はずっとああなのだろう。

今度こそ賑やかなお茶会を後にし、土管もどきの遊具の側に移動する。

横に転がる形をした土管は二つ。赤と青があった。

「……行こ、チェシャ猫」

「普通の土管だと思うけど……」

土管というか、やはり遊具だ。大きさは三メートルほどで、しゃがんで中を覗き込むと、当たり前だが反対側の景色が丸い穴から見える。よく見ると、土管の縁に『でぐち』と子供みたいな字で彫られている。試しに反対側に回って見ると、『いりぐち』と彫られていた。どちらから入るかなんて子供たちの自由だと思うけれど。

土管の周りをくるくる回っていると、チェシャ猫も後をついて来ていた。

「こうしていてもしょうがないよね。騙されたと思って入ってみようか」

土管の直径はどちらもアリスたちが何とか通れるくらいの大きさはある。

「入るにしてもどっちにしようかな……」

少しの間考えて、ネムリネズミが寝言で言っていた赤い土管に入ることにした。四つん這いになり、半信半疑のまま土管に頭を入れる。反対側の穴からは、公園の向こう側がよく見えた。

這ったままの姿勢で進むと、背後からチェシャ猫がついて来ている気配がする。チェシャ猫には少し狭いように見えたが、無事に通れたようでよかった。

膝を擦りながら前に進むものの、一向に出口の穴が近づいて来ない。

「……ねえ、チェシャ猫。こんなにこの土管、長かったっけ……？」

外から見た時は、ほんの三メートルほどにしか見えなかった。そろそろ向こう側についてもおかしくないと思うのに、相変わらず穴の景色は近づいて来ない。

さらに我慢して進むと、今まで見えていた出口の風景が徐々に暗くなり、次第に墨で塗りつぶされたような黒い円になった。

「ちゃんと進んでるのかなあ……」

「心配ないよ。まっすぐお行き」

「……うん」

後ろから励まされ、膝の痛みに耐えながらずりずりと前へ進む。

……ずりずりずりずり。

「……ねえ、ほんとに大丈夫なの？」

「心配ないよ。まっすぐお行き」

「わかった……」

チェシャ猫の言葉を信じて、ずりずりと進む。

でも、あの土管を進んでいるにしてはやっぱり距離が長すぎる気がする。

「あのう……全っ然出口が近づいて来ないんですけど」

正確には、出口の景色が真っ黒なものだから、進んでいるという感覚すらなかった。

「心配ないよ。まっすぐお行き」

「………」

溜息を零して前に進もうと膝を進めかけ……ふと思う。チェシャ猫は先ほどから同じことしか言っていない。今、何回目だっただろう。

これとよく似たお話を知っている気がする。

ねえ、とチェシャ猫に聞きかけて、それが『三枚のおふだ』のお話とそっくりなことに気がついた。山姥《やまんば》から逃げる小僧が、厠《かわや》でおふだを身代わりにしたあのお話。あれにそっくりだ。

「……チェシャ猫!?」

思わず、ちゃんと本物のチェシャ猫がいるのかと後ろを振り返った。

「なんだい、アリス」

薄暗くてもわかる、チェシャ猫の三日月型の口。

「……なんでもないです」

変なことは考えず、ひたすら前に進むしかないらしい。

再び真っ暗な出口を目指して進み始めると、しばらくして出口の方が徐々に明るくなって来た。

それはほんのりと赤みを帯びた色になっていく。あんなに前に進んでいないと思ったのに、出口に見える景色が大きくなり……終わりが見えた。

♠
♥
♦
♣

「やっと出口……」

土管から頭の先が出、手が地面に触れる。てっきり公園の向こう側につくと思っていたのに、手のひらは白い砂を掴んでいた。視線を上げた先に広がる光景に唖然としながら、アリスは体を起こす。

波が打ち付ける音がしていた。砂浜と音だけ聞いたならば、海だと思ったかもしれない。でも潮の香りはしなかった。それに、波を立てている広い水面は海の色をしていなかった。

海に似たその水は、赤い。深い、深い、赤い色をしている。

赤い海の上には、赤いもやがかかっていた。これは海と言っていいのかと目を凝らしていると、そのもやの中に白い影があることに気づく。

はっと息を呑んだ。赤いもやを透かしたように、白い耳がほんのりとピンク色に染まっていた。

――シロウサギだ。

赤い海の上でアリスに背を向けて、シロウサギが立っていた。

心臓が早鐘《はやがね》を打ち始める。シロウサギとの距離は、未だかつてないほど近かった。

靴が砂に埋まるのを感じながら、ゆっくりとシロウサギの背中へと近づいて行く。シロウサギはアリスに気づいていないのか、逃げる素振りがない。このまま行けば、今度こそ捕まえられるかもしれない。

波が押し寄せ、アリスの靴を洗っていく。

手を伸ばせば届く距離に、シロウサギの背中があった。やっと捕まえられる。やっと……

手を伸ばしかけ、その指が背に触れる一瞬前にふと思った。

——捕まえても、いいのだろうか。本当に？

何を言っているのだろう、今さら。

怖じ気づくなんてと、自分を叱咤するように勢いよくシロウサギの腕を掴んだ。その途端、頭の中に様々なビジョンが洪水のように押し寄せる。


誰かが言う。

ウサギは、残ったのね——。


泣かないでと頭を撫でる優しい手。あれは誰の手？


もう嫌なの。

それなのに、逃げ出すこともできない。


燃えさかる炎。

きみは悪くないと誰かが言う。

――ああ、お腹が、痛い。


ガラスでできた大きな箱に、ピシリとヒビが入っていく。

壊れてしまう。


愛しているのに。

そう言ったのは誰？　その言葉は誰のもの？


いつだって支えてくれた。知っているのに、知らない。

その姿が大きく歪む。

……この歪みは、僕が望んだもの……


「アリス」


後ろから強く腕を引かれ、目まぐるしいビジョンの波から引き戻された。

よろめいた体を、チェシャ猫の生温かい体に受け止められる。

「今の……何？」

まだ頭が追いつかない。今見たものはなんだったのだろう。どれが本当で、どれが嘘？

前を向いたまま呆けたように呟くと、

「何を見たんだい?」

とアリスの体を支えたままチェシャ猫が聞く。

「わからない」

わからないけれど、確かに見た。

「……いっぱい、なんか……いっぱい頭の中に流れ込んで来て……」

言葉にしようとしたけど、うまくいかない。頭の中に溢れていた映像たちは、捕まえようとすると逃げるように霧散していく。

瞬きをゆっくりと一回。目を開いた先に、シロウサギの姿はなかった。

「……シロウサギは?」

「シロウサギ?」

「いたのよ、ここに。それでウサギに触ったら……」

言い終えるより先に、「幻」と短く言われた。

「まぼろし……?」

「血の海は人を惑わすんだよ」

血の海。改めて足元で寄せては引いていく赤い水を見下ろし、眉根を寄せた。

「気をおつけ。引きずり込まれるよ」

「う、うん……」

本当に、幻だったのだろうか。今流れていったビジョンの数々は、全部が虚構《きょこう》なのか。

——そう、だといい。

チェシャ猫が言うのだ。きっとそうに違いない。だから、気にすることはない。幻に動揺してしまうなんて、どうかしている。気を取り直して、濃い色の——チェシャ猫いわく「血の海」の沖に目をやった。

「帽子屋、海を渡れって言ってたよね……？」

赤い海を覗き込むと、底が見えない。それだけ、深いのだろう。

辺りを見回してみたが、船やボートは見当たらなかった。

「……船、なんてなさそうね」

「ないよ」

「ないよって……じゃあ、どうやって渡るの？」

泳げと言われるのを予想して、顔がしかめっ面になっていく。けれど、チェシャ猫の返事は斜め上をいっていた。

「歩けばいい」

「……海を？」

笑い飛ばすつもりで顔を見上げると、チェシャ猫はじっとアリスを見つめていた。口元はにんまりした形のままでも、笑っていないことはわかる。

「な……何？」

チェシャ猫はおもむろにアリスの手を取ると、海へと歩き出した。

「だから無理だってば……」

一歩、海へと足を入れた瞬間、体が真下へと落下した。と同時に、どぼんと水飛沫《しぶき》が上がる。まだほんの波打ち際だったはずなのに、体は完全に海に沈み、足が底につかない。チェシャ猫に手を握られていなかったら、完全に水没している深さだ。

「おや」

素直に驚いたようなチェシャ猫の声に、

「おや、じゃないっ！」

思わず怒鳴る。

「なにこれ！　なんでこんなに深いの！　それにどうして、あなたは落ちてないの⁉」

どうにか顔だけ出してチェシャ猫の足元を見ると、信じられないことにチェシャ猫は海面の上に立っていた。チェシャ猫の足の下を、波が通り過ぎて行く。

「普通、海は歩けるものなんだけどね」

「普通、歩けないの！」

ここでも、アリスの普通は通用しない。

さらに、チェシャ猫は血の海に沈んだままのアリスを見下ろし、

「だめだよ、アリス。血の海は底なしなんだから落ちたら危ないよ」

まるで子供を諭《さと》すように言った。落ちる気なんてなかったアリスとしては、納得がいかない。

チェシャ猫はアリスの手を引いて海中から引き上げると、そのまま肩へと担ぎ上げた。縮んでいた時はあんなにお世話になった肩だけれど、元の大きさに戻ってからは初めての場所だ。てっきり砂浜へと戻るものだと思っていたら、チェシャ猫はアリスを担いだまま沖に向けて歩き出した。

「え……ちょっ、ちょっと！」

軽く背中を叩くと、チェシャ猫が足を止める。

「まさかこのまま歩いて行く気？」

何か問題でも、とばかりにチェシャ猫が首を傾げた。問題大ありだ。

「無理だよ、重いよ！　途中で下ろしたくなったらどうするの」

血の海は底なしだとさっき聞いたばかりだ。真ん中で疲れたからと下ろされた日には、目も当てられない。

アリスは太っているわけではないが、特に痩《や》せているわけでもない。つまり平均的な体重だ。それをずっと担いで歩くには相当の体力が必要になるだろう。ましてや歩く場所は海だ。小川をちょっとおぶって歩くのとはわけが違う。そもそも、海を渡ると帽子屋は簡単に言ったが、歩いて渡れるような距離なのだろうか。

「オモイ？　オモイってなんだい？」

「何って……重さだよ。重いっていうのは、えっと……」

当たり前に使っていた言葉を説明しろと言われると非常に困る。何せ、重いということがどういうことかなんて、改めて考えたことがない。

「だから、重いのよ。重いから、持ち上げられなかったりするでしょ」

「じゃあアリスはオモイじゃないよ」

「重いんだってば」

「でもアリスは持ち運べるよ」

「持ち運べるかもしれないけど、重いでしょ！」

これでは堂々巡りだ。頭を捻って、言い方を考える。

「えっと、だから……力がいっぱいいるでしょ？　疲れるでしょ？」

「チカラはいらないよ」

「………………」

人をひとり持ち上げるのに、チカラがいらないはずがない。そう思っていたのに、ほら、とチェシャ猫は片腕にアリスを乗せて軽々と持ち上げて見せた。ごく軽いもののように。持ち上げられている方としてもチェシャ猫が無理をしているとは思えなかった。

「……ほんとに重くないの？」

「ないよ」

「なんで？」

「アリスは持ち運べるものと決まってるからね」

いったいいつ、そんなことが決まったのだろう。

「アリスは持ち運べる。石は持ち運べない。決まっているのさ」

「え、石って持てないの!?」

むしろ石を持ち運べない方が問題だ。

「持てないよ。勝手に場所を動かされたら、石だって迷惑だよ」

「……迷惑かしら」

「アリス、石の意思は尊重しないといけないよ」

「…………」

やんわりと窘めるように言われ、アリスは曖昧に頷いた。確かに石だって自分で居場所を決めたい時もあるだろう。だがそれを言ったら、アリスだってと思いかけて、考えるのをやめた。言い出したらきっと、切りがない。それに、この血の海を渡るにはどっちにしろチェシャ猫に運んでもらう以外、方法がなさそうだ。それなら、重くない方がいいに決まっている。

結局、チェシャ猫の肩に居場所を求め直したが、猫というだけあってチェシャ猫の体はぐにゃりと柔らかく、居場所が定まらなかった。重くないのは本当のようだったので、そのまま肩車にしてもらおうとチェシャ猫の頭を跨いで、ようやく落ち着く。

そういえば、小さいころ、よく肩車をしてもらったなと懐かしい気持ちで頭に手を置こうとして、

「あれ？」

その手が空を掴んだ。

「なんだい、アリス」

「うーん……あ、ううん、なんでもないよ」

小さいころと感覚が違っていた。もっと、捕まりやすい場所があったはずだと思うのに、チェシャ猫の頭は随分と下の方にある。たぶん、体が大きくなったせいだろうと納得し、チェシャ猫のフードをそっと掴んだ。

それにしても、と思う。

相変わらず、チェシャ猫のフードの中は謎のままだ。どんな風が吹いてもフードは外れず、口より上を見せることがない。そっと顔を近づけると、かすかにケモノのような匂いがした。

アリスが何をしているのかなど頓着せず、チェシャ猫は滑るように海の上を歩いて行く。どこまでも、どこまでも。

♠
♥
♦
♣

もう随分歩いたころに後ろを振り返ると、白い砂浜は見えなくなっていた。それなのに、まだ対岸は見えてこない。あとどれくらい歩けば、渡りきることが出来るのだろう。

辺りには相変わらず赤いもやが濃く立ちこめている。

「広ーいね……」

赤い海の波は穏やかで、足元でさざ波が立っている程度だ。耳に届く波の音が優しくて心地よかった。

赤いもやがかかっていても、見渡す限りどこまでも赤い海が広がっていた。世界には血の海しかなくて、そこにはチェシャ猫とアリスしかいない。そんな錯覚すら覚えそうになる。アリスにはもうどちらが前で後ろかの判断がつかなかったが、チェシャ猫は迷いのない足取りで進んでいった。

さらにしばらく歩いていると、もやの中に細く黒い影が見えた。

「あれ、なんだろう」

ひとり言のように呟くと、チェシャ猫がそれに近づいてくれる。近くまで辿り着くと、血の海から生えた木だということがわかった。

なんだか奇妙な光景だった。

木には葉がなく、一見枯れ枝のようにも見えたが、枝の先には一輪だけ白い花がついている。その様子はとてもシンプルで、けれど美しかった。

「私、この花、知ってる……」

「そうかい」

ふわりと、かすかに花の香りがした。ああ、そうだ。この花はこんな香りだった。この香りが好きだったとアリスは思い出す。

「一輪しかないね。……枯れちゃうのかな」

一輪だけだからこそ美しいようにも見えたが、やはり寂しげだ。チェシャ猫は何も言わなかったが、耳障りな鳴き声が背後から飛び込んで来た。

――キャンキャン。

弾かれたようにアリスが振り返ると、数拍遅れてチェシャ猫が体ごとそちらを向く。

赤いもやの中、血の海の上を小さな影が近寄って来る。少し歩いては吠え、また少し歩いては吠える。あのホテルの暗い通路で見た小犬のぬいぐるみだろうか？

しかし、あの時見たぬいぐるみは、見るも無惨に焦げ、骨が見えていたはずだ。今、こちらに歩いて来ている小犬は、栗色のふかふかした毛皮をまとっている。どこも、焦げてなどいない。

と、その時、突然小犬が炎を噴き上げた。

「ひっ……！」

引きつったような声を漏らし、アリスはチェシャ猫の頭にしがみつく。

小犬は真っ赤な炎と黒い煙を上げながら、血の海の上を歩いて来る。

――キャンキャン。

少し歩いては止まって、吠える。

また少し歩いては止まって、吠える。

――キャンキャン。キャンキャン。

「チェシャ猫、逃げて……！」

懇願するように言っても、チェシャ猫は動こうとしなかった。

――キャンキャン。

鳴き声がさらに近くなった時、じゅう、と火が水に濡れる音がした。……よく見ると、小犬の前足が血の海に半分沈んでいた。

それでも、赤い水をかくようにして、小犬は前進しようとする。

――キャンキャン。

少し歩いては止まり、吠える。

その体は、進むにつれてどんどん血の海へと沈んでいく。

やがら小犬の体は、チェシャ猫の足元で海中へと消えていった。まるで息をしているかのように、ぷくぷくと白い泡を残して。

「…………」

小犬が残した泡を凝視しながら、チェシャ猫のフードをきつく掴む。その手が震えていた。

「……今、の……」

今のはなんだったのか――。そう聞こうとして歯が鳴りそうになり、奥歯をきつく噛み締めた。

「……なんだい、アリス」

「――なんでも、ない」

喉元まで出かけた言葉を呑み込む。

――聞いては、だめ。

頭の中、どこかでちかちかと警告を示すランプが光っていた。これ以上、詮索してはいけない。

それでも、アリスの目は小犬が沈んだ辺りを勝手に見つめてしまう。あの小犬は、どこかで見た気がする。ホテルで見た時よりも、もっとずっと昔のことだ。それはいつのことだった――？

アリスの思考をさらうように、白い花の芳香が強くなった。顔を上げると、花びらが一枚、はらりと海へと落ちていく。枯れてしまうの、と聞いた自分の声が遠く聞こえる。
花びらは水面に浮かず、赤い色を吸って沈んでいった。

第五章　首切りの城

このまま、永遠に辿り着けないのではないか。

不安が胸に膨らみ始めたころ、霧の中に黒い大きな影が見え始めた。チェシャ猫が歩き進むにつれ、それは建物のシルエットへと変わっていく。

はっきりとお城の形が見えたころ、赤い海の終わりも見えた。再び白い砂浜がアリスたちを迎える。

「あのお城が、女王さまのお城？」

「そうだよ」

砂浜に下ろしてもらったアリスは、城を見上げた。

城は小高い丘の上に建っている。どうやって行こうか迷う必要はなさそうだった。なぜなら、ご丁寧にも砂浜から城までの緩やかな坂道に、石が敷き詰められていたから。ぐねぐねとよく曲がった道ではあるが、道案内の必要はない。

石が敷かれた道を進むと、砂浜だった地面には徐々に植物が生い茂り始め、城に近づくにつれ緑が濃くなっていく。

小道が終わると、そこがゴールだった。すぐ目の前に、荘厳な城がそびえ立っている。城の手前には草原が広がり、背後には暗い森がまるで城を抱き込むようにして寄り添っている。草原、と言うと聞こえがいいが、言ってしまえば雑草が伸び放題になってしまっているだけだった。

「お城、立派だけど……ちょっと荒れてるみたいね？」

誰も手入れをする人間がいないのだろうか。見回してみたが、煌《きら》びやかな門や美しい庭園はない。どうも、想像していた城とは違うようだ。

膝上まである草を掻き分けながら、城を目指して進んでいく。草で見えなかったが、途中で縁《へり》の欠けた石段があり、その先に鉄製の大きな扉があった。近づくと、両開きの大扉一枚ずつに模様があることに気がついた。それはハートのクイーンのレリーフで、トランプの図柄を連想させる。

扉には大きなノッカーがついていた。それを掴み、打ち鳴らす。ガンガン、とこもったような鉄の音が城の内部に響いていくのが聞こえた。

「………」

しばらく待ってみたが、反応がない。

もう一度、今度はさっきよりも強めにノッカーを鳴らしたが、何の反応もなく、駄目でもともとの気持ちで力を込めてドアノブを引く。すると、軋んだ音を立てながらも、大扉はあっさりと開いてしまった。

ごめんください、と小声で断りながら、開いた隙間から中を覗き込む。室内は薄暗く、よく見えなかった。

「だれもいないのかしら……」

鍵が開いていたのは相手の落ち度だとしても、勝手に入ったとなれば怒られるかもしれない。そう考えて、アリスは見咎められないように素早く体を城の中へと滑り込ませた。

室内に入ってみても何も見えない。開いた隙間から入る光の筋を頼りに奥へ進もうとすると、後ろにいたチェシャ猫が口を開いた。

「首に気をつけるんだよ、アリス。きみはやわいから」

どういうことだと聞く暇もなかった。振り返ったアリスの目の前で、開いていたはずの大扉が大きな音を立てて閉まる。

「やだ！　ちょっと！」

慌てて大扉を押したり引いたりしてみたけれど、びくともしない。さっきは少し引っ張ったらすぐ開いたのに。

「もう！」

苛立ち紛れに扉に手を打ち付ける。また、ひとりにされた。これではホテルの時と同じだ。あの暗い通路でのことを思い出しかけ、慌てて首を振って記憶を追い出す。何も今、思い出さなくていい。

アリスは軽く深呼吸をしてから、暗い室内を見回した。

目を凝らしてみると、うっすらとではあるが部屋の構造程度はわかる。天井は高く、中央にはシャンデリアらしき影が見えた。玄関ホールだろうか。正面には大きな階段があり、二階へと伸びているようだ。階段の先は、暗くてよく見えない。背後の扉が閉まってしまったとなると、前に進むしかない。

ゆっくりと足を踏み出した途端、ぐんにゃりとした何かに躓《つまず》いた。

「うわ」

気持ちの悪い感触に、思わず声が漏れる。いったい、何を踏んでしまったのだろう。何かを踏んだ辺りを避け、また一歩ずつ前へと歩き出した。何の頼りもなしに歩くのは心許なく、壁に手を這わせながら前に進むことにする。ここが普通の家だったならば、扉からほど近い壁に電気のスイッチがあるのだけれど、と溜息を漏らしそうになった時、アリスの指先に何かが触れた。慎重にまさぐると、何かのレバーのようだった。

「えい」

深く考えず、レバーを引く。

ボタンは押すために、レバーは引くためにあるのだ。

レバーを引いた瞬間、ホールの奥から順に壁際にあった燭台《しょくだい》に火が灯っていく。火の灯る音と共に、徐々にホールの中がぼんやりと明るくなっていった。最後に、階段脇の燭台に火が灯ると再びホールは静寂に包まれる。期待していなかったが、照明のスイッチだったようだ。

天井から吊り下げられた巨大なシャンデリアにも明かりが灯るんじゃないかと見上げたが、何も起こらなかった。あれがついてくれれば、ホールもちゃんと明るくなったろうにとホールに視線を戻して、目を見開いた。

「――!?」

目が映し出しているものを、脳みそが理解することを拒絶していた。見えているのに、自分が何を見ているのかわからない。

ホールの床には、おびただしい数の死体が転がっていた。

人やネズミ、鳥といったありとあらゆる種類の動物の死体が、無造作に転がされている。何の規則性も見いだせないようなその死体の数々には、ひとつだけ共通点があった。

――首から上が、ない。

蝋燭の心許ない明かりが、ぬらぬらと赤く濡れた首なし死体の断面を照らしている。あまりに凄惨な光景は逆に現実味がなく、趣味の悪い作り物のようにも見えた。

アリスは自分の足元すぐ近くにまで及んでいる死体の数々をしばらく見つめた後、無言のままくるりと踵を返し、入って来た大扉へと戻る。その冷たい鉄扉に手をつけた瞬間、今まで麻痺していた恐怖が一気に押し寄せた。

「……開けて!!　チェシャ猫!!」

拳にした手を叩きつけても、扉は開かない。冷や汗が流れ、手が冷たくなっていくのが自分でもわかる。

「ねえ、そこにいるんでしょ……!?」

いくら叩いても、扉は分厚い音をはじき返すだけで一向に開く気配がなかった。

「チェシャ猫!　開けてってば!!」

後ろを振り返りたくない。何の音もしないはずなのに、自分の吐息すら恐ろしいもののように感じてしまう。

手が腫《は》れるのも構わず扉を叩き続けた。それなのに、扉は固く閉ざされ、チェシャ猫の声が聞こえてくることもなかった。

——何も、誰も助けになど来ないのだ。

真っ赤になった手を胸の前で握り締め、恐る恐るホールを振り返る。出来る限り死体を視界に入れないように心がけながら、退路を探した。自分でどうにかするしかないなら、こんな場所からは一分でも一秒でも早く離れたい。

必死に周囲を見渡すと、中央に二階へと続く階段の他に、左右にひとつずつドアがあるのを見つけた。どっちが何の部屋かだなんてこの際どうでもいい。アリスは死体を踏まないように、でも見ないように足をひょこひょこ動かしながらドアを目指す。

——右と左。選ぶ時の決め手は、跨《また》ぐ死体の少ない道ということだけ。

♠♥♦♣

最後の死体を大きく跨ぎ越し、左のドアに飛びつく。

勢いのままにドアを開けた途端、

「あっごめんなさい」

と何かひらひらしたものが顔にぶつかりながら床に落ちていった。

「……いえ、別に」

ひらひらしているくらいなので、痛くはない。痛くはないものの、室内はそんな感じの物体がひしめき舞い踊る酷い有様で、アリスは急いで扉を閉めると、邪魔にならないようにと壁際へ体を寄せた。

部屋の中では、一辺が一メートルくらいはありそうな巨大なトランプたちがひしめいていた。正確に言うと、巨大トランプの切れ端たちが。

なぜか、どのトランプもちょうど真ん中辺りで切断されている。

トランプたちには薄っぺらい小さな手足がくっついており、下半分は目がないのか自分の半身を探しながら駆け回っては壁に激突し、上半分は足がないので手で這いずるようにしてやはり自分の半身を探している。

「違う！　マークが違う！　俺はクローバーだってば！」

「だれかあたしの下半分、知りません？　ダイヤの七なんだけど……」

「おーい、ここにクイーンのはしっこあるよー！　ダイヤの！」

「やった！　俺の下半分やっと見つけた……！」

「おまえ……それ絶対違うぞ。絶対おまえのじゃないって」

見たところ口のようなものはわからないが、上半分は話せるようだった。そのせいで、室内はパタパタと駆け回る足音と迷子を探す声で随分と賑やかだ。忙しそうなところ申し訳ないが、ただ見ているわけにもいかず、アリスは思い切って声をかけた。

「あのーう……」

「だれかハートの三、見かけたら教えてー！」

「あたしの下半分、どこー!?」

けれど、アリスの声が小さいせいか、誰も見向きもしない。

「すみませーん」

今度はもう少し音量を上げてみたが、アリスの声に反応するトランプはいなかった。どうしたものかと室内を見回していると、起き上がろうとしては他のトランプの下半分に踏まれ、伏せたままのトランプを見つけた。上半分は動きがのろいとは言えども、踏まれっぱなしのトランプはそれだけだ。

ぷるぷると手を伸ばして頭を起こしては、パニックを起こしたように走り回る下半分に勢いよく踏まれ、床に押し付けられる……という動作を繰り返している。さすがに不憫《ふびん》になり、アリスはトランプたちを避けながら倒れたままのトランプを引っ張って部屋の隅まで運び、ひっくり返してやった。散々踏みつけられたトランプは、ダイヤの六の上半分だったようだ。

「大丈夫？」

「うう……あたしはもう、だめ……」

「しっかりして」

名女優さながらに、薄っぺらい小さな手を震えさせている。

「何があったの？　どうして皆、バラバラなの？　ホールの首なし死体はどういうこと？」

一度に問いかけると、ダイヤの六（上）はじっと見上げるように体をわずかに持ち上げた。目がついているようには見えないが、きちんと見えているらしい。

「……あんた、だれ？　首がついてるなんて珍しいわね」

「私はアリス」

「アリス!?　あああ……！」

名乗った途端、短い腕を振り回して猛然とアリスを叩く。小さい手なので痛くはなかった。

「ひどいわ、アリス！　あなたがなかなか戻らないからあたしたち、こんなことにィ……！」

「そ、そうなの……？」

「女王陛下のご機嫌が悪いから、あたしたち気晴らしにこんな……!!」

「……えっと、よくわかんないけど……ごめんなさい」

戻るも何も、アリスはこの城に来たのは初めてだし、女王陛下の機嫌が悪いことにも責任がないように思う。それでもあまりに悲痛な訴えに謝らずにはいられなかった。

「あ、あたしは、あたしはもうずっと、自分の下半分を探してて……」

ダイヤの六（上）は興奮し過ぎたのか、今度はしゃくり上げ始めた。

「でも一度倒れたら起き上がれなくなっちゃって、そしたら皆に踏まれてェ……うえええ！」

「ああ、な、泣かないで」

「うえええ!!」

「わ、わかった！　あなたの半分、一緒に探してあげるわ。ね？」

「ほんと？」

ピタ、と鳴き声が止む。子供みたいだなと微笑ましく思いながら、

「うん。ほら」

ダイヤの六（上）を腕に抱え上げた。室内は、相変わらず迷走するトランプたちで大荒れだ。この中を、ダイヤの六（下）を探すのは、ようは動く神経衰弱のようなものだろう。

「あっ、いたっ！」

「え、どこ？」

「ああっ、見失ったあ～！」

「どの辺りにいた？」

「……あっ、いたっ！」

「だからどこ？」

「ああっ、見失った〜！」

「………………」

「あっ、いた！　……ああ〜!!」

　下半分は見ることが出来ないのでとにかく走り回る一方で、上半分は自分の下半分を見つけることは出来ても足がないのでのろのろと追いかけることしか出来ない。これではいつまで経ってもペアは出来上がらない。非効率すぎる。

「……わかったわ。何が悪いのか、よくわかった」

　溜息をつくと、アリスは腕の中でもがくダイヤの六（上）を部屋の隅にある椅子の上へと乗せた。背もたれに寄りかからせるようにすると、何とか立たせることは出来る。

「ああもうっ、見失っちゃったじゃない！」

　好き勝手に不平不満を口にするダイヤの六（上）に向かって、アリスは釘を差すように指を突きつけた。

「あなたはここでじっとしてること」

「でもぉ〜……あっ、いたっ」

　下半分を見つけると反射的に動こうとしてしまうダイヤの六（上）。その体を押しとどめ、もう一度椅子に座らせた。

「だめだってば！　大人しくしてて。早く見つけたかったら、絶対にここから動いちゃだめだよ。いい？」

「はあーい……ああッいたあッ!!」

言っている側から、べしゃりと椅子からすべり落ちた。

アリスは溜息をひとつつき、地面に伏せているダイヤの六（上）をそのままに、近くに飾られていた白い胸像を取りに行く。学校の美術室で見かけるものよりもだいぶ小ぶりな、ちょっとしたインテリア用らしい胸像を両手に抱えてアリスが戻ると、ダイヤの六（上）はさっきの場所から三十センチほど進んだだけだった。

「ちょっとごめんね」

ダイヤの六（上）を椅子の上に戻し、その上にそっと胸像を置いた。

「アリス、重いですぅ～！」

驚いたように、手をばたつかせる。

「痛くはないでしょ。ガマン」

「痛くはないですけどぉ～」

可哀想だけれど、下半分を見つけるたびに動かれてしまうと、いつまで経ってもペアは出来上がらない。少し考えればわかることだと思うけれど、どうもトランプたちは気が短いのか、あまり考えないのか、すれ違いばかりを起こしている。城で起きた惨状を確認するためにも、この神経衰弱を終わらせなければ。

気合いを入れ直してから、トランプの海を見つめ直す。何か良い方法はないかと考えたが、結局は思い浮かばず片っ端から赤いカードを捕まえていくことにした。

見つけたいのは、ダイヤの六の下半分。

アリスは走り回る下半分の色を見て、素早く手を繰り出した。ハート、ハート、ダイヤ……でも七、となかなかお目当てのカードは捕まらない。ハート、ハート、ダイヤの九。ひっくり返せばダイヤの六なのに、と捕まえた子を小脇に挟んだ。下半分は口がきけない分静かではあったものの、動きは素早いし、捕まえると暴れる。ちょっとした重労働だ。

それでも、走って来る赤いカードを捕まえているうちに、徐々に赤いカードの数が減ってくる。このまま続けていけばきっと見つかるだろう。アリスの体力さえ持てば。

「こら！　大人しくしてて！」

抱え込んだハズレのトランプたちは、捕まえられた後も好き勝手に暴れていた。おかげで、もう腕は限界に近い。腕だけでは押さえつけていられなくなると、アリスは膝でトランプたちを床に押さえつけた。

ダイヤの二、間違えたスペード、ハートの三。どんどんハズレが増える度に、まとめたトランプの反撃が強くなる。全体重をかけているのに、今にも体が浮きそうだ。

残り少ない赤いカードを必死に捕まえる。ハートの三、ジャック、ダイヤ、そして……

「あ、あった」

ようやく、ダイヤの六の下半分を見つけた。

「ああ、私の下半分ー!!」

椅子の上で、ダイヤの六（上）が叫んだ瞬間、足で押さえつけていたハズレトランプたちが大反乱を起こした。

ぶわりとトランプが宙に飛び散り、その拍子にアリスは尻餅をつく。その腹の上を、トランプたちが踏みつけて逃げて行った。軽いので、ダメージはまるでない。

「アリス、アリスっ！　早くこれ、どかして！　それで早くくっつけて！」

狂喜乱舞するダイヤの六（上）は注文が多い。

「でも、くっつけるものを探さなきゃ……」

ダイヤの六（下）を抱えたまま起き上がると、まだ腹の上に足を乗せていたトランプたちが、はらはらと落ちていく。

「あるわよ、セロハンテープ！　ほら、あのテーブルの上！」

指差された方を見ると、確かに部屋の奥のテーブルの上にあった。巨大なセロハンテープが。さっきまであっただろうか。あまりに城の雰囲気から浮いているし、まるでたった今現れたかのようだ。

「早く、早くっ！」

不思議に思いながらも、『こちら』ならそんなこともあるだろうと深く考えず、ダイヤの六（上）の上の胸像をどかして下半分と一緒にテーブルへと向かった。

「こら、暴れないの！」

くっつける作業の時も、下半分は大いに暴れた。今、何をされようとしているのか、理解できていないのかもしれない。仕方なく、テーブルの上にアリスも乗り、膝で下半分を押さえつけながらセロハンに手を伸ばす。

「ちゃんとくっつけてね！　ずれたりしたら嫌よ！」

「……善処します」

誰だって、上半身と下半身の接合部がずれたりしたら嫌だろう。アリスはセロハンテープを丁寧に切り、慎重にダイヤの六の上と下とをくっつけた。

「これでいい？」

「ありがとう、アリス！　生き返ったみたいな気分よ‼」

ようやく全身自由に動かせるようになったダイヤの六が、感激したようにアリスへと体当たりした。おそらく、本人は抱擁のつもりなのだろう。

ほっと一息つこうとした時、ふと背中に強い視線を感じた。振り返ると、さっきまで自由気ままに走り回っていた下半分も、床を這いずっていた上半分も全員ぴたりと静止し、アリスを見上げている。

「……え、えーと……」

「「「私も！　私も！　私も！　私も！」」」

「「「僕も！　僕も！　僕も！　僕も！」」」

トランプたちが一斉にテーブルへと飛びかかった。

「きゃあっ」

「「「私も！　私も！　私も！」」」

「「「僕も！　僕も！　僕も！　僕も！」」」

「わ、わかった！　わかったから落ち着い——」

興奮したトランプたちは、我先にと前に出て、ついにはアリスの体によじ登り始めた。

「キャアッ、体に登ってこないでぇッ！」

いくら軽いとはいえ、全員で乗られると紙だってそれなりに重い。全員に乗られてしまう前に慌てて逃げ、順番にお願いしますとなぜか、アリスの方が頭を下げた。

♠♥♦♣

トランプたちが行儀良く並んでくれたおかげで、今度の神経衰弱は最初よりは楽だったが、問題はその量だ。アリスは黙々とセロハンテープを切っては貼っての作業を繰り返すことになった。

「……はい、おしまい！」

途中でテープがなくなったらどうしようと思ったけれど、どうにか最後の一枚まで無事にくっつけ終える。最後の方は貼り方が最初ほど丁寧ではなくなっていたが、それでもやり遂げた自分を褒めてあげたい。

「ありがとうございました、アリス!!」

最後の一枚であるスペードの二が、敬礼のポーズを取ってからひらりと身軽にテーブルから舞い降りた。

「では！　アリスの偉大なる功績を称えまして!!」

トランプたちが、統率の取れた動きでテーブルを囲む。

「「「**ばんざーい！　アリスばんざーい!!**」」」

「お、お役に立てたみたいで、私も嬉しいわ……」

大げさな感謝に、腰が引けた。偉大な功績と言われても、アリスとしてはトランプをくっつけただけだ。

「……それでは、アリス！　我らは仕事に戻りますので!!」

長時間に亘る万歳三唱を終え、トランプのひとりがビシッと敬礼をした。

「あ、うん、がんばって……」

「仕事、するぞー!!」

「オーッ!!」

かけ声と共に、トランプたちはホールの方向へと駆けて行った。何をするにもフルパワーといった様子だ。それにしても疲れた、と肩を回してふと気づいた。……部屋には一枚のトランプも残っておらず、アリスひとり。

「私、何にも話、聞けてない……！」

時間くんのことも、首なし死体のことも、聞きたいことは山ほどあったのに、トランプをくっつけるだけで終わってしまった。呆然としていると、アリス、と名前を呼ばれた。

顔を向けると、ついさっき駆けて行ったはずのダイヤの六が、ホールへと続く扉から顔を出していた。

「何してるの？　こっち、こっち来てっ！」

「で、でもホールは死体だらけで……」

気乗りしないアリスに焦《じ》れたように、ダイヤの六は駆け寄ってきて腕を引いた。あの死体の山をまた見たくはなかったが、誰もいない部屋に残っていても仕方ない。アリスはダイヤの六に半ば引きずられるようにしてホールへと戻った。

恐る恐るホールを見回すと、やはり首なし死体は至る所に転がっていた。トランプたちはそんな死体を避け、中央の赤い絨毯《じゅうたん》の両脇に姿勢よく整列している。いつのまにか皆、手にトランペットを持っていた。

「あ、アリスはそこ、そこの絨毯の上に立っててねっ」

列に戻ろうとするダイヤの六について行こうとすると、すかさず止められた。

「ほら、あんた、どきなさいよ。そこは邪魔なのっ」

そう言いながら、ダイヤの六は手にしていたトランペットで首なし死体を小突く。その豪快な動作にぎょっと目を瞠《みは》っていると、さらに驚いたことに、小突かれた首なし死体がずるりと床を這いずりだした。

「なっ……何、あれ！」

気怠《けだる》げに、首なし死体は自分の体を一メートルほど横へとずらし、また動かなくなる。

「死んで……死んでないの!?」

「死んでるわよ。首なし死体だもん」

「うん、だからっ」

「死体だって動くよー。面倒くさがりだから、自分じゃ動きたがらないんだけどぉ」

「………」

見ると、先ほど動いていた死体は、再び死んだように動かなくなっていた。……確かに死体だ。

それが動くとしたら……ゾンビ？

頭を悩ませていると、ぷっぷくぷー！　とトランペットの大音量が上がった。あまりの大音量に悲鳴を上げ、耳を塞ぐ。アリスの態度などおかまいなしに、トランプたちは一斉に叫んだ。

「女王陛下のぉおな〜りィ〜!!」

ふいに気配を感じて階段の上を振り仰ぐと、いつの間にか人影がある。

ゆっくりと歩き出した人影を、蝋燭のほのかな明かりが照らしていく。

――そこにいたのは、アリスが小さいころ夢に見た、お姫様。

ゆるやかに波打った長い髪は太陽の光を吸い込んだような美しいハチミツ色で、ふっくらと柔らかそうな肌は透き通った白、長い睫毛《まつげ》に縁取られた大きな目は晴れた空のようなブルー。レースをふんだんにあしらった薄紅色のドレスを身につけた彼女は、西洋人形のように愛らしい。

女王と聞いて自分よりも年上の女性を想像していただけに、驚いてしまう。女王は、アリスと同じくらいかもっと幼く見えた。

初めは厳《おごそ》かな足取りで階段を降りていた女王だったが、最後の何段かになると軽やかに足を速め、小さな子供みたいにアリスへと飛びついた。

「あああの……っ」

同性相手だろうと、日本人は急な抱擁への免疫がない。激しく動揺する耳元で、「アリス」と鈴のように澄んだ声が名前を呼んだ。

「アリス。わたくしたちのアリス」

女王はアリスの肩口に顔を埋めたまま、呟く。アリスよりも身長が低いせいで、そうされると顔は見えなくなる。

「やっと帰ってきてくれたのね。ずっと待っていたのよ」

責めるような色はなかったものの、可愛い女の子にずっと待っていたと言われると良心が痛む。バラのような上品で良い香りがする女王の空気に流されてしまいそうになり、アリスは慌てて頭を振る。可愛い女の子にのぼせている場合ではない。この城に来た理由を思い出しながら、アリスは女王の肩を両腕で押し返した。

「あの、女王さま、私……」

「大丈夫よ、アリス」

全てわかっている。女王はそんな余裕すら感じさせる笑みを浮かべた。

「心配ないわ。さあ、目を閉じて」

「え?」

戸惑うよりも早く、女王の白い手がアリスの目元に触れ、まぶたを優しく閉じさせる。

「あ、あの……」

押さえつけられているわけでもないのに、目を開けづらい。なんだろう、この展開。おかしな具合に胸がどきどきしてしまう。女王が一歩下がった気配がして、アリスはこっそりと薄目を開けた。

「!?」

見えたものが何か認識するよりも早く、咄嗟に頭を抱えてしゃがみ込む。頭のすぐ上を、ひゅっと鋭い音を立てて風がなぶっていった。

「まあ、目を開けたらだめでしょう、アリス」

今まさに、巨大な鎌を振るった女王が、可愛らしい声で言う。アリスは尻餅をついたまま、呆然と女王を見上げた。足が震えて、立ち上がれない。小さな子を窘めるような口調も、ピンク色の愛らしい唇に浮かんだ微笑も、鎌を手にされていると恐ろしいものにしか見えなかった。

「た、助けて、トランプさ――……」

トランプたちに助けを求めようとして、言葉を呑んだ。さっきまで確かに絨毯を挟んできちんと整列していたはずのトランプたちが、消えている。それに、さっきまで赤かった絨毯に色が混ざっている。と思ったら、それがトランプたちだった。

トランプたちは全員、その平たい体を隙間無く床へと貼り付けていた。なるほど、その姿勢なら鎌に切られることもないと感心しかけて、頭を振る。アリスには同じ方法は使えない。

どうしようと焦っている間に、一歩、女王が足を踏み出した。その歩みを止めたくて、慌てて口を開く。

「なんで……私を殺そうとするの!?」

女王は足を止め、戸惑ったようにアリスを見つめた。

「まあ、殺したりしないわ。首だけになってほしいだけよ」

安心して、と笑顔で言われ、冗談じゃないとアリスは声を張り上げる。

「首だけになったら死んじゃうわ！」

「死なないわよ。永遠に生きられるわ」

首を斬られても死なない――あの首なし死体たちを思い出してぞっとした。あんな姿にはなりたくはない。

「ねえアリス。ここにいれば安全よ。だれもあなたを傷つけたりしない」

「え……」

今、首を切ろうとした人の言葉とは思えない。何を言っているのかわからずに眉を潜めると、女王はまるで哀れむように目を伏せた。

「いいのよ、アリス。無理しなくていいの。あなたは頑張ったわ……」

女王の声は優しかった。心から、アリスを労《いたわ》っているように聞こえる。母親のようなその声音《こわね》に、アリスは自分の心臓が早鐘を打ち始めたことに気がついた。

「……でも、もう限界よ。だから捨ててしまいましょうね」

ね、いい子だから。そんな風に続きそうなほど、優しく甘い声に、アリスの動揺は激しくなっていく。何を、言われているのかわからない。

「な、何……なに、言って……？」

指先が冷たい。瞬きひとつできないのに、視界が歪んだ。

――どうして。

アリスは唇を痛いほどに噛み締め、震えを押さえ込む。どうしてこんなに体が震えるのか。その理由を知るのが怖かった。

「ね、ねえ、聞いて……！」

必死に訴えるアリスに、女王は目を細めた。愛おしそうに、哀れむように。

――そんな目で私を見ないで。

「きっと何か勘違いしてるのよ！　私はただ、シロウサギを探して――」

「シロウサギなんて追いかけてはだめ!!」

突然、女王が声を荒らげた。さっきまでの慈悲の表情が、きついものへと変わっている。そのあまりの変貌ぶりにたじろぐ。

「猫が言ったのね。でもだめよ。シロウサギなんて追いかけてはだめ。もう、そんなことする必要はないのよ」

女王の真剣な眼差しに、アリスの方が揺さぶられた。

「なん……で、そんなこと……」

「お願いよ、アリス。ずっとここにいて。それならわたくし、守ってあげられる……」

哀願するように、女王がアリスに両手をそっと伸ばす。その腕に抱きしめられてしまったら、いっそ楽だったかもしれない。けれど、アリスは必死に首を振った。ここで流されてしまうのは、きっと違う。

「わ、私は……時間くんを探しに来ただけなの！」

「時間くん？」

名前を聞いた途端、女王が大げさなほどに眉根を寄せた。

「あんなの。首が無いものなんてキライ」

今度は女王が子供になったみたいに、ぷいっと横を向いた。見た目が可愛らしいだけに、ちょっとした仕草にきゅんとしてしまう。

「えっと……どこにいるの？　時間が進まなくて困ってるの。バラが眠らないし、お茶会も終わらないし……」

「お茶が飲みたいのならわたくしと一緒にいただきましょうね。でもお茶を飲むのに首から下は必要ないわ」

「私、お茶会がしたいんじゃないわ！　それに首から下も必要なの！」

普通に考えて、口から入れた紅茶を受け止める胃袋も必要だ。もちろん紅茶を飲むため以外にも、首から下は必要だが。

「ねえ、時間くんはどこ？」

やっと時間くんの居場所がわかる。そう思ったのに……

「いい子ね、アリス。ウサギも猫も放っておきなさい」

相変わらず、『こちら』の世界の人たちは、アリスの話を聞いてくれない。

「首だけになったら、わたくしが守ってあげる」

微笑みながら、女王が大鎌を振り上げた。

悩んでいる暇はない。アリスは前転をするようにして何とか鎌の刃を潜り抜け、勢いそのまま階段を駆け上がった。幸い、足の震えはもう治まっている。一気に階段を駆け上がり、目の前に見えた観音開きのドアを躊躇なく開いて飛び込んだ。

「!!!」

入ってしまったものの、次の一歩が踏み出せない。

扉の先は広い廊下になっていた。細かな装飾が施された天井はアーチ状にカーブし、高さも随分ある。両脇には等間隔で燭台があり、蝋燭の火がゆらゆらと揺れていた。そしてその燭台の間を縫うようにして、オブジェが飾られている。——ありとあらゆる、首のオブジェが。

「アリス、お待ちなさいな……」

背後から、女王の声が追いかけて来る。その声に急かされるようにして、アリスは廊下を駆け出した。

滑らかに磨かれた石の床を踏むたびに、足音が響く。廊下は右を見ても左を見ても、首ばかりだ。走る視界の中にも、首、首、首、首。気がおかしくなりそうだった。

長い廊下の先にドアを見つけ、今度も迷わずその部屋へと入り込む。また首だらけだったらどうしよう、という心配は杞憂《きゆう》に終わった。石の床に毛足の長い絨毯が敷かれ、中央に大きな天蓋《てんがい》付きのベッドが置かれている。それ以外に目立つ家具がないところを見ると、誰かの寝室のようだ。細工の凝ったベッドの脚や、お姫様が眠るような天蓋のデザインに見惚《みと》れている暇はない。アリスは一目散にベッドの下へと体を滑り込ませた。

アリスの足先がベッドの下に隠れるのとほぼ同時に、今アリスが入って来たドアが開く音がした。ベッドの下、腹ばいになったまま息を潜める。外に聞こえてしまわないか心配になるほど、自分の鼓動がうるさい。

「アリス、出ていらっしゃい。すぐ済むわ……」

女王のドレスの裾が、毛足の長い絨毯を撫でる音が聞こえていた。いつベッドの下を覗き込まれるかと、冷や汗が出る。

「アリス……わたくしたちのアリス……」

女王の声がわずかに震えた。

「どこにいるの……」

今や、彼女の声は涙に濡れている。迷子の子供のように心細げで、胸が痛んだ。

「やっと戻って来てくれたと思ったのに……どうして？　ねえ、わたくしたちのアリス……」

小さく鼻をすする音に、またズキリと痛みが走る。これでは、まるでアリスの方が意地悪をしているようだ。だけど、今出るわけにはいかない。アリスとしても首がかかっている。

女王はしばらく室内を探していたようだったが、ベッドの下までは覗かなかった。やがて、諦めたのか衣擦《きぬず》れの音が遠ざかり、ドアが閉まる音がした。女王は、小さいころにベッドの下に潜って遊んだりしなかったのかもしれない。庶民でよかった、とこんな時だけ思う。

すぐ引き返して来る可能性を考え、アリスはそのままの姿勢で留まる。

女王は、どうして泣いていたのだろう。アリスが逃げることが、本当に悲しそうだった。もっときちんと話を聞いてあげるべきだった……と思いかけ、問答無用で首を斬ろうと襲われたことを思い出し、考え直す。

しばらく経っても女王が戻って来る気配はなく、ベッドの下から這い出ようとした時、かすかだが、何かの音が耳に届く。

「……?」

動きを止めるとどこからか、リリリ、と音がしていた。何の音かはわからない。アリスは一度ベッドの下から這い出て、音の出所を探した。枕の下や棚の中などくまなく探してみたけれど、音を出すようなものは見当たらない。むしろ、ベッドの下にいた時の方が、音は大きく聞こえていた気がして、試しに耳を床にくっつけてみてようやくわかった。音は、下から聞こえている。

ぐるりと部屋を見回してみたけれど、入って来たドア以外に別室に移動できそうな扉はない。もう一度床に耳をつけてみると、音はまだ下から聞こえてくる。

廊下のどこかに下へと下がる階段や、ドアがあるのかもしれない。でも、あの廊下をうろうろと歩くのは生理的に受け付けないし、女王にも見つかってしまうかもしれない。

どうしよう、と部屋を歩き回ってみて、絨毯の一部が少し凹んでいることに気がついた。妙に気になり、絨毯をそっと捲ってみて目を丸くする。

そこには、この部屋に相応《ふさわ》しいとは言えない、無骨な四角い鉄板がはまっていた。その端が、取っ手のようにくぼんでいる。廊下の方を気にしながら、アリスはくぼみに手を入れて鉄板を横に引いた。

「ううん……！」

鉄板は重く、ちょっとやそっとではびくともしなかったが、それでも諦めずに引き続けた結果、何とかアリスが通れるほどの隙間が開く。

隙間から中を覗き込んでみると、少し低い位置に踊り場のような足場があり、そこから螺旋状の石階段が下へ向かってと伸びているのが見えた。明かりはなく真っ暗だったが、闇の奥からリリリ……という音が聞こえている。

躊躇はしたものの、他に行くあてもない。

――覚悟を決めて、アリスは隙間に体をねじ込んだ。

♠♥♦♣

寝室からの明かりが届かなくなると、階段は一歩先も見えないほど真っ暗になった。アリスは右手をずっと壁につけ、足で着地する地面があるかを確認しながら慎重に足を運んでいく。

例の音は下に向かうに連れて徐々に大きくなっていき、階段の一番下に辿り着いたころには耳に痛みを感じるほどの大音量になっていた。

そこは、蝋燭が灯された部屋だった。蝋燭の数が少ないせいでほの暗いが、頑丈そうな鉄格子で区切られた先は牢屋なのだと直感でわかる。

鉄格子には小さなドアがつけられていて、南京錠で施錠されていた。中には粗末なベッドとテーブルがひとつずつあるだけだ。捉えられている人も、動物も見当たらない。映画などで見る牢屋と同じように見えた。ただひとつ、その壁から床までをおびただしい数の時計で埋め尽くされていることを除けば。

音の根源は、その時計たちだ。壁時計、卓上時計、腕時計に仕掛け時計。ありとあらゆる種類の時計が、悲鳴のようにアラームを鳴らしている。

そう広くはない空間、しかも地下ということもあり、音は反響してわんわんと鳴り響いていた。

「……もう！　うるさいっ!!」

あまりの大音量に叫ぶ。すると、その途端、ぴたりとアラーム音が止まった。本当に同時に全ての音が止んだので、逆に驚いてしまう。古いタイプの時計もあるように見えたが、もしかしたら中身は高性能で、音声認識時計だったのかもしれない、と考えて首を振った。うるさいと言われて止まる目覚まし時計なんて、何の役にも立ちそうにない。

アラームが止んだ牢屋は、とても静かだった。足を引こうとして踏みしめた砂利の音が、思った以上に大きく響いて自分で驚く。

もう一度、牢屋の中を見回してみたけれど、やはり中には時計しかない。

地下独特の淀《よど》んだ空気が漂い、どことなくカビ臭い。暗いし、何より牢屋という事実が不気味だ。

何もないなら長居したい場所でもない。

何もないのだから仕方ない、と誰にでもなく言い訳をして踵を返しかけた時、アリスを呼び止めるように目覚まし時計のアラームが鳴った。

じりりりり。

タイミングの良さに、弾かれるように後ろを振り返る。今、鳴っているアラームはひとつきりだ。音を頼りに目を凝らし、どうやらベッドの上に置かれた目覚ましが音源だろうと目星をつける。

辺りを見回すと、階段のすぐ横の壁に鍵の束がかかっているのを見つけた。どう考えても、この牢屋の鍵だろう。

開けられないならそのまま帰ってしまうところだが、生憎《あいにく》と鍵は簡単に手に入る……。

小さく深呼吸をしてから、アリスは鍵を取り、南京錠へと差し込んだ。鍵はいくつもあったが、不思議なことに最初に試した鍵で簡単に開き、南京錠が外れた。扉を押すと、さして軋むこともなく簡単に開いた。

牢の中には誰もいない。だから、鍵を開けて中に入っても怒られない。……そうは思っているのだが、悪いことをしているような後ろめたさを感じながら牢に入り、ベッドの上の目覚まし時計のボタンを押した。

再び、静寂が訪れる。アリスが動く音以外、何も聞こえない。誰もいないのだから当たり前。わかってはいても、静寂が押し寄せてくるような圧迫感に息苦しさを感じた。

……早くここを離れよう。アリスは無意識に辺りを見回しながら、足音をなぜか忍ばせて牢屋の外に出た。扉は半開きのままだったが、誰もいないのだから構わないだろう。

……誰も、いないのだから。

気を楽にして階段に足をかけた時だった。

……ずる。

何か、物を引きずったような音が聞こえた気がして、アリスは静かに階段から足を下ろす。自分が何かを落としたのかと足元を見たけれど、何もない。でも、確かに何か聞こえた。

……ずる。

「!!」

気のせいじゃない。後ろに、何かいる。

誰も、何もいなかった。それはアリスが自分の目で確認したはずだ。けれど、確かに今は何かがいる。体が硬直し、動けなかった。

……ずるり。

徐々に近づいてくる音に、全身の産毛《うぶげ》が逆立つ。

牢屋には、無数の時計が散らばっていた。アリスも避けながら歩いたが、それでもいくつかにぶつかってしまったほどに、床を埋め尽くしていた。それなのに。

……ずるり。

這いずるような物音は聞こえるが、時計にぶつかるような音はしない。

逃げた方がいい。本能がそう言うのに、体が強ばって上手く動かない。

早く、と右足を無理矢理持ち上げた時、

「ひっ！」

その足首に、何かが絡みつく感触がした。上げかけた悲鳴を、寸でのところで呑み込む。足首に絡みついた何かはぬるぬると冷たい。その細い触手のようなものは、足首からアリスの体を上へ上へと這い上がっていく。

アリスが動けずにいるのをいいことに、無数の細長い何かが首へと巻き付いていく。ぐ、と後ろに重みがかかる。

「………」

――しばらくの間、瞬きひとつ出来なかった。

肩が重い。何かが、アリスの首を支えに肩におぶさっている。

浅い呼吸を繰り返しながら、アリスはぎこちなく上げたままだった右足を階段へとかけた。一段、一段と階段を上がっていく。

振り返ることなんてできない。確かめることなんて、出来るはずがない。真っ暗な階段を、体を引きずるようにして上る。

誰か……誰でもいい。この得体の知れない何かをどうにかしてくれるなら、あの首狩り女王でもいい。けれど、いくら願っても女王は現れず、階段を上りきっても背中の重みはなくならなかった。

もはや叫ぶという行為すら忘れたアリスは、ただ黙々と誰もいない首だらけの廊下を進む。

ホールまで戻ると、首なし死体の山に一筋の光が差していることに気づいた。何をしても開かなかった大扉が、開いている。

これで外に出られる……！　その喜びで駆け出したいのに、背中に居る何かのせいで駆け出すことは出来ない。

アリスはぎこちない動きのまま、城の外へと足を進めた。

♠
♥
♦
♣

大扉を出ると、扉の脇にひっそりと佇むチェシャ猫の姿を見つけた。別れた時と何の変わりもないそのにんまり顔に、安堵で涙が溢れる。駆け寄りたかったけれど、背中が気になって走れなかった。少しでも刺激を与えたら、首に巻き付いた細い紐のようなもので首を絞められそうな気がする。

仕方なく、子供みたいにぐずぐず泣きながらチェシャ猫の近くまでゆっくり歩いた。

「お帰り、僕らのアリス」

チェシャ猫の声はいつもどおりのんびりしていて、それが余計にアリスの涙を増幅させる。

「な、なんで一緒に来てくれないの……？　くっ、首だらけだし、取り憑かれるし、もうやだっ……もうやだ!!」

本当はここでチェシャ猫の胸のひとつも叩きたい。けれどやはり、背中に居る何かを下手に刺激することが恐ろしくて、その場で唸りながら泣くことしかできなかった。そんなアリスを見て、チェシャ猫は首を傾げる。

「何を泣いているんだい、アリス」

「だって……肩に……！」

自分の背中を指《さ》す指が、震えていた。

「カタ？」

「何か乗ってる……」

何が？　そう言ってくれるのを少しだけ期待した。けれど、

「乗ってるね」

チェシャ猫は確認してから小さく頷いた。

「なんとかしてえッ……!!」

何か居るのだとはっきりわかってしまうと、悲鳴のような声が出た。これ以上、我慢できそうにない。

「ナントカ……」

チェシャ猫は緊張感のない声で繰り返し、体を傾けるようにしてアリスの背中を確認する。

「キライ？」

「好きなわけないでしょう!?　お願いだから、何とかして――!!」

必死に訴えると、チェシャ猫は「そう」と頷いて、背中に回った。

チェシャ猫が何かをすると、首に巻き付いていた触手のようなものが舐めるように外れていく感触がした。それらが離れると、肩にかかっていた重みも消える。何がくっついていたのかはわから

ないけれど、とにかく気持ち悪くてアリスは首の辺りを何度も手で擦った。

チェシャ猫はそんなアリスを見ながら、空を掴むように広げていた手を、自分の胸元へと引き寄せる。まるで、見えない何かを抱え直すような仕草だ。それを見るともなしに眺めながら、まだ首を擦っていると、

「だめだよ、アリス」

チェシャ猫にしては珍しく非難するような言葉に、アリスは戸惑った。

「な、何が」

「時間くんを泣かせるのは良くないよ」

「えっ……じ、時間くんて何？　泣かせるのは良くないって……」

「時間くんは悲観主義者なんだよ。気をつけてあげないと」

「時間くんて……」

思わず、チェシャ猫の腕の中を凝視する。いくら目を凝らして見ても、何もない。

「ソレ……？　そ、その変なのが時間くんなの!?」

変なのも何も、何も見えないけれど。

「……うん、キモチはわかるよ」

チェシャ猫はアリスではなく、腕の中の何かに頷いた。どうやら、時間くんと話しているようだ。

「……そう？　でも難しいと思うけどね。まあ聞いてみようか」

時間くんは姿が見えないだけではなく、声もアリスには聞こえなかった。ひとり芝居みたいなチェ

シャ猫の様子を見守っていると、「アリス」とふいに顔を上げる。

「時間くんが殺してほしいって」

「……は……はい!?」

どういう話になっているのか、まずはそこから聞きたい。アリスが目を丸くしていることに、チェシャ猫は気がついていないのか気にしていないのか、話を進めてしまう。

「でもアリスは時間くんが見えないみたいだから、うまく急所を狙うのは難しいと思うんだけどね」

「急所!?」

「じんわり死にたいならいいかもしれないけど……」

どうだろう、とまた時間くんと話そうとするのを、手のひらで止めた。

「ま、待ちなさいっ！　な、何がどうなってそういう話に!?　いったい何の話!?」

「だから殺してほしいんだって」

「だからなんでそういう話になってるのよ！」

「アリスに嫌われたから、生きていく気力を無くしたって。せめてアリスの手にかかることが最期の望みだと……」

「手にかかっ……!?」

確かに悲観主義者だとは聞いたけど、急に殺してくれだなんて話にはついていけない。

「じゃあ、どうぞ」

猫の抱っこを変わるみたいな気軽なノリで差し出されても、はいどうもなんて言えるはずがない。

「どうぞじゃないっ!!」

「だめかい？」

「当たり前ですッ!!」

きっぱりと断ると、チェシャ猫は再び時間くんを抱え直す仕草をした。そしてまた、俯いて時間くんと会話を始める。どうにかして声だけでも聞こえないかと耳をそばだててみるが、やはりアリスにはチェシャ猫の声しか聞こえなかった。

「やっぱりだめみたいだよ。……うん。まあそうだね。……そう？　うん」

話の決着がついたらしく、チェシャ猫が顔を上げる。

「じゃあ自殺にするって」

笑顔で言う台詞じゃない。

——それから、時間くんの誤解を解き、泣き止ませるまでに小一時間ほどかかった。

時間くんの気持ちが落ち着いてから、ようやく本題を口にする。

「あのね、時間を進めてほしいの。公園のバラが眠らないと扉を通れなくて……。それに帽子屋とネムリネズミもお茶会を終われないみたいだし」

見えない時間くんに向かって、話しかける。何しろ見えていないから、どこに視線を合わせたらいいのかがわからない。それに、いくら『居る』と言われても、ひとり言を言っているみたいで少し恥ずかしい。

当然、時間くんの返事はアリスには聞こえない。チェシャ猫が頷いたりする仕草から想像していると、チェシャ猫は腰を屈め、手の中の何かを地面に降ろした。

……ずる。

地下牢で聞いたあの何か濡れたものを引きずるような音がしたかと思うと、足元を冷気が撫でて行く。時間くんが通っているのだとわかっていても、これは気持ちが悪い。

「……じ、時間くん？」

音が遠ざかっていくのでチェシャ猫を見上げると、

「行ったよ、アリス。お茶会へ戻るって」

チェシャ猫が説明してくれた。

「……ほんと？　じゃあこれでバラ園の扉、通れるようになる？」

返事の代わりに、チェシャ猫はにんまりした。

時計が四時になったら、バラは眠る。バラが眠ってくれれば、あの扉を越えてバラ園に入ることが出来るはずだ。

頬を、心地よい風が撫でた。城の前の草原が揺れる。ずるずると這うような音は聞こえなくなっていたし、アリスには時間くんがどこにいるのかまったくわからないが、とりあえず前に進んだ。

そう実感して肩の力を抜きながら、チェシャ猫を恨みがましく見上げる。

「……時間くんは見えないって、先に教えといてくれたら良かったのに」

「見えるよ」

「あなたには、でしょ……。ねえ、時間くんってどんな姿してるの？」

「…………」

珍しく、チェシャ猫は悩んだように沈黙した。

「……たとえて言うのなら、ちょうに似ている」

「ちょう？　蝶々？」

首に触れた感触から想像していたよりもずっと可愛いとほっとしかけた時、

「ニンゲンの腸」

チェシャ猫が付け加えた。

聞かなければ良かった、と即座に後悔すると共に、見えなくて本当に良かった、とこっそり溜息をつく。

「じゃあ、私たちも公園にもど――ッ!!」

――突然、チェシャ猫に強く突き飛ばされたアリスは、地面に倒れ込んだ。頬を擦ったのか、ふわりと土の匂いがする。視界いっぱいに伸び放題の草が溢れ、次の瞬間、そこに鮮やかな赤い霧が吹き付けられた。腕で地面を押し、見開いた目が赤い飛沫を辿る。

……チェシャ猫のにんまり顔が、綺麗な放物線を描き、空を舞って地面に転がった。

瞬きもできないまま、今までチェシャ猫がいた場所に視線を移すと、首を失ったチェシャ猫の胴体が戸惑ったように一歩足を踏み出し、けれど歩くことはできずに草むらに倒れ込んだ。緑一面だった草原が、みるみる赤く染まっていく。

――何が起こっているのか、わからなかった。

倒れたチェシャ猫の後ろで、女王が艶然《えんぜん》と微笑んでいた。まだ血の滴る、大きな鎌を手にして。

「チェシャ……ねこ……?」

上手く声が出せない。膝に力を入れてどうにか立ち上がったものの、足が地面を踏んでいる感覚がなかった。さっき、固い土に頬を擦って痛いと思ったはずなのに、今はその感覚もない。

チェシャ猫の元に駆け寄ろうとして、頭と体のどちらに行くべきか一瞬迷った。こういう場合、どっちがチェシャ猫?

数歩迷って、結局、頭の方へと足を向けた。

「チェシャ猫……しっかりし……て……」

言っている途中で、唇が痙攣《けいれん》したみたいな歪《いびつ》な笑いが漏れた。首を切断されたのに、しっかりしろも何もあったものじゃない。それなら何て声をかければいい……?　必死に考えたが何も言葉は浮かんでこなくて、アリスは途方に暮れてその場に座り込んだ。

チェシャ猫の顔は、こんな時だというのに笑っていた。

頭はフードごと綺麗に切断されている。こんな時でも少しもフードがずれていないのが、なんだかおかしかった。

草を踏む足音が聞こえた。

「アリス、どうしたの。何を泣いているの?」

顔を上げると、女王が困ったように首を傾げていた。

――何ヲ泣イテイルノ?

言われた言葉が異国の言葉みたいに耳を通り抜け、頭の周りを一周してからようやく感情が動き始めた。

「ひ、どい……ひどい……！　なんてことをするの……!!」

徐々に加速するように責め立てると、女王はなぜか酷く狼狽《うろた》えたように見えた。

「なんでチェシャ猫の首をはねたりしたの!?　こんなのひどすぎる!!」

頬を涙が伝い、鼻の奥がつんと染みる。それでも構わずに女王を睨み付けた。

「まあ……そんなことで泣いてはだめよ」

女王は目を丸くしてから窘めるように言い、アリスの頬へと手を伸ばそうとした。たぶん、涙を拭おうとしたのだと思う。

その手を、アリスは音が鳴るほど強く振り払った。

「あなたなんかだいっきらい……!!」

女王が大きく目を見開く。見る間にその目に涙が溜まり、今にも泣き出しそうにくしゃっと顔を歪める。

こんなことがなければ、同情していたかもしれない。でも今は……チェシャ猫の首がはねられた後では、少しも悪いとは思わなかった。

「許さないから!!　私、絶対許さない――!!」

「っ……」

女王の口が何かを言いかけたように開かれ、けれど何も言わずに閉じる。きゅっと唇を噛み締め、

縋るように大鎌を握り締めて項垂《うなだ》れた。

「……だから猫は嫌いなのよ」

ひとり言のような呟きが地面に落ちる。女王はアリスの目から涙を隠すようにそっぽを向いた。

「わたくしの方がずっとアリスを思ってるわ。猫なんて導く者のくせに。番人の次に遠くにいるのよ。それなのにアリスを泣かせるなんて……図々しいにもほどがあるわ!!」

「……みちびく……?」

何を言っているのか意味がわからない。

女王もアリスに言っている自覚はないのか、ぶつぶつとチェシャ猫への不平を言い続けていた。

やがて徐《おもむろ》に顔を上げ、アリスを潤んだ瞳で睨む。

「アリス!!」

鎌を手放した女王に、肩を掴まれた。

「猫なんかのために泣いたりしたらだめよ!!　絶対だめなんだから!!」

「まったくだよアリス」

「!?」

女王の言葉に同意した声に、ぎょっと下を見る。

「アリス、きみは僕らのために泣いてはいけない。それでは意味がなくなってしまう」

首だけになったチェシャ猫が、真剣にアリスを諌《いさ》めていた。

「……生きて……る?」

「生きてるよ」

俄かには信じられず、頭が混乱する。

「……首、はねられたのに？」

「普通、ネコは首と胴体が離れても死んだりしないよ」

「ふ、普通死ぬよ！　死ぬものなのッ‼」

いつもどおりのチェシャ猫の様子に、やっと体中から力が抜けた。よかった。本当によかった。『こちら』が普通じゃなくて。

「じゃあ……大丈夫なのね？　……痛くないの？」

「痛くないよ」

チェシャ猫の言葉に喜びかけて、動きを止める。痛くはなくとも、首と胴体がわかれてしまったのだから、喜んでいいことじゃない気がしたのだ。

でも死んでしまったと思ったチェシャ猫が生きていたのだから、正直なところ嬉しい。どういう態度を取るべきか悩み、結局考えるのはやめにした。きっと普通に考えるだけ無駄なのだ。

「良かった……死んでなくて」

チェシャ猫の頭を取り上げ、腕の中に抱く。廊下で見た首たちは恐ろしかったが、チェシャ猫の首なら怖くない。

ふと、チェシャ猫の頭を抱く手が冷たくなっていることに気づいた。今さらのように鼓動が速くなって、息苦しい。力を入れていないと全身が震え出しそうで、アリスはきつくチェシャ猫の頭を抱きしめた。

「苦しいよ、アリス。猫は首と胴体がわかれても死なないけど、窒息したら死ぬんだよ」

そうなの？　と泣きそうなのを誤魔化すように笑う。

「だめよ、アリス！　そんなもの、お捨てなさい‼」

感動の再会を邪魔するように、女王の手がチェシャ猫の顔を掴んだ。

「あ」と思う間もなく、あっという間に首をもぎ取られる。随分と乱暴に扱われているが、それでもチェシャ猫のフードはまったくくずれなかった。

……初めて会った時から不思議だったけれど、あのフードはどうなっているのだろう。フードの中身がちゃんと入っているのかも気になる。

チェシャ猫が生きていたとわかったせいか、そんなことを考えられる程度には思考に余裕ができてきた。

「本当にあなただけは首になってもちっとも可愛くないわ、チェシャ猫」

「首狂いに言われたくないね」

珍しく、チェシャ猫の声に棘がある。何かアリスの知らない因縁《いんねん》のようなものが二人の間にはあるのかもしれない。

「わかったでしょう、アリス。泣くことなんてないの」

女王は小石でも捨てるように、チェシャ猫の首を草むらに放った。転がされた勢いで、チェシャ猫の首がごろごろと地面を転がる。

「ごめんなさいね」

アリスの頬を、女王の白くほっそりとした手が包んだ。

「猫が邪魔したものだから手元が狂ってしまったの。さあ、今度こそちゃんとアリスの首をはねてあげるわ」

女王は優雅な笑みを浮かべると、アリスの頬から手を離して足元の鎌を手に取る。

アリスは驚きに目を見開いた。

女王が当たり前のようにアリスの首をはねようとしたこと――それ以上に、女王のすぐ後ろに首なしのチェシャ猫がぼうっと立っていたことに驚いたのだ。

いったい、いつ立ち上がったのだろう。チェシャ猫（胴体）は女王が鎌を振り下ろすよりも先に、素早くそれを奪い取る。

「!!　何するのよ！　猫ッ!!」

鎌を取られた女王が食ってかかったが、チェシャ猫（胴体）は何の反応も示さない。ただ、ぼんやりと立ち尽くしていた。困っているようにも見える。

「聞こえないよ。カラダには耳が無いからね」

少し離れた草むらから、チェシャ猫（頭）が胴体をフォローするように口を挟んだ。まるで他人事だ。

「返しなさい……！」

聞こえないと言われても文句を言わずにはいられないのだろう。女王は怒りながら鎌を奪い返そうとしたが、チェシャ猫（胴体）は突如として女王に背を向けて走り出した。

「ど、どこ行くの!?」

耳のない胴体には、アリスの声も届かない。

鎌を持ったまま、チェシャ猫（胴体）はあっという間に城の背後に広がっている暗い森へと消えてしまった。

「お待ちなさいっ！　もうっ！　だから猫は嫌いなのよ!!」

悪態をつきながら、女王もドレスをひるがえして急いで追いかけていく。

二人が森に消えてしまうと、途端に静けさが訪れる。

「……行っちゃった」

「行ったね」

草むらに転がったままのチェシャ猫（頭）を拾い、アリスはフードの端についた土を払った。

「いいの？　あなたの体……行っちゃったけど」

暗い森の方を見ても、二人の姿は見えない。

「自由にさせておやり。カラダはいい加減、頭の言うことをきくのにうんざりしてるんだよ」

「のんきなこと言って……。チェシャ猫、体ないと困るでしょ？」

「まあ大したことないさ」

十分大したことあるとは思ったけれど、本人が言うのならそういうものなのかもしれない。

ひとまず、アリスは一度その場に腰を下ろした。そして、自分の腕に巻いてあったナプキンで作った包帯を解き、チェシャ猫の首へと巻き付ける。

　止血のためではなく、その刺激の強い切断面を覆うためだ。チェシャ猫の血は止まっていたし、逆に普通であれば、もし止血をしようとしても包帯程度でどうにかなるものではないだろう。何せ、生首だ。

「うん、これでいいかな」

　チェシャ猫の頭を掲げ、包帯の縛り具合を確かめる。

　持ち上げたチェシャ猫のフードを、風が優しく撫でた。風を受けてわずかにそよいだものの、フードはやはり、はずれない。

　女王に首を飛ばされた時もそうだったが、本当にこのフードはどういう仕組みになっているのだろう。そもそも、よく考えてみるとチェシャ猫の顔がどういう顔なのか、アリスはきちんと見たことがない。

　それに気づいて、深く顔を隠しているフードの端を指でつまみ、そろそろと上へと引いた。ちょっとだけなら――軽い気持ちで覗き込もうとしたところ、「アリス」とチェシャ猫が口を開いた。

「はいッ!?」

　思わず、声が裏返る。

「見たら二度と戻れないよ。……それでも見るのかい？」

　淡々とした声で言われ、アリスはフードからぱっと手を放した。

「……見ないのかい？」

今度は誘うような声で言う。

「……見ない。だって、もしチャシャ猫が絶世の美男子とかだったら、私困る。……すごい困る」

見なくていいものなら、見ないままでいい。今のチェシャ猫に不満があるわけではないのだから、それでいいのだとアリスは頷いた。

このフードの中に、どんなに深い闇が潜んでいても、見なければ知らないままでいられる。

じゃあ行こうと立ち上がりかけ、チェシャ猫の頭を抱えたままだと両手が使えないことに気がついた。この先、何があるかわからない。両手は自由な方がいいだろう。

少し考えてから、アリスはチェシャ猫の首を自分のエプロンの上に置き、両端をきつく縛った。エプロンを袋状にすることで、チェシャ猫の頭を入れておくことが出来る。子持ちカンガルーのような状態だ。

すっぽりエプロンに包まれてしまうチェシャ猫は少し息苦しそうではあったけれど、そこは我慢してもらうことにする。

「じゃあ、公園に帰ろうか」

今度こそ立ち上がり、石の敷かれた小道を下りかけて足を止めた。城の建っている小高い丘の上からは、赤い海がよく見える。

果ての見えない、赤い血の海が。

「……大変」

波のほとんどない穏やかな海を眺めながら、呟く。

「どうやって帰ったらいいの……？」

城まではチェシャ猫に運んでもらった。そうしないとアリスは海に沈んでしまって、あっという間に呑まれてしまう。それなのに、今やチェシャ猫は首だけだ。これではアリスを運んでもらうことはできない。

「行く道はひとつでも、帰る道はひとつじゃないよ」

エプロンの中から、チェシャ猫がくぐもった声で言った。まるでなぞなぞのようだ。

「まあ、そのへんを探してごらん」

「そのへんって……」

随分と適当な助言があったものだ。

赤い海からは戻れない。とすると、残っているのは暗い森だ。

先ほど、チェシャ猫（胴体）と女王が消えていった暗い森を振り返る。城の左右に、それぞれ森へと分け入る小さな獣道が見えた。

どちらにしようかな、と歌いながら指差して、右の道へ行こうと決める。

途中で女王に会ったらどうしようと少し不安になったけれど、獣道に入るとすぐに古井戸に行き当たった。まるで絵に描いたような煉瓦で組まれた古井戸で、回りには苔がびっしりと生えている。

落ちないように注意しながら中を覗き込んだけれど、中は真っ暗で底が見えなかった。

「随分、深いのね」

試しに、足元に落ちていた小石をひとつ井戸の中に投げ入れてみた。しばらく待ってみたが、石が水に落ちる音も、底にぶつかる音もしない。

「……枯れてるのかな？」

獣道を先に進もうとすると、

「飛び込むんだよ、アリス」

それを止めるようにチェシャ猫が言った。

「……何言い出すの、突然。こんな深い井戸に飛び込んだら死んじゃうわ」

「死なないよ。落っこちるだけだよ」

「落っこちたら死ぬの！」

「死なないよ。井戸はいろんな場所に繋がっている。望む場所へ連れて行く」

普通、井戸はいろんな場所には繋がっていない。ただ水源に繋がっているだけだ。でもここは、『普通』じゃない。

「……ほんと？」

「本当」

「痛くない……？」

「痛くないよ」

首を切られてなお、まるで平気そうにしているチェシャ猫が言うと、妙な説得力がある。

――存分に悩んだ結果、アリスはしぶしぶ井戸の縁へと腰を下ろした。

恐る恐る中を覗き込む。

井戸の中はぽっかりと黒い穴があるだけで、底は見えなかった。

「……や、やっぱり」

無理です――と言おうとした瞬間、腰が強く前へと引っ張られた。エプロンの中のチェシャ猫の首が、前へと飛び出したのだ。頭だけでも動けるなんて聞いてない。

「うわ!!」

バランスを大きく崩し、アリスは頭から井戸の中へとダイブさせられた。

頬を、服を、すごい勢いで風が巻き上げていく。凄まじいスピードで落下しているのだと認識した途端意識が遠のきかけたが、ふいに頬を切る風が弱まった。なぜか、落下速度が緩やかになったようだった。

落下し続けてはいたが、スピードが落ちたことで辺りを見回す余裕が出てくる。辺りは真っ暗で、正確にどの程度の速度で落ちているのかはわからなかった。下から風に吹き上げられているので落ちていると感じているけれど、もしかしたら本当は落下などしていないのかもしれない。

そう思いかけた時、すぐ目の前をチェシャ猫の首がくるくると回転しているのが目に入った。あれでは目が回ってしまうと、慌てて腕の中に首を抱き込む。

「どうなってるの……!?」

頭を抱えながら改めて尋ねると、

「井戸を落ちてるんだよ」

聞かなくてもわかっている内容が返って来た。

「……それはよくわかってる。そうじゃなくて……この井戸、どのくらい深いの？」

「……さあ」

「さあって」

井戸に飛び込むんだと言ったのはチェシャ猫だし、実際にアリスを落としたのもチェシャ猫だと言うのに、随分と無責任な発言に聞こえる。

「井戸の気分しだいで変わるんだよ」

アリスの不満が伝わったのか、チェシャ猫は補足した。

「井戸の気分、ね……」

——ということは、今日は深い気分に違いない。

♠♥♦♣

チェシャ猫の頭を抱えたまま、どのくらい落下していただろう。

徐々に井戸の中が明るくなり始め、壁が見えた。その壁に、びっしりと肖像画がかけられていることにぎょっとする。

肖像画はどれも同じ人物のもので、描かれているのは顔に包帯を巻き付けた、あの女だった。

女は腕に黒焦げになったおもちゃの小犬を抱いている。

見開いた視界の中で、ただの絵のはずの女の手が——動いた。その血まみれの右手が、自分の顔を巻いている包帯の端を持つ。

――何をするの。

何十枚、何百枚という同じ絵が、ひとつ残らず同じ動きをしていた。

首を覆っていた包帯が解け、顎が見えた。細い顎だ。女の手は止まらない。口を隠していた包帯が外れると、歪んだ笑みを象った唇が見えた。息が、できない。

女が触れている包帯は血を吸って、真っ赤に染まっていた。包帯を解く手は止まらず、鼻が露《あら》わになる。すでに見えている唇がニイ、と笑みを深くした。このまま包帯を解かれると、目が見えてしまう。

――見せないで！

見ていられず、アリスはぎゅっと目を閉じた。その瞬間、瞼《まぶた》の向こう側が眩しく光る。

「っ……なに？」

女の目を見るのが恐ろしかった。でもそれ以上に、この眩しさが何なのかわからないことが怖い。

思い切って一気に目を開いた。

「え……？」

視界いっぱいに白が広がり、目を瞬く。さっきまであったはずの女の肖像画は、一枚もなくなっていた。それどころか、井戸の壁もなければ腕に抱えていたはずのチェシャ猫の首もない。何よりも、アリスは落ちてなどいなかった。

――そこはただただ白い空間で、地面も空もない。

状況が呑み込めず、頭の中にたくさんの疑問符が浮かぶ。そのアリスの肩を叩く手があった。促されるままに振り返り、息を止める。

吐息が唇に触れるほど近くに、包帯を巻いた女の顔があった。

女はアリスの顔を覗き込むように、ぴたりと背後に寄り添っていた。アリスは反射的に女を突き飛ばし、その反動で逆に自分が尻餅をついた。逃げ出したいのに、足が震えて動けない。

女は突き飛ばされた反動で、くるりと回転してアリスに背を向けて立っていた。ほんの少しだけ頭を背へと傾け、ゆらゆらと体を揺らしている。

その時、突然、女の頭がガクンと後ろに仰《の》け反《ぞ》った。

「……っ！」

——女の首から、血飛沫が上がる。首はほとんど千切れかけ、皮一枚で繋がっている状態だった。背中に頭が下がり、ぶらぶらと揺れている。

首が切れた時に一緒に切れたのか、包帯が途中まで解けて鼻が露わになっていた。

アリスは悲鳴を上げることすらできず、女を凝視する。

切れた首から血が溢れ、背にぶら下がった頭へと流れていく。包帯はすっかり血を吸い、今や真っ赤だ。

白しかない世界で、鮮烈な赤がアリスの目を射貫く。

取れかけの頭を揺らしながら、女がアリスの手元を指差した。その指の先を目で追って、愕然とする。……アリスの右手に、カッターナイフが握られていた。手に取った覚えなんてない。第一、どこにあったものなのかすらもわからない。けれど、カッターだけでなく、アリスの手も血で真っ赤に染まっていた。

これは、誰の血――？

「わ、私が……私は……っ」

アリスの意思とは関係なく、右手がぶるぶると痙攣し始める。何を言おうとしているのか、何を言いたいのか自分でもわからない。まるで誰かが勝手に自分の口を使って喋っているような気分だ。

血で真っ赤に顔を染めた女の唇が動く。

――**おまえがころした**

「ち……違う……」

否定するアリスの声は弱く、震えている。

――**おまえがうばった**

「違う……！　やめて……!!」

そんなつもりじゃなかった。私は、わからなかっただけ。アリスは必死に言い訳を並べ立てる。

誰に対する言い訳なのか、何に対する言い訳なのかも、わからないのに。

――あのひとを……かえして

「やめてぇッ!!」

喉が張り裂けんばかりの悲鳴を上げ、アリスはカッターを振り上げていた。私じゃない。私は悪くない。ごめんなさい……お――……

「底だよ、アリス」

ふいに、チェシャ猫の声が耳に届いた。

「えっ?」

下を向くと、腕の中にチェシャ猫の首があった。頬を、風が撫で上げていく。アリスは井戸を落ちていた。……どういうこと?

「アリス」

注意を促すようにもう一度チェシャ猫に呼ばれ、わけがわからないまま、アリスは底の方へと目を向けた。そこには、淡く光る白い人影があった。

……シロウサギ?

アリスが心の中で名前を呼ぶと、白い人影が上を見上げた。白い顔に白い耳。認識した瞬間、一気に距離が近づいた。

「ぶつかる……っ」

シロウサギを巻き込むようにして、床に激突した。

「いった！」

どすん、とお尻に鈍い痛みが走る。同時に、食器の割れる音もした。

「いたたた……」

お尻をさすりながら顔を上げると、見覚えのある風景が広がっていた。

「ここ……公園？」

お尻の下を見ると、お茶会で使っていたお皿が一枚、割れている。アリスはお茶会のテーブルの上に尻餅をついていた。お尻は痛むが、長く長く井戸を落下して激突したにしてはたいした痛みじゃない。

やがて少しのタイムラグの後、太腿《ふともも》の上にチェシャ猫の首が降って来た。転がっていきそうになるのを慌てて捕まえる。

もう一度周囲を見回してみたが、あの公園で間違いないようだった。どうやって戻って来たのかさっぱりわからない。念のため空を見上げてみたけれど、井戸に繋がっていそうな穴はなく、藤棚があるだけだった。チェシャ猫の言っていたとおり、井戸はどこにでも通じているのかもしれない。

アリスはチェシャ猫を抱いて、テーブルから降りた。

お茶会のテーブルには帽子屋とネムリネズミの姿はない。荒れたテーブルの上にある時計を見ると、四時を過ぎていた。時間くんはちゃんとお願いを聞いてくれたみたいだ。

長々と開かれていたお茶会が、本当はどのくらい長く開かれていたのかアリスは知らない。でも、こうして荒れ果てたテーブルだけが残されていると、なぜか物寂しい気がした。帽子屋とネムリネズミは、どこに行ったのだろう。

——その時、ふいに背後から歌が聞こえた。

クビ、クビ、クビ

弾かれたように振り返ると、バラ園の門の前にシロウサギの姿がある。

シロウサギは相変わらず透けていて、腕にはあの人形を抱いていた。

一番初め、学校で見た時は胴体しかなかった。二回目、廃ビルの前で見た時はそれに両腕がつき、そして今、人形には両足がついていた。あと足りないのは……頭だけ。

「シロ、ウサギ……」

今駆け寄れば、簡単に捕まえられるかもしれない。頭ではわかっているのに、手が、足が、強ばって動かない。動けずにいるアリスの前で、シロウサギは歌いながらバラ園の門をくぐっていく。

クビはどこだろ
クビがなくっちゃ
僕を見つめてもらえない

歌声と共に、シロウサギの姿がバラ園の中へと消えていった。

夜の公園は静かで、自分が唾を飲み込む音さえも響いてしまいそうだ。

アリスの唇から、言葉にもならない呻きのようなものが漏れた。それが、精一杯だった。胸を押し潰すようなこの焦りを、恐怖を、言葉になんてできない。自分でも持て余しているこの感覚を、どう人に説明すればいいのかなんて、わかるはずがない。

アリスは言葉にすることを諦め、代わりのように腕の中のチェシャ猫の顔を覗き見た。アリスが横に傾けているせいで、見えたのはチェシャ猫の横顔だった。その横顔は、いつものように笑っている。……けれど、どこか違う。どこが違うのだろうとじっと見つめ、頬の辺りがわずかに張り詰めているのだと気がついた。それは緊張なのか、警戒なのか。

そういえば、チェシャ猫と一緒にいる時にシロウサギに会ったのは、これが初めてだ。チェシャ猫の目はフードの中に隠れていて見えないが、バラ園をまっすぐ見つめているような気がした。

「チェシャ猫……」

——今、何を考えてる？

言葉にならない疑問は、霧散するように空に消える。

「行かないのかい、アリス」

静かな声だった。少なくとも、その声音に緊張や警戒の色は窺えない。

「う……ん……」

アリスはゆっくりとバラ園へ向けて歩き出した。けれど、門の前でその足が止まってしまう。

「…………」

「大丈夫だよ、アリス。もうバラは眠っている」

門を見上げると、前見た時は可憐に咲き誇っていたバラの花々が、つぼみになっていた。時間が進んだはずなのに、まるで巻き戻ってしまったような光景を前に不思議な心地がする。

バラのつぼみを確認しても、アリスの足は動かない。アリスの足が動かないのは、バラのせいではないからだ。

――行きたくない。

心の底では、そう思っていた。だけど、それと同じくらい、焦っていた。シロウサギを追いかけなきゃいけないと、理由のわからない焦燥感が胸に広がっていくのを止められない。

最初はチェシャ猫に言われて、嫌々だった。でも今は違う。どうしてかなんてわからないけれど、今は――他に選択肢はないのだとアリスは知っていた。まるで警笛のように、耳鳴りがする。

「アリス」

一歩を踏み出せないアリスの背を押すように、チェシャ猫が呼ぶ。もしかしたら、チェシャ猫もアリスと同じように焦っているのかもしれない。

「……うん。行こう」

チェシャ猫にではなく、自分に向かってそう言った。

――もう、それしかないから。

アリスの足が、バラ園の門の下をくぐる。その足を止めようと絡みつく何かを振り切るために――

アリスは駆け出した。

第六章　赤と黒の迷宮

極端な話で、お茶会の席にはあんなに時計があったのに、バラ園の中にはひとつも時計がない。アリスもチェシャ猫も腕時計をしていないので、門をくぐってからどのくらい経ったか正確にはわからなかった。

それでも、三十分以上は歩き続けていたと思う。つまり、立派な迷子だ。

「……迷った、みたいね？」

立ち止まり、ようやくその事実を認める。

「迷路だからね」

「そこよ。どうしてバラ園が迷路になってるの。こんなのおかしいでしょ！」

あくまでのんきなチェシャ猫にすかさず噛みつく。

「だいたい……広すぎ！」

歩き始めてから十分くらいで薄々感じてはいた。

このバラ園は市民公園の一角にある。つまり、市民公園よりは狭いはずなのだ。それなのに、三十分歩いても出口につかないなんてどう考えてもおかしい。市民公園を一周するのに十分もかからないのだから。いくら迷路は広く感じるものだと言っても、限度があるだろう。

「仕方ないよ。バラ迷宮は無限迷宮なんだから」

「ムゲン？　ムゲンって……無限!?」

「そう」

「そう、じゃないでしょ！　それじゃ出られないじゃない！」

無限というのは、限りが無いから無限なのだ。永遠に迷う迷路だなんて冗談じゃない。

「出られるよ。迷宮には必ず出口があるものさ」

迷宮とは、出口が簡単にはわからないようにわざと迷うように作られた建物のことだ。それが無限だなんて気が遠くなる。

「それを探すのぉ……無限の迷路の中でぇ……？」

考えただけでやる気が減退していく。

「心配ないよ、アリス。落ち着いて迷うといい」

「……あなたがいると、ほんと心強い」

落ち着いて迷う。そんな励まし方、初めて聞いた。

アリスは大きく溜息をついて、再び出口のわからない迷路を歩き始めた。

♠♥♦♣

チェシャ猫のアドバイスを聞いてから、どのくらい経ったのだろう。

体感的には三時間以上は経っている気がする。進展は何もない。強いて上げるなら、アリスがバラの花を嫌いになってきたということくらいだ。

「変……」

バラの垣根で囲われた道を、ぶつぶつ言いながら歩く。

「人間て変……お金払って迷路に入る人がいるなんて、信じられない……」

チェシャ猫に話しているつもりはない。ただ、バラばかり見ているとひとり言のひとつや二つや三つや四つくらい言いたくなるのだ。

「変だよ絶対……。だれよ、迷路なんて考え出したのは……理解できない」

ぐるぐると歩きすぎて、まともに考えるのが馬鹿らしくなっていた。バラの道は右に行っても左に行ってもまるで同じ風景で、ずっと同じところを回っているような気さえしてくる。

「だいたいなんで迷いたいの……。普通に生きてたって迷うことだらけじゃない……。何が楽しくて自分から迷うわけ……？　非生産的だわ……」

「無駄なことほど実は大事なことなのさ」

黙ってアリスのひとり言を聞いていたチェシャ猫が、哲学者のようなことを言う。

「そう……深いのね……でも……」

アリスも思慮深げにそれに頷いた。一見、大人ぶって。

「私はやだ！　もう迷うの、やだっ!!」

不満を一気に爆発させ、その場で駄々でも捏ねてやろうかとした時、足音が聞こえた。アリスがいる場所から少し先の角を、奥へと駆けて行く。

「だれ……!?」

こんなに長く歩いていたのに、自分以外の足音を聞いたのは初めてだ。

アリスは足音のした角へと走った。アリスが角を曲がると、足音は逃げるようにそのまた次の角の向こうへと走って行くため、姿は見えない。

「だれかな!?」

ようやく訪れた変化に、アリスは走りながらやや弾んだ声で言った。それにチェシャ猫は、「さあ」と相変わらずのテンションで応える。猫はいつだってのんきだ。

足音の主は、一向に姿が見えてこない。相手だってアリスの足音が聞こえているはずなのに、立ち止まるどころか逃げるように足音だけを残してぐんぐんと進んで行ってしまう。これでは、まるで追いかけっこだ。

「待って……！」

もどかしさに苛立ちが募《つの》る。

「ねえ待って！」

ジョギング程度だった駆け足が、今は全速力に近かった。息を切らせながら、足音を追いかける。足音からほんの数拍遅れて角を曲がると、正面の茂みが揺れていた。左右に道はない。突き当たりだ。ようやく追いついた。アリスは何の迷いもなく、がさがさとまだ揺れている茂みへと頭を突っ込んだ。

「待って……!!」

棘に肌を引っ掻かれながらも、バラの生け垣を這うようにして前へ進む。垣根の向こう側が透けて見えた時、素早く立ち上がって辺りを見回した。まだ、近くに誰かがいるはずだ。

しかし、そこには誰もいなかった。アリスは誰もいないという事実よりも、バラの生け垣の向こう側の景色に驚いていた。

「ここ……私の、家……？」

目を擦ってみたが、間違いない。そこは、アリスの住む一軒家の裏庭だった。後ろを振り返ると、隣の家とを隔てている生け垣に人が通ったような穴が空いている。アリスが通ってきた生け垣はここに間違いないけれど、アリスの家は、もちろん公園と隣合わせで建っているわけではない。

「……どうなってるの？　ねえ……」

目を下にやって、はっとした。両端を結んであったはずの、エプロンが元に戻っている。つまり——チェシャ猫の首が、どこにもない。慌てて辺りを見回すが、芝生の上に生首なんて落ちていなかった。

生け垣を這って進んでいる時に落としたのかもしれない。だとすると、チェシャ猫はまだ生け垣の中だ。

……でも、這っている間、チェシャ猫が邪魔だとは一度も思わなかった。

エプロンを袋にした部分にチェシャ猫の首を入れたままであれば、這う姿勢では相当邪魔だったはずなのに。だとすると、落としたのはもっと前、走っていた時かもしれない。確かに、前を走る足音を追いかけることに夢中で、他のことに注意を払っていなかった。

「大変……！」

急いで探しに行かないと、とアリスは生け垣に空いた穴に頭を突っ込んだ。そしてその穴の先に見えた景色に、頭を引っこ抜く。

生け垣の向こうは、何のことはない隣の家の庭だったのだ。普通に考えればそれで正しいのだけど、ここを通って来た時はバラ園から入ったはずだ。城への道が行きと帰りで違うように、ここもそうなのだろうか。

四つん這いになったまま少し悩み、このままここで悩んでいてもどうしようもないと立ち上がった。生け垣から戻れないのなら、また公園からバラ園に入ればいい。公園に行くには、家の前の道を真っ直ぐ道なりに十五分ほど進めば着く。誰か他の人がチェシャ猫の首を見つけたら、きっと大騒ぎになってしまう。

すぐチェシャ猫を探しに戻らないと、と急いで家の表へと回る。

その時、カチャリ、とやけに大きな音が聞こえて足を止める。反射的に、音のした方を見ると、家のドアが少し開いていた。

その隙間から、背中が見えた。

「!!」

はっとした時には、ドアが静かに閉まった後だった。見えた背中は、シロウサギ。心臓が、口から飛び出しそうだ。発熱した時のような悪寒《おかん》が、全身を襲う。

「わ……私……チェシャ猫を……」

チェシャ猫を探しに公園に行かないといけないから。

だから——家には帰れない。

自分に言い訳をして、足を進めようとするのに足が動かなかった。それどころか、足はアリスの意思を無視して、一歩、また一歩と家へと向かって踏み出してしまう。

——家には帰らない。……帰りたくない！

脂汗《あぶらあせ》が頬を伝う。必死に足を止めようとするのに、今のアリスには指一本、瞼さえ動かすことができない。

「……いや……っ……」

家は……家は、嫌!! ——こんなにも、嫌なのに。

アリスの目が大きく見開かれる。手が、ドアノブを掴んだ。ノブが氷のように冷たい。この手は誰の手だろう。私の手じゃないの。自分の手のはずなのに、指一本思うように動かせない。ゆっくりとノブを回してドアを引く手を、アリスは他人のもののように凝視していた。

ドアが、暗い口を開く。その闇の中に、アリスの体は呑み込まれていった。

♠♥♦♣

闇のようだ、と思ったのに、家の中は真っ暗ではなかった。台所の電気がついている。狭い市営住宅なので、入ってすぐ台所と居間がくっついた部屋が見えていた。正面には二階へと続く細くて急な階段が伸びている。

シロウサギの姿はなかった。誰も、いない。

誰もいないはずなのに、台所と居間を仕切るガラスの入った引き戸が小さく揺れた。戸が、ゆっくりと横に引かれていく。

「開けちゃだめ！」

咄嗟に駆け寄り、両手で戸を押さえ込んだ。戸が嫌がるように音を鳴らす。アリスは手に力を込めて必死に戸を押さえ込んだ。その横顔に視線を感じて、顔を上げる。

「あ……」

喉の奥で、声にならない悲鳴が漏れる。

「う、あ……あ……」

ガラス戸の向こうに、女が立っていた。包帯で顔を覆った女が。アリスと女を隔てているのは、薄い、簡単に割れてしまうようなガラスだけ。

カタカタと戸が揺れていた。自分の手が震えているせいだとアリスは気づかない。目を離せずにいるアリスの前で、女の包帯が剥がれ落ちていく。顎が見え、口が見え、鼻が見えた。包帯はするすると解けていく。

——見たくない！　見せないで！

戸にしがみつくように体を預け、アリスはきつく目を瞑った。その耳が、声を拾う。

「おかえり、亜莉子」

——亜莉子。

そうだ、コッチ側にいるのだから、私はアリスじゃない。亜莉子。でも、どこからがコッチで、どこからがアッチなのか、亜莉子にはもうわからない。

亜莉子の名を呼ぶ懐かしい声に顔を上げると、ガラス越しに目が合う。

「――オ……」

引き戸から、亜莉子の手が離れた。

それを待っていたかのように、戸が勢いよく開け放たれる。

♠♥♦♣

戸が開いた先は、なぜか台所ではなく居間だった。ついさっきまで、亜莉子は台所に続く戸を押さえていたはずなのに。

ぼんやりと足元を見下ろすと、刺し傷だらけで赤く染まっている誰かの背中があった。ああ、と思い出す。ぴくりとも動かないその背中は、母の婚約者である武村のものだ。ぽた、とやけに大きな音で水滴が垂れる音がした。その音は亜莉子の右手から聞こえていた。

……ぽたり、ぽたり。

気怠げに右手を見下ろす。亜莉子の手には、カッターナイフが握られていた。その刃先から、赤い水滴が玉になっては床を濡らしていく。

――私、武村さんを……殺しちゃったんだ……。

そうか……そうだった。

他人事のようにぼうっと考えていると、階段を下りる足音の後に悲鳴が聞こえた。面倒くさいなと思いながら、首だけを捻るようにして後ろを見る。母は、真っ青な顔で立ち尽くしていた。

「おかあさん……」

呼びかけると、弾かれたように武村の元へと駆け寄り、動かなくなった体を懸命に揺さぶる。いくら呼びかけても武村が応えないことがわかると、亜莉子を血走った目で睨みつけた。

「亜莉子！　どうしてあなた……こんなことを!!」

――やめて、おかあさん。どうしてそんな目で見るの？

「お母さん……」

ただ、そんな目で見ないでほしいだけなのに、母は怯えたように後退《あとずさ》る。

「来ないで、亜莉子……！」

亜莉子が一歩足を踏み出すと、母の唇から引き攣れた悲鳴が零れた。

――やめてよ、おかあさん。

右手に握ったままのカッターナイフが熱を持つ。

――お願いだから……

「そんな目で見ないで!!」

♠♥♦♣

ぶつ、と音を立てて映像が途切れた。

亜莉子は台所と居間の間に座り込んでいた。ガラス戸は、開け放たれている。どこからが現実《コッチ》で、どこからが夢《アッチ》かわからない。

のろのろと居間に視線を向けると、部屋の中は飛び散った血で真っ赤に染まっていた。まるでたった今惨劇が起きたばかりのように、荒れている。乾ききっていない血が、壁を伝ってゆっくりと滴り落ちていっていた。

右手に痺れたような感覚が走り見下ろすと、きつくカッターを握り締めていた。手も、カッターもまだ新しい血で濡れている。そうか、と頷く。

「私が……殺したんだ……」

母の婚約者である武村を、そして――お母さんを。

「どう……したらいいのかな……?」

指は凍り付いてしまったみたいにカッターを離そうとしない。

――ひとをころしたばあい、どうするの。

普通はどうするのだっけと考え、普通ってなんだろうと頭が上手く回らない。殺人なんて、テレビの中のことだけだと思っていた。テレビの中で、犯人はどうしていたっけ。

「けいさつ……そうだ。自首……自首しなきゃ」

刑事ドラマの中では、悪いことをした犯人は警察に捕まる。悪いと自分で思っている犯人は、自ら警察に出頭し自首をする。だから、私は警察に自分で行く。機械的に答えを導き出し、亜莉子は立ち上がった。

――罰を与えてもらいに、行かなきゃ。

家から歩いて五分程度の場所に、交番がある。

そこを目指してふらふらと歩いていくと、真っ暗な闇の中で、交番の赤いライトだけがまあるく光っているのが見えた。交番の前まで着くと、ガラス戸の向こうに座っていた制服姿の警察官と目があった。

軽い戸を引き、中へと足を踏み入れる。狭い室内は蛍光灯がついているはずなのに、なぜか薄暗かった。

「こんばんは……おまわりさん」

「こんばんは」

随分と細い体躯《たいく》の人だ。顔も体と同じように細長く、その唇には薄い微笑が浮かべられている。

警察官は背筋をぴんと伸ばしたまま、目だけを亜莉子に向ける。

「……私、人を……殺したの」

「そうですか」

警察官は張り付いたような笑顔のまま、言う。唇は笑みを形取っているのに、目はちっとも笑っていない。この顔を、どこかで見たことがあるような気がしたが、思い出せない。

「逮捕、してください」

相手が動かないので、亜莉子は自分から血だらけの両手を突き出した。右手には、まだカッターナイフを握ったままだ。

「それが凶器ですか」

細い目が、刃が出たままのカッターを見る。

「……はい」

「これで刺したのですか」

「そう……刺したの」

もう乾いているはずなのに、カッターの刃先から血が落ちるのを見た。

「どんなふうに？」

ようやく、警察官が腰を上げる。ついに逮捕されるのかとどきりとしたが、警察官は薄ら笑いを浮かべたまま亜莉子を見下ろすだけで、捕まえようとする様子はない。

「……知らない」

「どんな感じがしました？　刃物に肉が食い込む感触は？」

薄い唇の隙間から、赤い舌が覗く。その舌先が二つに割れて見えた。

どうして、わざわざそんなことを聞くのか。握ったままのカッターが震えた。刃物が肉に食い込む感触？　思い出させないで。

「……知らない。そんなことといいから……逮捕して！　ねえ死刑になる？　私、死刑になるでしょ!?」

血だらけの手で、警察官の胸ぐらにしがみついた。その拍子に、ようやくカッターが手から離れ床へと落ちる。

「刑の執行は判決のあとです。先に裁判を行いませんと」

胸ぐらを掴まれているというのに、警察官はのっぺりとした表情のままだ。何ひとつ言葉が届いていないような態度に腹が立った。人を殺したと言っているのに、どうしてもっと取り乱さないのか。

「そんなのいらないわ!!　私がお母さんと武村さんを殺したのよ。それでいいでしょう!?」

「だれがだれを殺したかなど、どうでもいいのです。大切なのは真実」

――真実？

本気で言っているのかと見開いた目に、冷たく細められた目が映る。冷たい微笑に背筋がざわついた。

「し、真実よ！　じゃなきゃ、この手についた血はなんだって言うの!?」

掴んだ警察官の胸元は、亜莉子の手から移った血で汚れている。これを見てよ、この血を――！

掴んだ胸ぐらを強く揺さぶると、警察官のかぶっていた制帽が床に落ちた。薄暗い蛍光灯の光に照らされた、黒すぎて濡れた緑のように見える髪。

「あなた……廃ビルで会った……？」

警察官は、亜莉子にシチューとパンを出したあのボーイだった。薄い笑みを浮かべる唇の隙間から、ちらちらと赤い舌が覗く。

「トカゲのビルと申します。私たちのアリス」

――ここはどっち側？

力が抜け、滑り落ちそうになったアリスの手を、ビルが素早く掴んだ。ひんやりと冷たく、やけに柔らかい手だった。

ビルはアリスの手を舐めるように見つめる。

「きれいな血ですね。あなたの手によく馴染《なじ》んでいる」

「何……言ってるの……」

咄嗟に身を引こうとしたけれど、遅かった。

「キャアッ」

突然、頭に何かを被せられた。視界が遮られ、何も見えない。

「な、なに……」

鼻や頬に触れる感触から、麻袋のようなものを被せられたのだとわかった。どうにか袋を外そうとした手は、ビルによって後ろ手に縛られた。

アリスは自分の今の状況を、頭の中で映像化する。見たことがある。映画で。死刑を執行される罪人が、こんな風に頭に袋を被せられ、連れていかれるのを。

そうだ、最初から死刑になるために来た。今さら怯えても仕方ない。無理矢理恐怖心を押さえつけようとするアリスの耳元で、ビルが囁く。

「行きましょう、アリス。裁判が始まります」

……行き先は絞首台ではないようだ。

♠♥♦♣

アリスはビルに担がれてどこかに運ばれた。しばらく移動した後、体を起こされ足が地面に降ろされる。辺りは人の話し声で満ちていた。

どこに運ばれたのだろうと思っていると、頭に被せられていた袋を外される。急に開けた視界は眩しく、アリスは目を細めた。

そこは、コロッセウムのようにすり鉢状の形をしたホールのようだった。斜めに設置された椅子には、大勢の人が腰を下ろしている。その誰もが、目元だけを覆い隠すような銀色の仮面をつけていた。

アリスはそのすり鉢の底部分に立たされていた。目の前には石造りの高い机がある。その机と向かい合うように背丈ほどもある大理石の台座があり、その上にやけに高い椅子が添えられていた。あまりに高すぎて、きっと座るには梯子がいるに違いない。

その石造りの椅子には、見覚えのある少女が座っている。

周りを取り囲む人々と同じように銀色の仮面をつけてはいたが、そのハチミツ色の波打つ長い髪と、バラ色のドレス、巨大な鎌から女王だとわかる。

アリスと女王のちょうど真ん中辺りには、一辺が二メートルほどもある四角い箱が置いてあった。ガラスかクリスタルか、その素材はわからないが、キラキラと光を反射して美しい。中に何が入っているのかは見えない。もしかしたら、何も入っていないのかもしれない。

よく見ると、箱の表面には細かいヒビが入っていた。ほんの少し衝撃を与えたら、割れてしまいそうだ。

――割れる、のだろうか。

その箱は、大きさの割りには酷くもろそうに見えた。

ふいに後ろ手に縛られたままの手首に触れられて振り返ると、細身の男が縄を外そうとしていた。

ビルだとは思うが、やはり銀の仮面をつけているので顔はわからない。

「……ビル、ここはどこ?」

「真実の法廷です」

否定しなかったところをみると、ビルで間違いないようだ。ビルはアリスの手首から縄を外すと、そっと手首を撫でた。ひんやりと冷たい感触がする。

「痛いですか」

多少ひりひりはしたが、痛むほどではない。ましてや自分のしたことを思えば、このくらいどうということはない。アリスは首を横に振った。

カンカン、と木槌《きづち》を鳴らすような音がした。正確にはその音は木槌ではなく、女王が鎌の柄で強く足元を叩いた音だ。

「静粛に!」

澄んだ女王の声が真実の法廷に響く。声を受けて、場内のざわつきは次第に治まっていった。静けさが訪れると、女王は満足げに頷いてもう一度、今度は軽く床を叩いた。

厳粛なムードが漂う法廷にそぐわない、能天気なラッパの音が鳴り響く。いつの間にか、女王の高い椅子の足元に巨大なトランプたちが整列し、トランペットを高らかに吹いていた。どうやら、お付きの兵士らしい。

一番端に立っていたトランプが、巻紙を広げて読み上げる。

「被告人アリスには、重大な容疑がかかっております！　よって、これより裁判を執《と》り行いたいと思います！」

トランプ兵たちがまたトランペットを構えようとしたので、アリスは急いで口を挟んだ。

「裁判なんかやる必要ないわ！　私が殺したんだって言ってる！」

アリスの発言を打ち消すように、カンカンと女王が鎌の柄を打ち鳴らす。

「被告人は許可なき発言を慎むように」

はっきりと言い切られ、二の句を継げない。

「陛下……」

アリスの代わりのように、ビルが片手を上げた。

「裁判長とおっしゃい。発言を許可します」

「被告人アリスは、自宅にて母親とその知人を殺害したと申告しています」

「あらそう。それで？」

つまらなさそうに女王が先を促す。ビルは一拍おいてから、口を開いた。

「アリスは有罪です。然るべき処罰を」

処罰、の言葉に胸を撫で下ろす。そう、それでいい……

「罪名は？」

「偽証罪」

「偽証罪……!?」

思わず、ビルの顔を振り返る。ビルは冷たい銀の仮面の奥からアリスを一瞥《いちべつ》した。

「あなたは嘘をついている」

「う、嘘なんてついてないったら！」

ビルに言っても埒《らち》が明かないと見て、アリスは急いで女王へと訴える。

「女王さま、私は有罪です。早く私の首をはねて！」

「まあアリス……!!」

女王は感極まったようにうっとりとした声を上げ、鎌を握り締めて立ち上がった。

「嬉しいわ、あなたからそう言ってくれるなんて！　待ってちょうだいね、今……」

「お待ちを、陛下」

いそいそと椅子を降りようとする女王を、ビルの静かな声が止める。

「尋問がまだです」

「裁判長とおっしゃい!!　わたくしの命令がきけないの!?　邪魔をするのなら、ビル、おまえのその細い首も一緒にはねてあげてよ！」

大鎌を振り上げた女王を、傍に控えていたトランプ兵たちが慌てて止める。

「もーだめですよ、女王さま！　ここは真実の法廷ですよ！　トカゲは真実の番人なんですから、女王さまだって手出しはできないんですよー！」

「裁判長とおっしゃい!!」

女王は癇癪を起こしたようにその場で鎌を振り回し、トランプ兵たちは散り散りになってそれを避けている。高い台座の上でのやり取りを無視し、

「理由は？」

とビルが淡々とアリスに問いかける。

「り、理由？」

「動機です。なぜ殺したのです？」

「なぜって……」

言葉が出てこない。

「答えられませんか。ではこちらから申し上げましょう」

ビルは女王へと向き直ると、はっきりと言った。

「アリスはオカアサンが憎かったのです」

――オカアサンガ憎イ

目の裏でフラッシュを焚かれたように、ショックが体中を駆け巡る。

「違うッ！　そんなことない！　裁判長、そんなのは嘘です!!」

「……被告人は否定していてよ。ビル、証拠はあって？」

「証拠なんてあるはずないわ！　だってそんなの嘘……っ！」

……ふいに、ビルに腕を掴まれた。

「な、何……」

無表情な銀の仮面が、アリスを見つめる。その仮面の奥で、冷たく笑われた気がした。ビルの右手が、高く振り上げられる。

——叩かれる！

「ごめんなさい、ごめんなさい……!!」

反射的に目をぎゅっと閉じ、アリスは頭を庇うようにしてその場にしゃがみ込んだ。

ごめんなさい、ごめんなさい、ごめんなさい、ごめんなさい。

何度も、何度も何度も叫びながら、体を小さくしたが、頬を打つ痛みはいつまで待ってもやって来ない。そろそろと腕をずらして隙間から覗くと、ビルは右手を少し上げた姿勢で立っていた。その手は、アリスを叩かない。

——法廷は静まりかえっていた。

「……何を謝るのです？」

「わ……わたし……ちが……ちがう……」

ビルは右手を下げ、優しいとも言える手つきでアリスを立たせる。

「裁判長、ご覧のようにアリスは叩かれるのが怖いのです。それは――」

――言わないで。

何かを言い返さないといけない。違うと言わないと、ばれてしまう。でも、何を言えばいいのか焦り過ぎて言葉が出てこなかった。今、感じた恐怖が体を支配してしまっていて、言葉なんて何も出てこない。

――だって怖い。叩かれるの、怖い。

ビルが静かに続きを口にする。

「……オカアサンがたくさん叩いたからです。だから被告人はたくさん痛かった」

ざわ、と法廷が騒がしくなった。まあ、とかなんてことだ、とか、アリスに同情した言葉が聞こえてくる。違うの、と口の中で呟いても、誰も聞いてくれない。打たれてもいないのに、左の頬が痛むのを感じた。

「憎んで当然かと」

とどめを刺すように、かすかに笑いを含んだビルの声が法廷に響く。

「ち、違う……っ」

「なんてことでしょう!!　わたくしたちのアリスに!!」

女王は憤然とその場に立ち、聴衆に訴えかけるように両手を大きく広げて叫ぶ。

「なら殺しても仕方ないわ！　悪いのはオカアサンですもの!!」

わあっと聴衆が歓声を上げた。

「違う！　お母さんは悪くない‼」

オカアサンが悪いのだと盛り上がり始める観衆に、アリスは必死に訴える。けれど、アリスひとりの声は聴衆たちの野次で簡単に打ち消された。

「私たちのアリスを叩くなんて‼」

「そうだ、オカアサンが悪い‼」

「アリスは無罪だ‼」

「お願い、やめて、違う……！」

私は無罪なんかじゃない。悪いのは、私。

「殺して当然だ！」

「オカアサン有罪‼」

「……お母さんは悪くない！」

おかあさんは何も悪くない。だって……

「私がいけないの！　私が……‼」

机に体を乗り上げるようにして全身で訴えるアリスの肩に、ビルの冷たい手が乗せられた。

「私が、なんです？」

銀の仮面をつけたビルの顔を振り返る。

キャンキャン。

いつの間にか、ビルは腕に小犬のおもちゃを抱いていた。小犬は真っ黒に焦げ、プラスチックが溶ける嫌な匂いを漂わせていた。

「私が……」


キャンキャン。


小犬の鳴き声に誘発されるように、アリスの脳裏に鮮やかな赤が広がる。

「わたしが……おとうさんを……」

赤い、真っ赤だ。その赤は、私のせい。

「……ころしたから……」

あんなに激していた聴衆たちが、一斉に口を噤《つぐ》んだ。

「どうやって殺したのです……?」

耳元でビルが促す。

ピシ、と鋭い音が聞こえて目を上げると、その音は法廷の中央に据えられているガラスの箱から聞こえていた。もともと入っていた細かなヒビが、大きく広がっていく。

「火事が……おきて。四歳の……」

記憶を辿るアリスの頭の中は冷静だった。他人のことを語るように、唇が勝手に動く。それなのに、目に涙がたまり、視界がぼやけた。

「その犬……」

ビルの抱いている小犬を指差す。

「その犬は……お父さんに誕生日にもらって……友達だったから」

――ありがとう、おとうさん！　わたし、この子とおともだちになる！

はしゃぐ幼いアリスの頭を、大きな手がぽんぽんと優しく撫でた。

「……戻ったの。助けなきゃって。だけど……火は熱くて……」

熱かった。燃えさかる炎は頬を焼き、髪を焦がした。

――だめよ、亜莉子！　戻って!!

母の悲鳴が聞こえた時には火に囲まれていて、声を上げて泣いた。腕の中にしっかりと友達を抱きしめて。

「怖くて……出られなくなって……」

――もう大丈夫だよ、亜莉子。

「泣いてたら、お父さんが迎えに来てくれた……」

――さあ、わんわんと一緒に……

父の笑顔を思い出せない。優しい笑い方をする人だったはずなのに、どうしても、思い出せない。

轟音と共に天井が崩れ落ちた瞬間、父に突き飛ばされた。崩れた天井が父の笑顔を潰してしまってから、もうずっと父のことを思い出せずにいた。

「それからは覚えてない……。だけど、次の日起きたら……お父さん、いなくなってた」

母ではない、誰か別の大人の女の人に手を引かれて、黒と白で飾り付けられた場所に行った記憶が蘇る。自分も真っ黒な服を着ていた。今思えば、あれは父の葬式だったのだろう。

父の葬儀が終わった日、大事に抱いていた小犬を母が取り上げようとした。駄々を捏ねるように嫌がったら、パンと頬が小気味よい音を立て、その一瞬後にじわりと痛みに襲われた。

それが、母に叩かれた最初の記憶。母は、泣いていたような気がする。

ぶたれた頬が痛かった。赤くなって、熱を持って、腫れていた。

その頬を片手で押さえたまま、庭で友達が黒い煙を上げるのをただ黙って見つめていた。

——どうして、忘れていたんだろう。

こんなにも鮮やかに、罪の記憶は体に染み込んでいたのに。

ピシピシ、と大きな箱にまた大きくヒビが入った。ヒビは連鎖するように広がっていく。もう、誰にも止められない。

「だから……お母さんは悪くない……。痛いのはいいの、罰だから」

「では、その罰に耐えられなくなり、あなたはオカアサンを殺したと？」

「……そう。……わたしは、わるいこだから……」

言葉に、声に、力が入らない。何も考えたくなかった。

ヒビが広がっていく箱を見つめながら、もうこれ以上ヒビが広がらないことを祈った。

どうか、これ以上ヒビが入りませんように。

どうか、これ以上何も思い出しませんように。

しかしアリスの――亜莉子の祈りは、届かない。

「異議あり」

法廷の上の方から、聞き慣れた声が降ってきた。

「……チェシャ猫……？」

何もない中空からチェシャ猫の首が落ちてきて、ガラスの上にぽとりと着地する。

「被告人はまだ嘘をついている」

「……猫、被告人はどのような嘘を？」

ビルが先を促した。

「嘘なんかついてない！　私が殺したんです！　動機だってあるわ!!」

石の机を両手で叩きつける。……ああ、手が冷たい。

「これ以上裁判なんてする必要ないでしょう!?　早く刑を……!!」

――お願いだから、早く。

箱の上の猫の首が、くるりと動いた。その口はにんまりと笑っている。

「きみが殺していなければまずい理由があるんだね」

「!!」

キラキラと光を反射する、綺麗な箱。その箱は今や、ヒビだらけだった。

「そんなの知らない！　そんな理由なんてない……!!」

お願い、お母さん。そんな目で……私を見ないで。

箱に、一際大きなヒビが入る。

割れる。割れてしまう。中に封じ込めたものが、出て来てしまう。

殺されるくらいなら――

アリス、とチェシャ猫は穏やかな声で呼ぶ。

その声を、無視することはできない。

「……お腹は大丈夫?」

え、と目を見開いた後、気持ちの悪い感触が足を這った。

太腿を伝って、流れ落ちていく。ゆっくりと足元を見下ろすと、足元に赤い水溜まりが広がっていた。

「お腹……いたい……」

血は、腹から溢れ出していた。

痛みに耐えきれず、体を折り曲げて腹を強く押さえる。その横で、チェシャ猫が宣言した。

「さあ、真実の箱を開こう――」

甲高い音をたてて、ヒビだらけだった箱が粉々に砕け散った。

♠♥♦♣

大きな物音が一階から聞こえた。続いて、悲鳴。

今日は家に武村が来ていたはずだ。だから、亜莉子は遠慮をして自分の部屋のある二階に引き上げていた。何があったのかと、亜莉子は居間へと駆け込む。そう——二階から下りてきたのは、母ではなく、亜莉子だった。

「お母さん!?」

ぼんやりと立ち尽くす母の背中が見えた。その足元に武村が倒れている。武村の背広は穴だらけで、一面真っ赤に染まっていた。

母が、ゆっくりと振り返る。

「亜莉子……」

——目が虚《うつ》ろだった。

「何があったの!?　どうして武村さんが……っ」

武村の元に駆け寄り、急いで首筋に手を当てた。手が震えて、上手く脈を計ることができない。

「武村さん、しっかりして！」

武村はぴくりとも動かなかったが、その体はまだあたたかかった。生きている。そう信じたかった。

「お母さん、救急車を——」

呼んでと言い終わる前に、肩に熱が走った。一拍遅れて痛みに襲われ、呻き声を上げながら亜莉子は肩を押さえて飛び退いた。押さえた指の隙間から、あたたかい血が溢れ出す。

「お母さん!?」

母の手には、血に染まった包丁が握られていた。いつから、その包丁は血にまみれていたのだろう。再び包丁を突き出され、反射的に体を横に倒してかわしたものの、テーブルにぶつかって転んでしまった。派手な音を立てて、テーブルの上のペン立てや小物がひっくり返り床に散らばる。

「もう、だめなの……。亜莉子……ねえ、どうして?」

ゆらり、と母の体が揺れた。

「どうしてこうなってしまうの?　どうして私は……」

うわ言のように「どうして」を繰り返す母は、亜莉子を見ているようで何も見ていなかった。虚ろな目は、木の虚《うろ》のようにただ空いているだけだ。

「お母さん……」

座り込んだまま、亜莉子は呆然と母を見上げていた。

——ねえ、そんな目をしないで。ちゃんと私を、見て。

母のお気に入りのベージュのスカートは、血ですっかり汚れていた。それに合わせた黒いカーディガンも、きっと血で汚れている。武村が来るからとはりきっていたのに、これでは台無しだ。

母の顔は血の気が失せ、青い。その顔は——包帯の下の顔と同じ。

「どうして私は……」

細かく震える包丁の切っ先が、床に尻餅をついたまま後退さる亜莉子に向けられていた。母がゆっくりと近づく。焦ってさらに下がると、落ちていたカッターナイフが右手にぶつかった。亜莉子は無意識のうちにそれを掴む。

「こないで……」

包丁に対抗するように、カッターナイフを母へと向ける。刃を出そうとして何度も指が滑った。亜莉子の手は、ガタガタと音が聞こえてきそうなほど、大きく震えていた。母はカッターナイフなんて目に入っていないように、ゆっくり、ゆっくりと近づいて来る。

「お母さん！　……お母さん、ねえ、やめて……!!」

目の前に母が立った。見上げる亜莉子の頬に、母の涙が落ちる。

――母は泣いていた。

瞳からは確かに涙が流れているのに、心が、乾いていた。母の瞳の奥は真っ暗で、何も見えない。

そこにあるのは……絶望だけだ。

「もういいの……もう、何もかもおしまいにしたいの……」

母が包丁を振り上げる。

怖くはなかった。ただ、悲しかった。

――殺されるくらいなら。

包丁が自分の体を貫くより早く、亜莉子は刺した。

強く握り締めていたカッターナイフで、自分の腹を。

なかなか体に沈み込まないカッターを、祈りを込めて体を折り曲げるようにしながら深く押し込む。

はやくしんで、はやく。ころされるまえに。

早く早く早く早く。力の限り、腹に押し込む。早くしないと、余計なものを見てしまう。

亜莉子の願いを誰かが聞き入れたように、激しい痛みと共に急速に意識が遠のいていく。よかった、と安堵の吐息が漏れた。これでもう、何も見えない。何も、聞こえない。

完全な闇に落ちてしまう前に、何かを叫ぶ母と……倒れ込む亜莉子を抱き留めようと伸ばされた、真っ白な腕を見た気がした。

♠♥♦♣

ゆっくりと瞬きをしてから辺りを見回すと、そこは自宅の居間だった。

亜莉子は、薄暗い居間に立ち尽くしている。居間の畳には黒く変色した染みがあちこちに見られた。すっかり乾いてはいたが、こびりついた匂いまでは消せず、それが血の痕なのだと空気が訴えていた。

時の経過が、全ては実際に過去に起こったことなのだと亜莉子に教える。時間は巻き戻せないし、なかったことにはできない。……もう、逃げることはできない。

「……きみは自ら命を絶とうとした」

亜莉子がぶつかった時のまま、少し傾いていたテーブルの上でチェシャ猫の生首が言う。崩れ落ちるように、血溜りの痕に片膝をつく。体を動かすと腹が痛んだ。脳の記憶と共に、体の記憶も蘇る。

「見たくなかったんだね。母親に殺される自分なんて」

哀れむような猫の声。

「……そうよ。見たくなんかなかった」

すっかり黒くなってしまった血の海で、亜莉子は喘《あえ》ぐ。

「……でも私、自殺だから」

自分でも、めちゃくちゃな理屈だとはわかっていた。

それでも、認められない。

「自殺なんだから、お母さんは私を殺したりしてない。私は……」

目の前が暗くなっていく。

「お母さんに殺されるような惨《みじ》めな子供なんかじゃない！　そうでしょ？　ねえ、チェシャ猫……!!」

なんとか言って。

亜莉子は闇に呑まれるように、意識を手放した。

♠♥♦♣

次に気がついた時、亜莉子は黒い石で囲まれた通路の上に立っていた。

細い通路はぐねぐねと曲がりくねり、どこまでも続いている。壁はどこまでも高く、まるで空を区切るようだ。その空も奇妙だった。

空はとろりと赤く、晴れているのか曇っているのかもよくわからない。そもそも、空なのかも怪しい。

空間は歪んだように歪で、よく見ると壁の途中から階段が上がったり下がったりしている。天地の規則性がなく、だまし絵のようだ。

赤と黒に支配されたその世界は、終わりを感じさせる。今度こそ、死ねるのだろうか。それとも、もう死んでいる？　それさえ確証が持てない。

目の前の道はぐねぐねとどこまでも伸びている。亜莉子が足を踏み出すと、濡れた音が足元で聞こえた。見下ろすと、亜莉子は血溜りの中に立っていた。さっきまでこんなものなかった気がするのに。

どこから溢れているのだろうと不思議に思っていると、足元の血溜りがどんどん広がっていく。血は、亜莉子の腹から流れ出していた。

麻痺しているのか、痛みはまったくない。しばらく血溜りが広がるのを眺めていたが、亜莉子はねじれた通路を歩き出した。

亜莉子が通った後には、血の川が流れていく。

……僕らのアリス……

どこからともなく、声がした。

とても小さい声なのに、耳にしっかりと届く。その可愛らしい声を、どこかで聞いたような気がした。少し考えて、仕立て屋のハリーの声だと思い出す。ハリーは、まるで詩を朗読するように続けた。

……きみが僕らを作った。小さなアリスはお母さんに叩かれて、不思議の世界へ逃げ込んだ……

歩いているうちに辺りには薄ら赤い霧が満ちてきて、通路の果てに何があるのか覆い隠してしまう。それでも、亜莉子は惰性のように黒い道を進んでいく。

……不思議の世界はきみの歪みを吸い上げる。

小さなアリスが歪みに飲み込まれてしまわないように……

少しぶっきらぼうな、きっぷのいい声が言った。

亜莉子が進む通路はいつの間にか天地が逆になっていたけれど、不思議と落っこちることはなかった。重力までおかしくなっているのだろうか。

……だけど

むにゃむにゃと眠そうな声が呟く。

……だけどオカアサンは不思議の国を嫌った……

亜莉子の視線のちょうど前、中空に映写機から映し出されたような映像が浮かぶ。その中では、小さな女の子が母親にぶたれていた。亜莉子は足を止め、その映像を眺めた。

……どうしてそんな嘘ばかり言うの！

ありもしないことばかり言わないで……

……ごめんなさい、ごめんなさい……

小さな女の子は、どうして母が怒っているのかわからず、泣きながら謝っている。顔を背けてしまいたいのに、できなかった。これは、この映像は、紛れもない現実だ。いくら拒絶をしても追いかけて来る、悲しい過去。

光が途切れたように、幻が消えた。でも、亜莉子の心に残った傷は消えない。……きっと、永遠に。

今度は、帽子屋の声がした。

……小さなアリスは俺たちを心から閉め出した……

また、目の前に幻が映る。今度は母の姿はなく、泣きじゃくる亜莉子だけが映っている。泣き止まない亜莉子の頭を優しく撫でる手の主が現れた。

長い耳、青いワイシャツ、グレーのスラックス。大好きだった父に良く似た格好のシロウサギ。あの手が、どんなに優しいのか亜莉子はよく知っていた。だけど、小さなアリスはシロウサギから顔を背け、目を瞑る。

……いないの。しろいウサギさんなんていないの

おかあさんが泣くから……いちゃダメなの……

……不思議の国への扉は閉じ、わしたちは忘れられた……

今度こそ、幻は消えた。

再び歩き出した亜莉子の耳に、公爵が気取った調子で言うのが聞こえた。

……だけどシロウサギだけは人に紛れてアリスの傍に……

懐かしい、廃棄パンの声。ねえ、と心の中で話しかける。

ねえ、廃棄くん。私は、私の願いが叶わないことくらい、ちゃんと知ってたのよ。……だから、あなたの願いくらい、叶えてあげたかったの。

……シロウサギはアリスの歪みを吸い上げ続けたあの夜、ついに自分が歪んでしまうまで……

ビルの淡々とした声が聞こえなくなると、少し拓《ひら》けた平らな場所に出た。

……歪んだウサギは何を願う？

最後に聞こえた声は、誰のものだったろう。

道の果てに辿り着き、亜莉子は崖の淵から闇を見下ろした。下から吹き上がる風が、亜莉子の髪を優しく撫でる。

吸い込まれそうな、深い闇。落ちたら、そこには何があるのだろう。

「それでも思うのは――」

ふいにごく近くから声がした。女王の澄んだ声だ。

「……あなたのこと」

振り向いたけれど、女王の姿はない。代わりに、そこには赤いウサギが立っていた。真っ白だったはずなのに、全身血だらけで真っ赤になってしまったシロウサギ。ぽたぽたと、まだ真新しい赤い雫が滴っている。

――誰の血、だろう。

見たところ、シロウサギが怪我をしているようには見えず、その腕にはしっかりと人形が抱かれていた。初めて学校で会った時にはお腹しかなかった。廃ビルの前で会った時には両腕がついていた。バラ園の入口で会った時には、両足が。そして今は、腹も手も足も、頭もある。人形は黒く艶やかな髪を揺らし、緋色のエプロンドレスを着せられていた。

その人形は――亜莉子に瓜二つ。

ふいにシロウサギが歌い出す。

ウデ　ウデ　ウデ
ウデはどこだろ

ウデがなくっちゃ
僕にふれてもらえない

アシアシアシ
アシはどこだろ
アシがなくっちゃ
僕と一緒に歩けない

クビクビクビ
クビはどこだろ
クビがなくっちゃ
僕を見つめてもらえない

イノチイノチ
イノチはどこだろ
イノチがなくっちゃ……

人形を寝かしつけるように歌いかけていたシロウサギが、ふと顔を上げた。宝石のように美しい、深く赤い色の目が、初めて亜莉子を捉えた。

「だいじょうぶだよ」

優しい声だった。亜莉子は何も応えられずにシロウサギを見つめ返す。

その頬を、涙が伝った。

「迎えに来たんだ……さあ」

赤いシロウサギが手を差し出す。

亜莉子が吸い寄せられるようにその手を掴もうとした時、シャアッ！　と獣が敵を威嚇《いかく》するような声が響いた。掻き消されるように、ウサギの姿が揺らめいて消える。ただ一言、甘い呟きを残して。

アトハ命ダケ

第七章　まどろみの現し世

閉じた世界の向こうで、ワゴンが固い床を通過していくような音がした。少し遠いところからは、スピーカーを通した女の人の声が聞こえる。三番の方、窓口までどうぞ。

このままずっと眠っていたい誘惑に駆られたが、亜莉子の目は勝手に瞼を上げた。視界に最初に見えたのは白い、何の飾り気もない天井だった。あまり馴染みのない、けれど知ってはいる匂いがする。

寝返りを打とうとして、腹に激しい痛みが走った。その痛みで思い出す。ここは、病院だ。体を動かさないように首だけを巡らせて、自分が病院の個室にいることを確認した。

ベッドは部屋の隅に置かれ、右側の壁には古ぼけた鏡がかけられている。左側に設置されたサイドボードの上には空の花瓶があった。

室内をざっと見まわした後、亜莉子は自分の体を見下ろした。病院が用意したものらしい、入院着を着ている。そっとそれを捲ってみると、腹部の傷には分厚いガーゼが当てられていた。

――誰が、自分をここまで運んだのだろう。

俯いただけでも傷に響くので、溜息をつきながら頭を枕へと沈める。

そのまま、白い天井を見上げた。

――おかあさん。

天井に向かって、声には出さず呟いてみる。もちろん、返事はない。お母さん、ともう一度、今度は心の中で呟く。

信じていた。母は……本当は自分のことを嫌ってなんていないと。たとえ今は嫌いでも、きっといつか好きになってくれる。好きだったころのことを思い出してくれると、信じていた。でも……

「……もう、だめなんだなあ……」

声に出してみると、ストンと胸の底まで落ちて来る。

——殺したいくらい、キライだったんだ。

他人事のように納得して、腕を乗せて目を覆う。こんな真実、知りたくなかったから自分で自分を消そうとしたのに、亜莉子は消えなかった。

「ほんとに……情けないったら……」

腕をどけ、重い体を無理矢理起こす。ズキリ、と腹が痛んだ。その痛みをちゃんと感じていたくて、亜莉子はベッドを抜け出した。

♠♥♦♣

半ば体を引きずるようにして屋上まで上がり、夕暮れの空を見上げる。

何か目的があって屋上に来たわけじゃない。ただ歩いていたら、辿り着いただけだ。屋上には誰もいなかった。物干し竿の隅に、取り込み忘れたタオルが一枚、はためいている。

屋上の端には高いフェンスが張り巡らされていた。事故と自殺防止のためだろう。そのフェンスはあまりに高くて、まるで鳥かごのように見える。

亜莉子は端までゆっくりと歩き、フェンスを掴んだ。下を見下ろすと、病院の前の通りを行きかう人々の姿が見える。

――飛び降り自殺は、痛いのだろうか。

そんなことを考えていると、背中に声をかけられた。

「アリス」

振り返ると、今まで何もなかった屋上の真ん中に、チェシャ猫の首がぽつんと落ちていた。相変わらず、笑っている。

亜莉子はチェシャ猫を一瞥し、再び視線を街へと戻す。

「……あとは命だけって」

亜莉子がいようといまいと関係なしに動いている街を見下ろしながら、ぽつりと言う。シロウサギが最後に言った言葉だ。

「……シロウサギはアリスをここから連れ出したいんだ。肉の器に包まれた、その命を引きずり出して」

「ここから……」

ここ、というのはコチラ側のことだろう。

亜莉子は小さく笑って、チェシャ猫を振り返った。

「それって……素敵」

「アリス、シロウサギは――」

「私のせいでお父さんは死んだの」

チェシャ猫の言葉を遮るように、言葉を被せる。

「だからお母さんは私のことが嫌いだった。私はいるだけでお母さんを苦しませてた。好きになんてなってもらえるわけないじゃない……」

語尾が掠れるのが嫌で、歯を食いしばった。

「好きになんてなってもらえるわけなかったのに!!」

あの日の火事で死ななければならなかったのは、父じゃない。私だった。そこで間違えてしまったから歯車が狂い、全てが歪み始めた。

歯車がひとつずれると、少しずつ歪みは大きくなっていって、不幸が不幸を呼ぶように、惨劇が惨劇を呼んでしまった。

母に包丁を振り上げられた時、大人しく死んでいれば良かったのだろうか。自分の気持ちなんて曖昧なものを守るために意地を張ったから、こうしてまだ亜莉子は生き残っている。これではまるで、疫病神《やくびょうがみ》だ。

細く、長く息を吐き出した。――もう、疲れた。

「……もう、どうでもいい。シロウサギが殺しに来てくれるなら、それでいい」

チェシャ猫はしばらく何も言わなかった。けれど、それ以外言えないように、いつもの台詞を口にする。

「……僕らのアリス、きみがそれを望むなら」

それを聞いた瞬間、何とも言えない苦いものが胸に広がった。この苛立ちは八つ当たりだ。それがわかっていても、凶悪な自分を押さえ込めない。

「チェシャ猫はいつもそればっかり。私が生きてても死んでても、どうだっていいんだよね！」

チェシャ猫はにんまり顔のまま、黙っている。見慣れたはずのその顔が、今はどうしようもなく腹立たしい。

本当は、わかっている。『彼ら』を作り出したのが亜莉子だというのなら、亜莉子の生死がチェシャ猫にとってどうでもいいはずがない。どうでもいいどころか、自分たちの存在の有無に関係するくらい、大切なことのはず。

——そうわかっているのに、亜莉子はなおも突っかかった。

「あなたは最初から全部知ってたんでしょう⁉ 満足でしょ！ こうなるってわかってて私を急き立てたのはあなたなんだから！」

誰にもぶつけることのできない感情が溢れて、暴力的に膨れ上がる。何もかもを壊してしまう勢いで言葉は止まらない。

——本当は、こんなことが言いたいわけじゃないのに。

「チェシャ猫のせいよ！ チェシャ猫さえ私の前に現れなかったら、私は何も知らずにいられたのに……‼」

違う。チェシャ猫は悪くない。

チェシャ猫はいつだって亜莉子の傍にいてくれた。助けてくれた。どんなにその存在に勇気づけられたかわからない。

それなのに、亜莉子の言葉は刃《やいば》となり、チェシャ猫を切り刻む。チェシャ猫が傷ついた分だけ、亜莉子も胸に傷を負った。

どうして私はこうなんだろう。逃げたのは自分なのに、人のせいにしようとする。どうしようもなく、卑怯な人間だ。せめて上手に死ねればよかったのに、それすらできない。

亜莉子は下唇を痛いほど噛み締めて、足元を睨み付けた。チェシャ猫の顔はもう見られない。助けてくれた友達を責めるような私を、きっともうチェシャ猫は嫌いになってしまっただろう。だから、見ない。そう頑なに思ったのに、

「……猫は『導く者』と決められている」

チェシャ猫が突然言うものだから、思わず顔を上げてしまった。フードの中にあるだろうチェシャ猫の目と目が合った気がした。

「アリスの意思は僕らの意思だ。不思議の国が閉じたあと、僕らの意思はアリスを離れて動き出したけれど、僕は導く者だから、アリスの意思を超えることはできない。アリスが本当に死を望むのなら、僕はただそれに従うしかない」

チェシャ猫の口癖は「僕らのアリス、きみがそれを望むなら」。

それはつまり、チェシャ猫が今まで亜莉子に何かを要求したことがないということ。——全て、亜莉子が選んでここまで進んできた。

でも、シロウサギを追いかけようと提案したのは、チェシャ猫だ。

「ついにアリスが壊れそうになったあの夜……僕は命じられたんだ。隠し続けた真実へ、アリスを

導くように」

亜莉子の疑問を汲み取ったように、チェシャ猫がまた口を開いた。

「……命じられた？　だれ、から？」

「きみだよ、アリス」

大きく目を見開く。

「わ、たしがそんなこと知ってたはずないじゃない……！」

だって、私は何も知らなかった。全部を忘れていた。

大きく首を振ると、チェシャ猫はまた続けた。

「アリスが直接そう言ったわけじゃないよ。でも僕はそうしなければならないと感じた。きみが望んだからだ」

「………」

――望んだ？　私が？

「壊れそうになったきみは、いちかばちか全てを受け入れる覚悟を決めた。女王やカエルは嫌がったよ。全部知ったら、必ずアリスは泣くし、やっぱり壊れてしまう可能性が高かったからね」

チェシャ猫の言うとおりだ。女王もカエルも、亜莉子がシロウサギを探すことには反対した。行かないで、ここにいれば安全だから、と。

「わかっていてアリスはそう決めたんだよ。そして、閉じられていた不思議の国の扉は再び開き……僕はきみに会いに行った」

こんな真実が待っていると知っていて、受け入れる覚悟を決めただなんて、信じられなかった。そんなはずないと思う。私はずっと逃げて来た。怖いことから逃げて、目を背けてしまう、臆病な人間だ。それが、自分を壊すかもしれないとわかっていて、真実を知ろうと決めたなんて。

「もうそれしか道がないことをアリスは知っていた。自分がどんなに傷つくかも。それでも……アリスは生きたいと願ったんだよ」

「わた……しが?」

「僕らのアリス。きみが僕らを作り出した。現実がどんなに君を傷つけても、きみは生きようともがいて、僕らを作り出した。僕らはそのために在《あ》るのだと思う……」

「……わた……わたしはっ……」

口を開こうとしたら、堰《せき》を切ったように涙が溢れ出した。

一粒零れると止まらなくなって、縋り付くようにチェシャ猫の首をきつく胸に抱きしめて泣いた。何を言おうとしたのかもわからなくなるくらい、ただただ泣いた。

——小さな子供みたいに、声を上げて。

♠
♥
♦
♣

泣いて泣いて、涙が自然に止まるまで泣いた。

ようやく涙が涸れた時には、すっきりしたというよりも、何かがぽっかりと抜け落ちたようなそんな感じがした。声を上げて泣いたのは、何年ぶりだろう。ぐすぐすと鼻をすすり、目尻を拭う。

「いけない……私、ひどい顔になってない？」

俯いて言うと、チェシャ猫は一応確認しようと膝の上でコテンと仰向けに倒れ、亜莉子を見上げた。

「いつもと大して変わらないよ」

「……それも失礼な話だわ」

むすっと文句を言ってから、ふと不思議になって首を傾げた。

「変なの。私があなたたちを作り出したんなら、今のこれはひとり言と変わらないのかな……」

チェシャ猫は不思議そうな顔をする。

「僕らを作り出したのはアリスだけど、僕らはアリスじゃないよ」

「でも、これって私の妄想みたいなものじゃないの？」

「僕らにとってアリスは絶対的な存在だけれど、絶対の支配者ではないんだよ」

「……あなた、私が作り出したくせに難しいこと言う」

自分の妄想だけで出来上がっていないことは、よくわかった。

「みんなアリスが好きってことさ」

適当に誤魔化されているような気がしないでもなかったが、好きと言われて悪い気はしない。

「……シロウサギも？」

「もちろん。ずっとアリスの傍にいたのはシロウサギだからね」

「でも……思い出せないの」

幼いころの記憶は、父を亡くした火事の記憶と共に心の奥底にしまい込んでいた。それを思い出したはずなのに、その記憶のどこにもシロウサギが見当たらない。確かに、知っているはずなのに。

「アリスの『シロウサギの記憶』はシロウサギが歪みと共に飲み込んでしまったんだよ。今までアリスが出会ってきたシロウサギは、全部その記憶のかけらだ。ホンモノじゃない」

「じゃあ……ホンモノのシロウサギはどこにいるのかな」

チェシャ猫を膝に乗せたまま、何気なくフェンスの方へと視線をやった。この夕日に照らされた街のどこかに、亜莉子を殺そうとしているシロウサギがいる。

「わからない。人に紛れているから。でもアリスの近くに……」

途中まで言いかけて、チェシャ猫が黙り込む。

「……チェシャ猫？」

表情は何も変わっていなかったが、珍しくチェシャ猫は何かを考えているようだった。難しい空気を醸し出しているチェシャ猫の顎の下を指で撫でると、途端にごろごろと喉が鳴る。……やっぱり猫だ。

思わず笑うと、胸の中に何かあたたかいものが広がっていく気がした。

少しの間、屋上で休んでいたけれど、落ち着いてくるとじくじくと腹部が痛み出した。入院着を捲ると、ガーゼにうっすら血が滲んでいる。これは目が腫れている云々と言っている場合ではないかもしれない。

部屋に戻ろうかと考え、ふと、この病院にはいったい誰が運んでくれたのだろうと思った。そもそも、誰が通報をしたのか。母だろうか。

あの後、母は……と思うのと同時に、武村の存在を思い出した。血まみれで倒れていた武村は、亜莉子が触れた時はあたたかかったものの、脈は確認できていない。自分のことばかりで、すっかり忘れていた。

誰かに聞かないとと慌てて立ち上がりかけ、

「いッ……たい……っ！」

腹部を襲った痛みに耐えきれずフェンスに手をついた。冗談ではなく、本気で痛い。とにかく一度病室に戻ることにし、ゆっくりと足を踏み出してすぐに立ち止まる。亜莉子の腕の中には、チェシャ猫の首。さすがにこれを持って歩き回るのは目立つだろう。

辺りを見渡すと、風にはためくタオルが目に留まった。あれに包めば、お見舞いの品に見えないだろうか。

多少無理があるように感じるが、何もないよりはずっといい。タオルを一枚借りて、チェシャ猫に巻き付ける。勝手に借りるのは気が咎《とが》めたけれど、後でちゃんと返しますと心の中で誓う。

「苦しいよ、アリス」

「病室までだから我慢して。だれかに見つかったら大騒ぎになっちゃう」

「どうしてだい？」

「こっちのジョーシキじゃ生首は喋ったりしないのっ」

それ以上の反論を許さず、チェシャ猫にぐるぐるとタオルを巻き付けた。いくら生首とわからなくても、喋り声が聞こえてしまっては台無しだ。

タオルを巻き終えてから、掲げるようにして点検する。どこも、何もはみ出していない。見ようによってはメロンか何かに……見えることを願う。

多少不安は残るけれどそれ以外いい方法も思い浮かばず、亜莉子は猫首のタオル包みを胸に病室へと向かった。

脇腹の痛みに堪えながらゆっくりと階段を下り、ようやく病室のあった四階まで辿り着く。そこで、左右に伸びる長い廊下を見て足が止まった。

自分の病室がわからない。部屋を出た時は何も考えていなかったから、部屋番号なんて確認しなかった。あの時は全てがどうでもよくて、周りの景色もちゃんとは見ていなかった。

何となくこっちのような気がする。そんなあやふやな記憶を頼りにきょろきょろしながら歩いていると、ちょうど通りかかった病室の戸が横に引かれ、中から中年の男が顔を出した。無意識に開いた扉の方を見た瞬間、男も亜莉子を見たので目が合った。

お互いに、一瞬首を傾げ合う。どこかで見た気がする。

「！」

亜莉子の方が一拍気づくのが早かった。

その男が駅前で追いかけて来た人物だとわかると、身をひるがえして走り出す。

「おまえ……！」

遅れて、男も気づいて声を上げた。

「おい！」

声が追って来る。脇腹が激しく痛むのを無視して廊下を駆け、階段の手すりを掴む。頭の中で、チェシャ猫の声がした。

シロウサギは人に紛れて、アリスの傍に

悲鳴をあげる体に鞭打って、階段を下りる。

脇腹が痛くて脂汗が頬を伝った。

あなたの腕を　足を　首を　声を　僕にください

男の大きな手が、亜莉子の腕を掴んだ。振り払おうとしたが、強い力で掴まれて足が止まる。

——アトハ命ダケ

「いやあッ!!」

亜莉子の悲痛な叫び声に、看護師が血相を変えて駆け寄ってきた。

「どうしたの!?」

「この人……！」

腕を掴んで離さない男を指差して、でも何て言ったらいいのかわからずに口籠《ごも》る。この人は私を殺しに来たシロウサギかもしれない。なんて言っても、きっと信じてもらえない。

走ったせいと焦りから肩で息を繰り返す亜莉子を見て、看護師はまだ走ったら駄目よと諫めながら、

「叔父さんがどうかしたの？」

亜莉子と男を見比べて戸惑うように問いかけた。開いた口が塞がらない。

「お……おじさん!?」

「亜莉子ちゃんの叔父さんでしょう？」

亜莉子のオーバーな驚き方に、看護師は目を丸くしながら大きく頷いた。

「和田康平《わだこうへい》さん。お見舞いに来てくれたんじゃないの？」

そんなこと、初耳だ。

とにかく、と看護師は亜莉子の肩を抱くと、問答無用で病室へと連れ帰った。亜莉子の病室は、叔父だと言う康平が先ほど出て来た個室だった。

「もう走らないようにね」

亜莉子をベッドに座らせ、よく言い含めてから、看護師は出て行った。室内には亜莉子と康平の二人が残され、どことなく気まずい空気が漂う。

「……そんなわけで、一応……叔父さんなんだけど」

申し訳なさそうに康平が頭を掻く。

「ああ、寝てていいぞ。まだ傷、痛むんだろ？」

「……いえ、大丈夫……です」

せっかくお見舞いに来てくれているのに横になるのはなんだか失礼な気がして、亜莉子は上半身を起こしたままでいた。それに、見知らぬ男の人の前で横になるのも嫌だった。

居心地悪そうに窓の外を眺めている康平の横顔を、亜莉子はこっそりと見つめる。年齢は三十歳前半くらいだろうか。浅黒い肌に無精ひげを生やしていて、少し怖い印象を受ける。

亜莉子は、この自称叔父のことを知らない。

母の旧姓は和田で間違いないが、顔に見覚えもなければ思い出の中にも叔父の存在はなかった。正直なところ、本物の叔父なのかと疑っていた。

「どうして、私を追いかけたりしたの……？」

思い切って尋ねると、え、と康平が振り返る。

「駅前とか……廃ビルで……」

「……廃ビルにいたの、やっぱり亜莉子だったんだな」

溜息混じりに言われて機嫌を損ねただろうかと不安になったが、

「なんで逃げるかなァ……」

どちらかと言うとしょげているようだった。

「だって……怖かったから。怪しかったし……」

ぐ、と言葉に詰まったように、康平が呻く。人となりがわからないだけに反応のひとつひとつが気になってしまう。亜莉子は不安を押さえつけるように、屋上から抱えたままのタオルの包みを胸に引き寄せた。

「し、仕方ないだろ！　病院から脱走した姪を見つけたら、普通追いかけるだろう！」

「脱走？　脱走って……何のこと？」

「……覚えていないのか？」

康平は驚いたように目を見開いている。

「……何を？」

何の話かわからなかった。

康平は少し眉根を寄せ、じっと亜莉子を見つめていたが、それ以上は何も言わなかった。空気を変えるように康平が明るい声を上げる。

「ところでずっと気になってたんだが、それなんなんだ？」

ひょい、と亜莉子が抱いている小汚いタオルの包みに手を伸ばした。

「だめっ!!」

突然だっただけに、自分でもびっくりするほど強い声が出てしまった。康平は驚いたように両手をその場に挙げる。

「す、すみません……あの……」

怒ってないよと示すように、康平は軽く肩を竦めて見せてくれた。ほっとしたと同時に、申し訳ない気持ちが胸に広がる。でも、この包みの中を見せるわけにもいかない。亜莉子は包みをぎゅっと抱きしめた。

ねえ、チェシャ猫。この人、信じていいかな？

思うだけで気持ちが通じればいいのに、と腕の中のチェシャ猫に心の中で話しかける。

その後、亜莉子と康平の間に話題らしい話題は浮かばず、気まずい沈黙が落ちそうになった時、ノックの音が響いた。これ幸いというわけでもないだろうが、「どうぞ」とすぐに康平が応える。

スライド式のドアを引いて入って来たのは、白衣を着た医師だった。

ずんぐりむっくりした体型の医師は、温厚そうな笑顔が優しげだ。少しだけ、緊張がほぐれる。

「気分はどうですか、葛木さん」

「は、はい……平気です」

「うん、顔色は悪くないみたいだね。どれ、傷、見ましょうね」

ちら、と康平の様子を伺うと、亜莉子の視線の意味にすぐに気づいて背を向けてくれた。その隙に、医師に傷を見せる。医師は血の滲んだガーゼを見て、「あらら」と困ったように笑いながら、ガーゼを取り替えてくれた。

「さっき走ったんだって？　急激な運動はだめですよ。外出も禁止。安静にしてくださいね」

まるで小さい子に言い聞かせるように、優しく念押しする。

「それから……」

医師は一度亜莉子を見てから、まだ背を向けたままだった康平を振り仰いだ。その気配に気づき、康平が体の向きを戻す。

「和田さん、警察が」

「ああ、そうでした」

少し固い表情を浮かべて頷き、康平はわざわざ腰を屈めて亜莉子の顔を覗き込んだ。たぶん、見た目は怖くても優しい人なのだろう。

「亜莉子。警察の人が話を聞きたいって。……話せそうか？」

「けいさつ……」

何の感慨もなく復唱してみて、その単語の意味がじわりと脳に染み込んでいく。見知らぬ叔父の出現で、また大きな問題を忘れていた。母は、武村はどうなったのか。血の気が一気に下がり、寒気がした。

「お、お母さんは!?　武村さんはどうなったの!?」

取り乱した亜莉子を医師が止めようとした時、「先生、急患です！」と看護師が病室に飛び込んで来た。看護師から小声で何かを言われた医師の表情が緊張を帯びる。あまり興奮させないように、と医師は康平に言い残すと、看護師と共に慌ただしく出て行ってしまった。

突然のことに唖然とした亜莉子は、徐々に落ち着きを取り戻す。亜莉子が落ち着いてきたことを確認すると、康平は近くに置いてあったパイプ椅子を引き寄せてそこに座った。視線の位置を合わせてから、口を開く。

「武村さんは無事だよ」

無事、という言葉に肩の力がすっと抜けた。思っていた以上に力《りき》んでいたようで、重ねた枕へよろめくようにして背を沈める。

「良かっ……良かった……」

じわりと視界が滲んだ。生きていてくれてよかった。武村自身のためにも、そして母のためにも。

「重症だったのは間違いないけどな。あの人もまだここに入院してる」

「この病院にいるの？」

康平は頷く。

「たまたま回覧板を持ってきた隣の家の人が、倒れていた亜莉子と武村さんを発見して通報したらしい。その時――」

そこで一度、言葉を切った。嫌な予感がした。

康平は言葉を選ぶように視線を動かしてから、続きを口にする。

「由里姉さん……おまえのお母さんの姿はなかったそうだ」

「……いなかったの？」

「ああ。……今、警察が行方を探してる」

「……逃げ、ちゃった？」

「……うん……そうかもしれないし……」

歯切れの悪い口調で言い、康平は亜莉子から目を逸らした。不自然な動作ではなかったけれど、何か引っかかった。

「……本当は？」

「え……」

「嘘はだめ……いつか、ばれるもの……」

どんなに目を逸らそうとしても、現実は変わらない。いくら逃げても、現実は待っていてはくれない。亜莉子はもう、それを知っている。全てを受け入れると決めたから、本当のことを知りたかった。

困ったように康平が眉根を寄せる。

「お願い。教えて」

しばらく黙って見つめ合っていたが、康平の方が根負けしたように息を吐いた。

「……落ち着いて聞いてな」

亜莉子は唇を引き結んで頷く。

「現場には姉さんのものとみられる大量の血液が残されていた」

ぐらりと世界が揺れ、亜莉子は思わず康平の腕を掴んでいた。

――おかあさんの血？　私が刺したから？　違う、違う！　私は殺してない！

ぐるぐると酷い目眩がする。吐き気を堪えながら、あの日のことを必死に思い出す。意識を失う直前、亜莉子は確かに母の顔を見ていた。何かを叫んでいた母の顔を。では誰が……？

掴んだ康平の腕に、亜莉子は無意識のうちに爪を食い込ませていた。

「……しんで、る？」

母はもう、この世にいないのだろうか。妙に乾いた声が出た。

「……失血の量から言って、その可能性は高いそうだ」

「…………」

「……可能性の話だ。大怪我はしたけど生きていて、どこかに逃げてるって可能性だってある……」

康平の腕を縋るように掴んでいた亜莉子の手を、康平がぽんぽんと優しく叩く。大丈夫だ、と。

「……そ、う」

母はどうして逃げてしまったのだろう。武村を刺したことが恐ろしくなった？　……でも、なぜか腑《ふ》に落ちなかった。

「……見つかったら、お母さんは逮捕されちゃうの……？」

「うーん……どうかな」

「だって……武村さんを刺したの、お母さんでしょう……」

はっと、康平が顔色を変えた。

「……おまえ、見てたのか？」

頭の中で映像を再生しながら、亜莉子は首を横に振る。記憶の中の映像は、大きな物音から始まっている。

「でも、私が居間に駆け込んだ時、武村さんは倒れてて……お母さんが血がついた包丁持ってた……」

亜莉子の言葉を受けて、半ばひとり言のように康平が呟いた。

「……やっぱり、そうなんだろうな」

「え？」

「現場に落ちてた凶器の包丁からは姉さんの指紋が見つかってる。武村さんを刺したのは姉さんに間違いないとは思うんだけど……肝心の被害者が黙秘してるんだそうだ」

「……武村さんが？　どうして？」

「さあ……理由も何も言わないらしいが……」

「わ、私、会いに……！」

話を聞きたい。武村に会って、本当のことを知りたい。ベッドを下りようと亜莉子が体を捻った途端、引き攣れた傷が痛みを訴える。

「痛……っ」

「ああほら！　安静にって言われたばっかりだろうが！」

康平はずれた布団の裾を手で押さえる。

「でも、私、武村さんに」

「だめだ」

「だけど私……！」

わかってる、と渋い顔ながら頷かれた。

「……もう少し後にしなさい。向こうだって怪我人だ。迷惑だろう」

「……はい」

康平の言っていることは正しい。武村の怪我がどの程度なのか、亜莉子は知らない。無事で同じ病院に入院しているとは聞いたが、亜莉子のように意識があって、ある程度動き回れるレベルの怪我なのかはわからない。

「それでだ。さっき先生も言ってたけど……警察がな、話を聞きたいって。話せそうか？　まだ話したくなければ無理することは……」

「ううん、平気。話す……」

言葉にするのは、本当はまだ辛い。でも、目を背けないと決めた。真実を知りたいから、亜莉子も知っていることを話す覚悟をした。母のこと、黙秘している武村のこと。警察の人からちゃんと話を聞きたかった。

「わかった。じゃあ明日にしてもらおう。先生に言っておくから」

康平が頷きながら、ふと壁にかかった時計を見上げた。

「ああ、もうこんな時間か…。今日はこれで帰るな。また明日来るから。何か欲しいものあるか？」

「……特には」

そうか、と頷くと、康平は床に置いてあった鞄を肩にかけた。

「それじゃあな」

頷き返しながら、じっと康平の様子を見つめる。

この人を、信用しても大丈夫だろうか。母の旧姓を名乗る、自称・叔父。

母の名前をきちんと知っていたし、母のことを何の躊躇いもなしに「姉さん」と呼んだ。見た目は多少怖いが、話してみると不器用さの中に優しさが垣間見える。たぶん、ここの入院手続きのような細かいことはこの叔父がやってくれたのだろう。本当の叔父でなければ、さすがにそこまで面倒を見ないはずだ。

そもそも、亜莉子の叔父だと嘘をついて何の得があるのか。亜莉子が大富豪の娘といった立場ならわかるが、貯金すらまともにあるかわからない母子家庭の子供だ。叔父になりすましても、得になるようなことは思い当たらない。

そこまで考えて、本当の叔父かどうか疑ったりして悪かったな、と申し訳なく思った。いくら会ったことがないとはいえ、姪に逃げられたのはそれなりにショックだっただろう。

「ちゃんといい子にしてろよ。動き回るんじゃないぞ」

わざと怖い顔をして見せたけど、もうそれは怖くは見えなかった。まだ少し戸惑いながらも、亜莉子は自分の頬が笑顔を作るのがわかった。

「うん……」

病室のドアに手をかけたところで、康平が振り返る。

「おやすみ、アリス」

「!?」

驚きに目を瞠る。康平はふっと笑うと、ドアの向こうに消えていった。スライド式のドアが、重力に従うかのように静かに閉まる。

……シロウサギは人に紛れてアリスの傍に。

一度は信じかけたのに、また、疑惑が頭を擡《もた》げた。

♠♥♦♣

入院二日目の朝。

「おはよう、チェシャ……あれ?」

布団をめくって、首を傾げた。

サイドボードに入れておくのも可哀想だと、布団の中に入れておいたチェシャ猫の頭がない。眠っている間に蹴落としてしまったのかと、慌てて辺りを見回したが、どこにも猫の首は落ちていなかった。そう簡単に失くしてしまうほど小さなものではないのに。

「チェシャ猫、どこ?」

呼んでも返事はない。もしかして、自分でサイドボードの中に入ったのだろうか。首だけになっても、チェシャ猫はある程度動ける様子だったし、急に現れて亜莉子を驚かした前科もある。

サイドボードの一番大きな引き出しを開けて、その中に丸いタオルの包みを見つけた亜莉子は、やっぱりここだったのかとほっと息を漏らす。

「どうしたの、そのタオル気に入ったの？」

笑いながら膝に乗せ、タオルを剥がす。

「!?　……メロン!?」

すぐに灰色のフードが見えると思っていただけに、緑色が見えた時にはぎょっとした。慌ててタオルを全て取ると、それはマスクメロンだった。

「な、なんで!?　なんで猫がメロンに!?」

三味線ならば、まだわかる。それがメロン。

持ち上げたり角度を変えてみたりしても、メロンはメロンだ。チェシャ猫がメロンに化けた。というわけでもないと思う。……たぶん。

「……違うよね？　チェシャ猫、化けてるなら早く戻らないと食べられちゃうんだから」

メロンをつついてみても、猫の姿に変化したりはしなかった。メロンはメロンだ。誰かがお見舞いに持ってきてくれたものかもしれない。

――でも、誰が？

メロンを持ってお見舞いに来てくれるような人に心当たりはない。

ひとまずメロンをサイドボードの上に置くと、どこにくっついていたのか一枚のカードがはらりと床に落ちた。

拾い上げると、それはトランプだった。手品用なのか、普通の物より少しだけ大きい。緋色に金色の細いつるが絡み合うような上品なデザインで、ハートのクイーンのカードだった。

ベッドに入り直してカードを見つめていると、図柄の上に浮かび上がるように赤い文字が現れた。

気づき損ねている
もうひとつの真実は目の前に

意味深なメッセージに何度も目を走らせ、首を傾げる。

「気づき損ねている……真実?」

そんなもの、もうないはずだ。亜莉子はすでにあの惨劇を思い出し、受け入れている。それ以上のことなんてないはず……。トランプの角を唇に押し当てて考えてみるが、やはり何も思い浮かばない。

目の前にあると言われると、叔父の姿が頭に浮かぶ。彼の存在は確かにまだ曖昧だ。彼は亜莉子を「アリス」と呼んだ。あっちの住人しか呼ばない名前を、どうして彼が知っているのか。もし、気づき損ねていることが康平のことを指していたとしても、その真実とは?

睨めっこをするように赤い文字を見つめていると、文字は徐々に薄くなり、やがて消えてしまった。いったい、亜莉子に何を伝えたかったのだろう。それに、チェシャ猫はいったいどこに……?

トランプを掴んだまま、亜莉子はベッドに横になった。昨日、傷口が開いたせいで、体がほんのりと熱を持っている。

横になって考えよう。そう思っているうちに体は休養を求めていった。

♠
♥
♦
♣

どこかで嗅いだことのある、懐かしい匂いがした。

甘く芳《かぐわ》しい香りに、ぼんやりと思い出が蘇っていく。これは、白木蓮《はくもくれん》の花の香りだ。夕日がその姿をほとんど山の向こうに沈め、うっすらと暗くなり始めた道の角。そこに、木蓮の木が植わっていた。

まだ春と言うには少し早い肌寒い時期に、白木蓮は真っ白な花を枝いっぱいに咲かせる。春の花なのにどこか冷たく、終わる冬を連想させるその花が、亜莉子は好きだった。だから、あの人は小さなアリスが泣くといつもその花を見に手を引いていく。

――あのひとって？

ふ、と意識が浮上して目を開けると、すぐ横に濃灰色のセーラー服のスカートが見えた。首を捻って見上げると、雪乃が何か鼻歌を口ずさみながら花瓶に白い花を活けていた。白木蓮じゃない。名前も何も知らない、小さな白い花だった。でも、香りがよく似ている。

「雪乃……」

声をかけると、鼻歌をやめて雪乃が振り向く。

「起きた？」

トランプのカードを見つけた後、うたた寝をしてしまったようだ。

目を擦りながら上半身を起こす。

「来てくれたんだ。起こしてくれれば良かったのに」

「気持ち良さそうに眠ってたから」

笑いながら、雪乃はベッドの端に腰を下ろした。セーラー服を着ているということは、学校の帰りに寄ってくれたのだろう。

「お花持って来てくれたの？　ありがと、いい匂い」

「怪我はどう？」

「うん、大丈夫。痛いは痛いけど……それだけだから」

体の一部に穴が空いているのだから、痛みがあるのは当たり前だ。でも、傷はいつか塞がる。体の傷は時間が癒してくれる。

「なんだかすごく久しぶりに雪乃の顔見た気がする……」

あっちに行ったりこっちに行ったりしていたせいで、何日も、何ヶ月も経った気がする。でも、実際にはそんなに経っていないのかもしれない。

そういえば、雪乃と会うのはファーストフード店に置き去りにしてしまったあの日以来だ。

「あの……心配かけてごめんね。その……いろいろあって……」

雪乃は、どこまで知っているのだろう。具体的なことを口にせず、おずおずと見上げると、雪乃は首を振って亜莉子の手に自身の手を重ねた。

「気にしないの。亜莉子は何にも悪くないんだから」

触れ合った指先から、雪乃のぬくもりが伝わり気持ちが安らぐ。

おそらく、ある程度のことは知っているのだろう。それでも何も言わないでいてくれることが嬉しかった。

「うん……ありがと」

「ね、明日、誕生日だね」

しんみりした空気を吹き飛ばすように、急に雪乃が明るい声を出す。

「え……あ、そうだっけ？」

「なあに、他人事みたいに」

「日にちの感覚がなくって。もう明日なんだ……」

「明日はプレゼント持ってくるね。楽しみにしててよ！」

「……とびっきりのやつね？」

内緒話をするように言うと、まかせといて、と雪乃がウィンクをした。

「ねえ、雪乃」

学校はどうなってる？　そう聞こうとした時、ノックの音が聞こえた。

「あ……はい？」

「亜莉子ちゃん？　武村だけど……いいかな」

ドアの向こうから聞こえてきた声にぎょっとする。武村はあの惨劇の被害者で、あんなことがなければ亜莉子の父親になるはずだった人だ。それが今や、亜莉子は加害者の娘。いったいどんな顔をして会えばいいのだろう。

それに、康平もまだ会わない方がいいと言っていたのに、まさか武村の方からやって来るとは思わなかった。

慌てふためいている亜莉子を見て、雪乃が腰を浮かせる。

「じゃあ私、今日はこれで帰るね」

「えっ、でも、せっかく来てくれたのにっ」

思わず手を握って引き留めると、雪乃は明るく笑って亜莉子の頭を撫でた。優しい手だった。

「いいからいいから。また明日来るし」

するりと雪乃の手が離れた時ドアがスライドし、パジャマ姿の武村が遠慮がちに顔を覗かせる。

「やあ亜莉子ちゃん。具合はどう?」

武村が開けたドアの隙間から、雪乃はさっさと出て行ってしまった。声をかける間もない。

「た、武村さん……こそ具合は……」

「うん、僕はだいぶいいよ」

そう言いながらも、武村は苦労してパイプ椅子を引き寄せ、ぎこちない動作でゆっくりと腰を下ろした。たぶん、傷が痛むのだろう。ちっとも大丈夫なようには見えない。

「あ、あの……何て言っていいか……あの、ほんとにごめんなさい!」

眼鏡の奥の武村の目を見ることができず、勢いよく頭を下げた。

「どうしたの？　亜莉子ちゃんは何もしてないだろう」

「だ、だけど」

恐る恐る顔を上げると、武村は鷹揚に笑って首を横に振った。

「亜莉子ちゃんが謝るようなことは何もないよ。亜莉子ちゃんも……大変だったね」

思いがけない言葉に、胸が痛んだ。武村には亜莉子を責める権利があるというのに、労ってくれるなんて想像もしていなかった。

唇を引き結んでいないと泣いてしまいそうで、その顔を隠すように俯く。なんだか病院に来てから泣いてばかりな気がする。

「武村さん……」

「うん？」

「生きててくれてありがとう……」

うん、と武村は小さく言って、一言も亜莉子を責めないまま頭を撫でてくれた。感情に逆らうのを止め、亜莉子は少しだけ泣いた。

亜莉子が泣き止むまで待ってから、

「良かった。亜莉子ちゃんに嫌われたんじゃないかって、心配だったんだ」

おどけるように、武村は大げさに胸を撫で下ろして見せた。

「そんな、嫌われるのはこっちなのに」

「だから言っただろう、僕は気にしてないよ。たとえきみのお母さんが僕を刺したんだとしても、亜莉子ちゃんを嫌う理由にはならないじゃないか」

さらりと言われた言葉に顔が強ばる。言ってしまった後で武村も気づいたのか、困ったような笑みを浮かべた。

「……やっぱり、お母さんが刺したの？　武村さん……警察の人にも何にも言ってないって聞いた……」

「……起こってしまったことは仕方ない。僕にはだれかを責める気はないんだ。だけど世間はそうは思わないだろう……」

「………」

世間、というのは警察やマスコミやそういったことだろうか。

戸惑う亜莉子を気遣うように、武村は首を横に振った。この話はよそう。そう言外に含ませて。

「亜莉子ちゃん、きみは何も気にしなくていいんだよ」

「……うん……」

それ以上は聞けなかった。でも、武村の様子から母が加害者であることは間違いなさそうだ。心の中で、母に問いかける。

――お母さん、今、どこにいるの？　……無事で、いるよね？

その答えは、誰も知らない。

考え事に沈みかけた亜莉子を、ノックの音が呼び戻す。

「は、はい」

顔を覗かせたのは康平だった。

室内に武村がいるとわかると、なぜか一瞬、眉を潜めたように見えた。

「……どうも。具合はいかがですか？」

「ええ、亜莉子ちゃんの元気そうな顔を見て、ようやく安心しましたよ」

「そうですか」

素っ気なくそれに頷くと、康平は亜莉子へと顔をむける。

「頭、しゃっきりしてるか？　これから警察の人が来るって」

「あ、はい」

そういえば昨日、事情聴取を明日行うと言われていたことを思い出した。

「じゃあ僕は退散しよう」

武村が酷くゆっくりと腰を上げる。背中の傷が痛むのだろうと思うと、亜莉子がやったわけではないとはいえ申し訳ない気持ちになる。

「大変でしょう。車椅子で送りますよ」

「ああ、いいんですよ。少しは体を動かさないと夜眠れなくて」

「そうですか」

気遣ったわりに、康平はあっさりと引き下がった。もともとの性格かもしれないが、武村に対しての康平の態度は、少し冷たいような気もする。

武村はそんな康平の態度を気にした様子もなく、亜莉子に笑みを向けた。

「じゃあ、またね、亜莉子ちゃん」

「はい……えっと、お大事に」

「お互いにね」

武村が部屋から出ていくと、閉まるドアを一瞥してから康平が聞く。

「……何しに来てたんだ、あの人？」

「え……お見舞い……かな」

自分より重症の人に見舞われる、というのもおかしな話だけれど。

「ふうん……」

康平は少しだけ顔をしかめた。何か気になることがあるのかと聞こうとした時、再びドアがノックされた。

「はい」

康平がドアを開ける前に、ドアは横へスライドした。

「失礼しますよ」

会釈をしながら入って来たのは年配の男性と中年の女性で、どちらもあの事件を担当している刑事だという。テレビドラマのように、警察手帳を見せながら自己紹介もしてくれた。

「今から少しの時間、大丈夫？」

女性刑事が温和そうな笑みを浮かべ、康平がすすめたパイプ椅子に腰を下ろす。男性刑事の方は腕組みをし、少し離れたところでその様子を見守っている。おそらく亜莉子が女子学生であることに気を遣って、女性の刑事を連れて来てくれたのだろう。

亜莉子が頷くと、女性刑事は手帳を広げながら質問を始めた。

当たり前だが、質問はあの惨劇に始終し、亜莉子は辛い記憶を掘り起こさなければならなかった。

「どうして、自分のお腹を刺したの？」

この質問に答えるのにはとてつもない勇気が必要だったが、亜莉子は勇気を振り絞り、正直に答えた。説明の途中、感情的になりかけたこともあったが、誰も急かそうとはしなかったおかげで、どうにか冷静に話すことができた。

刑事と話すうちに、亜莉子の知らなかったあの日の出来事が次第に明らかになっていった。

亜莉子が自分の腹部を刺して意識を失った後、タイミングよく回覧板を持って来た隣人が倒れている亜莉子と武村を見つけ、救急車と警察を呼んだが、病院に運ばれた時、亜莉子は意識不明の状態だったという。幸い、命に別状はなかったが、治療後も原因不明の昏睡状態が続き、経過を心配されていた。その矢先、病院から忽然と姿を消したのだそうだ。

亜莉子の記憶は、あの夜からぷっつりと途切れ、次の記憶は学校の自習室でうたた寝から目覚めたところから始まる。初めてチェシャ猫に出会った時だ。自分で病院を抜け出して学校に行ったのかどうかは、わからない。

ひょっとしたら、チェシャ猫が亜莉子を連れ出したのかもしれないが、それを警察に説明しようとは思わなかった。言っても、きっと信じてもらえない。結局、病院を抜け出していた間のことは何も記憶がないと証言した。根掘り葉掘り聞かれるのは避けたかった。

刑事たちは納得していないようだったが、亜莉子が心配したほど、突っ込んで質問もしなかった。彼らの興味はもっと別のところ――加害者は母なのか――というところにあるようだった。確認をしようと質問はしているが、おそらくほぼ加害者であると確信しているのだろう。言葉の端々にそういった空気が滲んでいた。

一通り質問を終えると、また伺うかもしれませんがと前置きをして事情聴取は終了された。亜莉子はほっと息をつく。

「いや、お嬢さんだけでも話してもらえて助かりますよ」

帰り際、年配の刑事の方が苦笑しながら言った。

「これで被害者が証言してくれれば、もう少し状況がはっきりするんですがね」

聞こうかどうか迷ったけれど、思い切って口を開く。

「あの……どうして武村さんは黙秘を？」

「さあ……黙秘しても、自分に有利なことはひとつもないと思うんですがねえ。ああ、あなたのことをとても気にかけていましたよ」

「あ、さっき会いました……」

「そうでしたか……それで少しは安心して証言してくれるといいんですがねえ。それじゃあどうも」

頭を掻きながらドアへと向かい、頭を下げる。ドアに手をかけてから、「ああ！」と慌てたように男性刑事が振り返る。

「ひとつ聞き忘れていました。お宅でウサギ、飼ってますかね」

「……う、さぎ？」

不意打ちの質問に、頭の後ろを殴られたような衝撃を受けた。

「ええ、現場にね、ウサギの毛が落ちてたんですよ。ただ、それ以外にウサギがいた痕跡がなかったものですから」

「い……いいえ……飼っていません……」

そう言うのが精一杯だった。

一瞬、刑事は目を細めたものの、そうですかと頷いた。

「いや、どうもありがとうございました。またお話聞かせていただくこともあるかもしれませんが、その時はよろしく」

「どうぞお大事に」

女性刑事がそう言い添えて、二人は病室を後にした。

ドアがしっかりと閉まってから大きく息を吐き出して、自分が息を詰めていたのだと知る。

——シロウサギが、あそこにいた？

心臓がばくばくと音を立てている。意識を取り戻すほんの一瞬前、私へと伸ばされたあの白い腕は、誰のものだったのか。

頭の中の映像を必死に再生しようとしたが、上手くいかない。もし、あの手がシロウサギのものだったのだとしたら、それは何を意味しているのだろう。……頭が、割れるように痛い。頭を抱え込むように体を折りたたんだ亜莉子に、康平が焦ったように声をかける。

「お、おい、大丈夫か？　なあ……」

心配そうに伸ばされた手を、反射的に叩き落としていた。康平は目を丸くして打たれた手を引く。誰を、何を信用すればいいのかわからない。

やっと真実に辿り着けたと思ったのに、ここに来てまた混乱するようなことばかり起きる。

不安が胸の中で膨らんでいき、頭が上手く働かない。自分で思っていたよりも、事情聴取で神経を削られたのかもしれない。何もわからないことが不安で、苛々して、理性がどこかへと消し飛んでしまう。

「……どうしてそんなに良くしてくれるんですか」

見知らぬ姪の入院の世話をし、毎日見舞いに来る。本当なら感謝されこそすれ、こんな酷いことを言われる筋合いはないだろう。でも、今はそんなことどうでもいい。どう思われたって、構わない。

きつい視線を向ける亜莉子を、康平は戸惑ったように見つめ返した。

「何をそんなに警戒してるのかは知らないが……身内なんだから当然だろう?」

「……ずっと連絡が無かったような人、身内だなんて言えない」

なんてことを言うのだと、どこか上の方から自分を見下ろしている理性が窘めるが、頭を振って打ち消した。

……頭が痛い。痛くてたまらない。

「所在がわからなかったから、連絡の取りようが無かったんだ。姉さんは……黙って出て行ってしまったから」

「…………」

黙って出て行った。

すぐにどうしてと疑問が浮かんだが、言葉にするのも億劫で黙ったままでいた。それをどう受け取ったのか、康平が気まずそうに言葉を紡ぐ。

「……おまえたちが家を出て行ってから、ずっと俺は……」

そこまで言って、俯いた。

「……なに……」

「いや……なんでもない」

疲れたように、康平が首を横に振る。こんな顔をさせたのは自分なのだと、亜莉子は他人事のように考えていた。

「たくさん喋って疲れたろ。……今日はもうお休み」

亜莉子の返事を待たず、康平は病室を出て行った。その背中は心なしか、曲がっているように見えた。

疑念と罪悪感と疲労。それらが入り交じった最悪の気分のまま、亜莉子はベッドへと体を沈めた。頭から毛布を被り、きつく目を閉じる。

今は、何も考えたくない。

♠♥♦♣

入院三日目、曇り。

昨日から引き続き最悪な気分で誕生日を迎えた。

今日はまだ、康平は見舞いに来ていない。あれだけ酷いことを言ったのだ。今日はもう来ないかもしれない。

昼だというのに、窓の外は薄暗い。濃い灰色の雲が空を覆っていて、今にも雨が降り出しそうだった。

病室は、雪乃の持って来てくれた花の香りで満ちている。

昨夜よく眠れなかったせいか、昼食の後だからか、それとも鎮痛剤のせいか、うっすらと眠気があった。

大量の血痕を残して消えた母。

現場に残されていたウサギの毛。

亜莉子をアリスと呼んだ、面識のない叔父。

そして姿を消したチェシャ猫。

それらがずっと、頭の中をぐるぐると回り続けている。いくら考えても答えは出ない。誰も、答えを教えてくれない。

早く答えを見つけ出さなければと、正体の見えない焦燥感が募る。

ぐるぐる、ぐるぐる、ぐるぐる。

考えているうちに、強い睡魔に襲われた。甘い花の香りが鼻をくすぐり、そのまま眠ってしまえと誘惑をしてくるようだ。

少しくらいなら……と思いかけて、大きく頭を振った。何も解決していないのに、のんきに昼寝をしている場合じゃない。安静にしていなければいけないとはいえ、ベッドに横になりっぱなしなのは良くない。

亜莉子は眠気覚ましに顔を洗おうと、ベッドから這い出た。

この病室は狭いながらも小さな洗面台がついている。個室だなんて贅沢に感じるが、もしかしたら事件関係者ということを配慮してのことかもしれない。顔をさっと洗い、ベッドに腰をかける。頭が冴えてくると、急に現実的な心配が頭をもたげる。ここの入院費は、どれくらいかかるのだろう。個室のお金を払えるほど、家に貯金はあるのだろうか。これから、どう生きていけば……。

不安が際限なく広がりそうになった時、コンコンと控えめなノックの音がした。

「僕だよ」

武村の声だ。どうぞと言いながら、亜莉子がドアを開けると、

「やあ、亜莉子ちゃん」

そこには昨日よりも幾分顔色のよくなった武村が立っていた。その手の中には、なぜか大きな花束が抱えられている。

「わあ、すごい花束。どうしたんですか?」

目を丸くしていると、はい、とそれを差し出された。

「誕生日おめでとう」

「……私に!?」

戸惑いながらも、両手を伸ばして大きな花束を受け取った。

「お見舞いにたくさんもらったんだよ。もらいもので悪いんだけど」

申し訳なさそうに武村が言う。それに亜莉子は大きく首を振った。

もらいものであれ、誕生日に花束をもらうのなんて初めてだ。それに、誕生日を人に祝ってもらうということ自体が久しぶり過ぎて、こんな状況だというのに嬉しくて仕方ない。

「ありがとう……!」

ついさっきまで最悪な気分だったというのに、我ながら現金だ。亜莉子の少しはしゃいだ様子に、武村が嬉しそうに眼鏡の奥の瞳を細めた。

「本当はちゃんとプレゼントを用意したかったんだけどね。外出許可がおりなくて」

ケチだよね、と武村が肩を竦める。

「そんな、これで十分！　それにだめよ、大怪我してるのに外へ行ったりしたら！　絶対だめ！」

ちょっと気を引き締め直して言うと、やっぱり武村は嬉しそうに笑った。

「やっぱりね。そう言われるんじゃないかと思って自粛したんだ。退院したら改めてお祝いしようね」

「え……う、ん……」

お祝いなんて、出来るのだろうか。浮上した気持ちが急激に萎《しぼ》みそうになる。……もしも、と考えそうになって大きく頭を振った。くよくよ悩んでも仕方ない。今は、今日だけは誕生日なのだから、暗い考えは忘れよう。無理矢理に見えても構わないと吹っ切れた亜莉子は、笑顔を浮かべた。

「うん……皆、元気になったらね。お花ありがとう。すごく嬉しい……あ、でも、花瓶が足りないな」

「そこにあるじゃない」

武村がサイドボードの上を指差す。

「だってそれはもうお花が……」

つられて視線を動かして、固まった。サイドボードの上には、空っぽの花瓶が置かれている。思わず花瓶の中を覗き込んだが、中には水も入っていない。それどころか、底にはうっすらと埃が積もっていた。

「だ、だって花があったの、白いお花、雪乃が昨日持ってきてくれて……」

「ユキノちゃん？　友達？」

「うん、武村さんも昨日会った子だよ」

「昨日？」

「おかしいなぁ、だって、さっき見た時には確かにあったのに」

いつの間にか花瓶がすり替えられたとか……？　花瓶を持ち上げて首を傾げている亜莉子に、武村が気遣うような声をかけた。

「……亜莉子ちゃん、僕は昨日、だれにも会ってないよ」

「……嘘だあ」

少し遅れて、武村の下手な冗談かと引きつった笑いが漏れる。

「だって昨日部屋に来てくれた時、ドアのとこですれ違ったでしょ？」

「……あの時、きみはひとりだったじゃないか」

唇が、笑みの形のまま凍り付いた。武村さん、その冗談は面白くないよ。

「……だって匂いがするじゃない。お花の匂いが……」

今だって、室内にはあの白木蓮に似た香りが満ちている。この匂いは、武村からもらった花束のものじゃない。

「匂いなんてしないよ？　僕が持ってきた花はお見舞いの花だから、匂いのきつくない花ばかりだし」

武村が、困ったように眉を八の字に下げる。冗談を言っている顔じゃなかった。

「うそ……。だって……こんなに匂いがするじゃない！　お花はあったのよ！　今もこんな……っ」

むせかえるほどの　花の香りが

花瓶を胸に抱いたまま、亜莉子はその場にしゃがみ込んだ。

あの花の香りが強すぎて、胸が詰まる。苦しくて、息が、できない。

「亜莉子ちゃん!?」

武村が慌てて枕元のナースコールを押したのが、気配でわかった。けれど、何度も押しているのに何の反応も返ってこない。

「くそ……看護師たちは何をやってるんだ……!!」

たまりかねたように、武村はナースコールを放り出して自ら病室を飛び出していった。その背中を見送り、浅い呼吸をどうにか繰り返しながら亜莉子は体をゆっくりと体を起こす。視線を感じて横を見ると、今にも泣き出しそうな自分の顔が鏡に映っていた。

その手に抱えた花瓶には、白い花が咲き乱れている。

——誰か。誰か、嘘だって言って。

武村には見えていなかった、友達。

鏡の中でしか咲かない、お見舞いの白い花。

亜莉子の願いは叶わない。

パシ、と乾いた音と共に、亜莉子の姿を映していた鏡にヒビが入った。まるで、亜莉子の愚かな望みを断ち切るように。

目を覚ますの　アリス

頭の中で誰かの声がした。凛と澄んでいて、気高い声。

「女王、さま……？」

諌められたような心地で、目を見開く。視界の中、割れた鏡に書き殴ったような血文字が浮かび上がった。

キタ

誰が。何が。どこに。

咄嗟に浮かんだ疑問を無視して、足が勝手に窓辺へと駆け寄る。

窓の下のプロムナードを、ひとりの少女が歩いていた。亜莉子の通う学校のセーラー服を着て、少し弾んだ足取りで歩いてくる。

彼女は両手でピンク色の大きな袋を抱えていた。結ばれたリボンの色は、まがまがしいまでの赤。

亜莉子は凍り付いたようにそれを見つめていた。

彼女の唇が、鼻歌でも歌っているかのように小さく動いている。何を言っているのだろうと目を細めて、奥歯を食いしばった。

ウデ　アシ　アタマ
アトハ命ダケ

楽しそうに歌いながら、亜莉子の友達は病院の中へと入って行った。

――あれは、だれなの？

焦りに突き動かされ、亜莉子は病室を飛び出す。腹の痛みなど構っていられなかった。

最終章　狂宴のはて

病室を出た瞬間、強い違和感を感じて足を止めた。

――静か過ぎる。亜莉子の荒い息遣い以外、何の音も聞こえなかった。

嫌な予感がして、亜莉子は目の前の集団部屋のドアをノックもせずに引いた。六床のベッドは全て、空っぽだった。

この部屋のベッドは、全て埋まっていたはずだ。気のいいおばあちゃん、お喋りなおばちゃん、思春期らしい中学生の女の子。たくさん喋ったわけではないけれど、挨拶を交わしたことはある。それが今、誰もいない。サイドボードの上に置かれた湯飲みからは、まだほんのりと湯気が立ち上っていた。

――また、戻って来た。こっちに。

息を潜めるほどの静寂の中に、足音が響いた。こつ、こつ、とそれは確実に近づいてくる。

このままでは、見つかる。

亜莉子は反射的に音とは反対方向へと走り出した。足を大きく踏み出した途端、腹部に鋭い痛みが走る。その場に蹲《うずくま》りたいほどの痛みでも、今ここで立ち止まってしまうわけにはいかなかった。

腹を押さえ、歯を食いしばりながら足を少しでも前へと踏み出す。

誰かいないのかと、無駄だとわかってはいても目が探してしまう。

いつも看護師たちが忙しそうに立ち回っているナースステーションも、今はひっそりと静まり返っている。

ナースステーションの前を通り過ぎ、病棟の端にある階段を目指して走った。手すりに縋るようにして一歩ずつ階段を下り始めた時、背後に迫る足音を聞いた。額に汗が浮かぶ。それが焦りによる冷や汗なのか、痛みを堪える脂汗なのかよくわからない。

一段一段、外を目指して下っていく。四階なんて怪我さえしていなければなんてことのない距離なのに、一階までの階段が果てしなく長く感じる。

とにかくこの病院を出よう。ここを出て……その先は？

そんなこと、亜莉子にもわからない。

なんとか一階に辿り着き、休むことなく正面玄関へ向かって走る。腹の痛みはいよいよ酷くなり、目の奥が明滅する信号のようにちかちかしている。自動ドアの前に立った時、その分厚いガラスにほっとしたような自分の顔が薄く映った。それが、一瞬にして失意に歪む。

いくら足を踏みならしても、自動ドアはぴくりとも動かなかった。隙間に指を入れて無理矢理こじ開けようとしたが、力を入れたことで腹に激痛が走っただけに終わる。

汗に混じって、涙が頬を伝う。

正面からは逃げられない。ふらふらと向きを変えた亜莉子の目に、病院の案内図が飛び込んで来た。その中に、『時間外出入り口』という赤い文字がある。あそこなら、開いているかもしれない。

エレベーターホールの向こう側にあるその出入り口を目指して、再び足を動かした。走りたかったが気持ちだけが急いて、体がついていかない。結局、体を引きずるようにして西側へと向かった。

エレベーターの前を通りかかった時、エレベーターのいる位置を示すボタンが点灯していることに気づいて亜莉子は足を止めた。一階にいたらしいエレベーターが、上の階へと呼ばれてスムーズに動いていく。誰もいないはずなのに、どうして動いているの……？

階を示す数字は四でしばらく停止すると、今度はそれが三へと降りてくる。……見上げていると、点灯ランプが、三から二へと移った。

――見つかってる。

亜莉子がここにいることを、知られている。

怯えて硬直した視線をエレベーターから引きはがし、西へと続く廊下を見た。もし、目指す出入り口も閉まっていたら……。

各階止まりのエレベーターが、遠くの方でぽーん、と二階に到着した音を立てた。

ランプは、二から一へ。

悩んでいる暇はなかった。亜莉子はすぐ脇にあった地下へと続く階段に駆け込んだ。

もう動くなと腹が悲鳴を上げる。半ば転がり落ちるようにして螺旋階段を曲がった時、ぽーん、とエレベーターが一階に到着した音が聞こえた。

地下へと続く階段はすぐに終わり、薄暗い廊下に出た。亜莉子はこの階に降りたことはない。この先入院生活を続けていても、降りることはなかったはずの階。――関係者以外の立ち入りが禁止されている階だった。

今は緊急事態だと心の中で言い訳をしながら、目についたドアを片っ端から引っ張った。でも、どのドアも鍵がかかっているのか開かない。患者が立ち入らないようにもともとそうなっているのか、それとも今だけなのかはわからない。

腹部の痛みは限界に近づいている。諦めたい。ここで倒れて楽になりたい。亜莉子は壁に体を預け、上半身を壁に擦りつけるようにしながら前へと足を出す。無意識のうちに、唇の隙間から呻き声が零れていた。その声が廊下に響いて、まるで獣のうなり声のように聞こえた。

——ああ、もう許して。

目眩を起こしてぐらついた体を、咄嗟に目の前にあったドアノブを掴んで支えた。その拍子に、ノブがずるりと回る。亜莉子の体重を受けたドアはそのまますると開き、亜莉子はバランスを崩して室内へと転がり込んだ。あまりの激痛に胎児のように体を丸める。少しでも痛みが安らぐようにと腹を抱え、呻いた。

頬が触れている床が、ひんやりと冷たい。亜莉子が痛みで霞んだ目を向けると、タイルの目のような床だった。わずかに痛みが引き、室内を見回す余裕が出てくる。室内の電気はついていなかった。けれど、開けっ放しの入口から廊下の明かりが入り込み、暗くはない。

床に、いくつもの白い長靴が並べられているのが見える。その前には金属製の脚があり、それに沿って視線を滑らせると長方形の大きな台が見えた。台の真上には、いくつもの丸い照明が見える。

理科室に少し似ているだろうか。でももっと似ている部屋をドラマで見たなと記憶を探り、サスペンスでよく出てくる解剖室にそっくりだと思い至った。

こんな部屋がどうして開いていたのだろうと思った時、かつん、とすぐ耳元で足音が響いた。

「見ーつけた」

「ゆ……きの……」

頭を起こすと、入口に雪乃が立っていた。見慣れたセーラー服姿で、胸に大きなピンクの袋を抱えている。

「暗いね、この部屋」

ここが何の部屋かまったく頓着しない口調で言い、雪乃が室内の電気をつけた。中央の丸いライトがつき、その眩しさに亜莉子は顔を逸らす。

「だめじゃない、出歩いたりしちゃ」

雪乃はいつもと変わらない明るい笑顔で言い、部屋の中央へと歩いて来る。あまりにもいつもどおりの雪乃の様子が、余計に恐ろしかった。

どうにか上体を起こし、雪乃を見上げる。

「ねえ、誕生日プレゼント持ってきたのよ」

ほら、と弾んだ声で言いながら、雪乃が胸の中の包みを亜莉子に見せる。亜莉子が身動きひとつできずにいると、雪乃は気にした様子もなくリボンを解き、ガサガサと中に手を入れた。

「とっておきなの。喜んでくれると嬉しいな」

可愛らしいピンクのビニール袋に入れた雪乃の手が、何かを掴んで引っ張り出す。床に、いらなくなった袋がパサリと落ちた。

「……ぁ……っ……」

声にならない声が、喉の奥から漏れる。

「ね、気に入った？」

雪乃はそれを両手で持ち直し、にこっと笑って亜莉子へと差し出した。

亜莉子は、それから目を離すことができない。白く濁った目、血の気の引いた蝋人形のような肌。

それでも、見間違うはずがない。

――十七年間、毎日見て来た……母の顔。

「お……おかあさ……」

「お誕生日おめでと」

受け取って、と雪乃が母の首を笑顔で渡そうとする。もう何も見ることのない目と目を合わせ、亜莉子の脳は考えることを拒絶した。

感情が麻痺し、泣くべきなのか、怒るべきなのか、それとも怖がるべきなのか、判断できない。

「喜んでくれないの？　ねえ……」

雪乃の顔から笑みが消えた。その顔は普段よりも随分と白い。顔色が悪いというレベルではなく、本当に真っ白だ。いつもキラキラと輝いていた目は充血し、その血が滲み出したように瞳自体が赤く変色していく。セーラー服には、何もしていないのにじわりと血を浴びた跡が浮かび上がった。

その姿を見てしまったら、もう疑いようがない。

「……シロウサギ、なの」

「とびっきりのプレゼントなのに……ねえ、アリス？」

亜莉子を優しく励まし、いつも元気をくれた雪乃の声が、機械が壊れたみたいにゆっくりと、低く変化していく。

——亜莉子、元気出しなよ。

凛とした雪乃の声は耳に焼き付いていて、忘れることなんてできない。何度も、何度も、言ってもらったから。

それが今、変わっていこうとしている。

「雪乃ッ!!」

大好きな友達が変わってしまう。それを食い止めたい一心で、亜莉子は叫んだ。一番の友達の名前を。その途端、ぐにゃりと雪乃の顔が歪む。

「ひッ……!」

白いウサギの顔と雪乃の顔がせめぎ合うように混ざり合う。どちらが本当の顔かわからなくなったみたいに、顔だけがぐにゃぐにゃと歪んでいた。

「アアアアアリアアリス」

壊れた機械みたいに、動きがぎこちなくなる。

ごろり、と放り出された母の首が床を転がった。

「アリスボクラノアリアリス」

言葉の再生が、上手くいっていない。シロウサギは歪んでしまったとチェシャ猫が言っていたが……。

歪むって、壊れるってこと?

もしそうなら、それは酷く悲しい。

シロウサギの右手には、いつのまにか包丁が握られていた。その刃は、どす黒いもので汚れている。

「タンジョウビトビッキリキズツケルセカイナラ」

亜莉子の目に涙が滲み、シロウサギの姿がよく見えない。それでも、シロウサギの歪んだ顔が明後日の方向を見ていることだけはわかった。

シロウサギの目には、もう亜莉子すら映らない。自分でも、なんのためにここにいるのか。何をしようとしているかきっともうわかっていないのだろう。

ただ、本能のようなもので『アリス』を求めている。

「ゼンブケシテヨクナイモノアリスクダサイコエヲ」

一歩距離を詰められた亜莉子は、座り込んだままずるずると後退さる。その背中が、銀色の解剖台の脚にぶつかって大きな音を立てた。

その音に驚いたように、シロウサギの頭が震え、せめぎ合っていた顔がひとつを選び取る。雪乃の顔に戻ると、それで安定したのか震えが止まった。ただ、顔は雪乃でも、その目は丸く赤いウサギのまま。

「…………」

コキッと赤い目の少女が首を鳴らした。

「……急がナきゃ、アリスを連レテ、行カなくちゃ」

おかしな方向を向いていた頭が、軋んだ音を立てて回っていく。ゴキ、と鈍い音を立てて方向を変えると、赤い目が亜莉子を捉え、一歩踏み出す。壊れた人形みたいなおぼつかない足取りで、ゆっくりと近づいて来る。

亜莉子の背は台にぶつかっていて、逃げ場がない。

「オいでアリス、僕ノアリス……」

数歩離れたところで立ち止まり、シロウサギはその手で空を掻いた。おいで、おいで。亜莉子は子供のように何度も首を横に振った。

「やだ……いや……だ、私、いかない……。聞いてシロウサギ、私は……!!」

無感動な声が、言葉を遮る。

「きミを傷ツけるダけの世界なラ、捨ててしまっテ」

「……傷つける、だけ？」

そんなことない、と唇は動くのに声にならない。ちゃんと、言葉に、声にしてシロウサギに言わないと伝わらないのに、声が出なかった。

それ以上後ろに下がれないのに下がろうとして床を蹴った足が、何かに触れた。反射的に目をやると、そこには母の首が転がっていた。

もう、母が自分に何か言ってくれることは、永遠にない。

それがはっきりしてしまった今、亜莉子の胸に確かな絶望が生まれた。

――おかあさん。私、そんなに無理なこと言った？

涙が溢れ、頬を伝って落ちていく。

亜莉子は、母に好いてほしいと思っていた。でも、好きだと本当に思ってもらえなくてもよかった。嫌いじゃないのだと、そう上手く嘘をついてくれるだけでも、よかった。それでよかったのに、母はそれさえも叶えてくれないまま、逝《い》ってしまった。

亜莉子の願いは、もう永遠に叶うことはない。

母の濁った目を見つめながら、亜莉子は思い出していた。

あれは何の授業だっただろう。神様が人間を作ったのだという神話の話が出たことがあった。神は自分で人間を作り出したのに、途中で人間に興味をなくしてしまったそうだ。授業の後、誰かが冗談交じりに言っていた。

——創造主にいらないって言われるなんてさ、人間って存在してる価値あんの？

生んでくれた母親に死を願われた子供《わたし》は、生きている価値があるの？

——ねえ、お母さん。答えてよ……！

「オ、いデ」

シロウサギはその真っ白な手を亜莉子へと差し出す。

母から目を離し、その手を見上げた。無意識に手が伸びかける。

きっと、この手を取れば楽になれるのだろう。辛かった全てのことを放り出して、忘れてしまえる。

だけど——……

亜莉子は浮かしかけた手をきつく握り、太腿に押し当てた。

生きていくことは辛い。でも自分だけが特別辛いわけじゃない。どんな現実だって全部呑み込んで、人は生きて未来をいく。

——そういう、生き物だ。

「行かない」

はっきりと言ったつもりだったのに、亜莉子の声は震えていた。

「私、ここで生きてくって決めたの」

出血のせいか、目眩がする。目の前にいるシロウサギが、世界が遠い。

「お願い……わかって……」

赤い目をした少女は、無表情のまま首を傾げた。どうして、とその目が言っている。

「アリス僕ラノアリス」

手を差し出したまま、シロウサギが一歩踏み出す。

「来ないで……お願い！」

シロウサギは差し出していた左手をじっと見つめてから、右手に持っていた包丁を両手で持ち直した。

「イッショニイコウ」

ぐにゃりとシロウサギの顔が歪む。

まるでスローモーションのようだった。シロウサギが両手で持った包丁を高く、頭上へと掲げる。

次の瞬間、亜莉子に向けて振り下ろされるその刃先が、はっきりと見えた。

——だめだ。逃げられない。

酷使した体ではとてもじゃないがこの包丁は避けられない。覚悟を決め、亜莉子は目を閉じた。

刹那、何か柔らかいものが覆い被さる。

「!?」

生温かい体温にはっと目を開けると、それは首から上がないチェシャ猫の体だった。女王の城の前で首と別れ、森へと逃げたはずのチェシャ猫の体が、亜莉子を腕の中に庇うように抱き込む。

どす、と鈍い音が耳に届く。

「チェシャ……猫……?」

震える声で呼ぶ。頭ごと抱きくるまれていて、亜莉子には何が起こっているのかわからない。また、ボストンバッグを殴りつけるようなこもった音がした。

「チェシャ猫……どいて……ねえっ」

亜莉子が強くチェシャ猫の体を押すと、わずかにチェシャ猫の体がずれた。その瞬間、鈍い音がするのと同時に赤い液体が飛び散り、亜莉子の頬を濡らす。

シロウサギは、機械的な動きで繰り返し、繰り返しチェシャ猫の背中に包丁を突き刺していた。

亜莉子は大きく目を見開く。その目の前でまた、包丁が振り下ろされる。

「やめてシロウサギ!　やめてえ……ッ!!」

亜莉子の悲鳴が室内に虚しく響く。頬をまた、鮮血が濡らした。

何度も何度も背中を突き刺され、チェシャ猫の体からは次第に力が抜けていった。負傷した亜莉子には抱き支えることも叶わず、チェシャ猫の体は亜莉子の膝の上へ崩れ落ちた。その背には深々と包丁が突き刺さったままだった。

シロウサギの顔は、もはや原型を留めていない。それは雪乃の顔でもウサギの顔でもなく——歪み、そのもの。

大きく見開いた目からまた、涙が溢れた。

シロウサギをここまで歪ませてしまったのは自分だ。この歪みは亜莉子のもの。亜莉子が、シロウサギに背負わせた。

恐怖は消えていた。ただ自分の愚かさが厭《いと》わしい。

シロウサギはチェシャ猫の背に突き刺さったままの包丁を引き抜こうとしたが、根元まで深く食い込んでいるうえ、柄を濡らした血で手が滑るようで、シロウサギはちょっと首を傾げて包丁を諦めた。代わりに白い腕が伸ばされる。今度は亜莉子を抱き留めるためではなく、連れて行くために。

亜莉子はその手を受け入れた。振り払えるわけがない。

両手が首に回され、ぐ、と指に力が込められて低い呻き声が漏れた。

これで全てが終わるのなら、これでシロウサギが満足するのなら、それでいいのかもしれない。シロウサギは、何も悪くないのだ。今も歪んでしまっているだけで、本当は亜莉子を守ってくれようとしているだけだ。

膝の上のチェシャ猫の体はぐにゃりと倒れ込んだまま動かない。でも、まだ生温かかった。

自分がもっとしっかりしていたら、強かったら、こんなにも歪みを抱え込まなければ、守ってあげられたのだろうか。喉を締め付けられているせいで、もうごめんねは言えない。ああ、でもと亜莉子は思う。

私は、ごめんなさいだけじゃなくて、ありがとうも伝えていない。

いつだって言うことはできたはずなのに。

息を吸うことも吐くこともできず、頭が膨れ上がるような感覚があった。このまま、破裂してしまうのかもしれない。

まだかろうじて動く指先で、チェシャ猫の背中をそっと撫でた。首から上がないから、喉を鳴らしているかどうかわからないのが残念だ。手が動く限り、背を撫でていようと思った。その指先に、突き刺さったままの包丁がたまに触れる。

耳鳴りがした。視界が明滅し始め、徐々にそれが速くなっていき赤一色に染まっていく。

その時——……

『亜莉子』

耳元で懐かしい声がした。この声を、私は知っている。

もっと、嬉しそうに呼んでと思う。そんな泣きそうな声で呼ばないで。私が、あなたを泣かせてるの？

お願いだから——泣かないで。

どこにそんな力が残っていたのかはわからない。でも、考えるよりも先に手が動いていた。指先に触れた包丁を掴む。シロウサギがあんなに引いても抜けなかった包丁は、不思議とするりと抜けた。そしてそれを、シロウサギの胸に思い切り突き立てた。

包丁の刃が、拍子抜けするほどあっさりとシロウサギの体に沈み込む。

「ごめん。ごめんね、シロウサギ……」

でももう——泣かせたくないの。

包丁の柄を握ったまま、頭を俯けて泣いた。

この世界を作り出したのが私だというのなら、どうしてこんな結末になってしまったのだろう。どうして、あなたを助けてあげられないのだろう。シロウサギも、チェシャ猫も、亜莉子のことをたくさん助けてくれたのに。

肩に重みがかかり、顔を上げる。すぐ間近にシロウサギの顔があった。

白いふくふくした毛に覆われた長い耳に顔、まんまるの赤い目。雪乃の顔でも歪んだ顔でもない、シロウサギの顔だ。なんだか酷く懐かしい。

血にまみれた白い手が、亜莉子の肩をあやすように優しく叩いた。

「泣かないで。アリスは何にも悪くないんだよ」

そう言って、白い手が頭を撫でる。この手を、亜莉子はよく知っている。母にぶたれて泣く亜莉子を、シロウサギはいつもそう言って慰めてくれた。

やっと、思い出せた。

——誰よりも大好きな、私の友達。

「私行けないの……一緒には、行けない」

逃げるわけにはいかない。だって——あなたが守ってくれて、私はここにいるから。

「……？」

シロウサギは、不思議そうに首を傾げる。

「ごめん、ごめんなさい……」

「泣かないんだよ、アリス。ほら、いい子だから。ねえ」

小さいころとまったく同じ。

いい子。アリスはいい子。何も悪くない。

頭を撫でてくれる手はいつだって、あたたかかった。

頭を撫でてもらうのも、きっとこれが最後だ。視界を滲ませる邪魔な涙を、ぎゅっときつい瞬きで追いやった。

唇を思い切り横に引き、精一杯の笑顔を作ってシロウサギに見せる。泣いていたらきっと、優しいあなたを心配させてしまうから。心配させてばかりでごめんなさい。たくさん優しくしてくれてありがとう。

掴んだままだった包丁を強く握り直し、寄りかかるように体重をかけて深く沈めた。

「私、大丈夫だからね」

シロウサギの赤い目が亜莉子を見つめた。そして安心したように柔らかく笑う。

この痛みを、刃が肉に食い込む感触を、覚えておこう。あなたの白い顔、赤い目、柔らかな声、この血の匂いも、今度は全部覚えておく。

だから、あなたが体を失っても、私の中からあなたが消えることはない。

ゆっくりと、シロウサギの体が床に崩れ落ちた。それとほぼ同時に、シロウサギの体と膝の上に倒れていたチェシャ猫の体が、ガラス細工のように粉々に砕け散る。酷く美しく、けれど悲しい音がした。

ダイヤモンドダストのようにひとつひとつの細かな粒子が光を放ち、世界が真っ白な光に包まれる。

亜莉子は瞬きひとつせず、その光の洪水に身を任せた。

これから先、何があったとしても、私自身が心の奥底で生きることを諦めていないのなら……それだけで、きっとどんなことだって乗り越えていける。

私はアリス　あなたたちのアリス
私の幸福があなたたちの幸福だと言ってくれるのなら
私はいくらだって幸せになるから

やがてその破壊的な白い光は消えていき、ゆっくりと世界に色が戻る。強すぎる光に目が眩んでいた亜莉子の視力も、徐々に回復していった。

薄暗い解剖室。いつの間にかライトは消されていた。

シロウサギも、チェシャ猫の体も、母の首も——どこにもない。

亜莉子はひとり残されて、床に座り込んでいた。

廊下から人の話し声が聞こえる。病室からいなくなった亜莉子を探しているのかもしれない。早くベッドに戻らないと、また叱られてしまう。まだ走ってはいけないと言われていたのに、随分と走ってしまった。

銀色の台に掴まりながら立ち上がろうとしてバランスを崩し、床に転がった。頬に冷たいタイルが触れたなと思った時には、亜莉子は意識を手放していた。

——この日から、不思議の国の住人には会っていない。今は、まだ。

エピローグ

◆ side Kohei ◆

「……後でにするか」

康平はうんざりと溜息をついた。

姪の退院が明後日に決まり、その手続きを先に済ませてしまおうと受付に来ていたのだが、あまりの混雑ぶりに踵を返す。この行列を待っていたら、亜莉子が待ちきれずにまたベッドを抜け出すに違いない。

数週間前、姪である亜莉子に会ったが、実に十数年ぶりの再会だった。

康平と亜莉子の母である由里とは血が繋がっていない。両親が連れ子同士で再婚し、姉弟となったからだ。六つ年が離れていたこともあって、特別仲が良かったわけではないが、姉は康平を可愛がってくれた。

姉は結婚と同時に家を出たが、数年後に未亡人となり幼い娘を連れて実家へ戻って来た。当時、康平は高校生で、亜莉子は四歳。それからまた姉が出て行くまでのわずかな期間だけ、二人は生活を共にしていたのだ。

当たり前といえば当たり前だが、亜莉子は康平のことをすっかり忘れており、不審者と間違えて逃げるわ、距離をやたらとおこうとするわ、頑なに『和田さん』と苗字で呼ぶわで非常に扱いづらい。

それでも、ここ最近はようやく風当たりが穏やかになってきたところで、今日は初めて亜莉子からおねだりをされて売店に漫画を買いに行くところだった。その足でついでに退院手続きも、というのは無精が過ぎたようだ。

亜莉子は、姉に似て大人しく見えるのに、案外お転婆《てんば》だ。確か父親も穏やかな人だった気がするが、いったい誰に似たのか。長く待たせると自分で売店に行ってしまいかねない。

少し足を速めて売店に向かっていると、窓から見える中庭にその亜莉子の姿を見つけてしまった。入院着にカーディガンを羽織り、病院で貸してくれるサンダルを履いている。やはり、待ちきれなかったらしい。

呼び戻そうと窓に近づくと、亜莉子は庭に咲いている白い花を熱心に眺めていた。どうやら売店に向かおうとしていたわけではないようだ。

——今も、白い花が好きなのか。

その横顔に、幼い日のふっくらした横顔を重ねる。

——亜莉子じゃないもん、アリスだもん。

幼い声が康平の耳に蘇る。小さな亜莉子は大きな目いっぱいに涙を溜めて頬を膨らましていた。あのころの亜莉子は、まるで自分が『亜莉子』という子供であることを忘れようと努力するみたいに、自分のことを時々アリスと言っていた。アリスと呼ばないと返事をしないこともあったが、それは康平に対してだけだったように思う。今思えば、あれが亜莉子の康平に対する精一杯の甘え方だったのかもしれない。昔から、甘え方の下手な子だった。

あのころ、よく幼い娘に手を上げていた姉を、父――亜莉子にとっては祖父にあたる――は激しく責め立てた。そのおかげで、家の中の空気は最悪だった。亜莉子がいようとおかまいなしに口論するので、喧嘩が始まると康平は亜莉子の手を引いて外へ出た。

いつも行ったのは、近所の神社の境内だ。そこには大きな白い花を咲かせる木があって、亜莉子はその花が好きだった。

まだ空気が冷たい早春に、二人でその花を眺めた。白い花を見上げる亜莉子の柔らかな頬は、痛々しく腫れ真っ赤だった。ぐずぐずと鼻をすする亜莉子に話しかける。

――アリス、うさぎさんのお話しよう。兄ちゃんに聞かせて。

そう言うと、不思議と亜莉子はぴたりと泣き止んだ。涙で濡れた目を何度も瞬いて、嬉しそうに笑う。

――おにいちゃん、おかあさんにはないしょね……。

小さなアリスの話を、康平はよく覚えていない。ただ、あの白い花のほのかに甘い香りと、亜莉子はうさぎが好きだったということだけは覚えていた。

今、中庭で少し顔を俯けている亜莉子の横顔は幼い日の面影を残してはいたが、それ以上に姉の面影が色濃く出ていた。

——姉さん。

姉は綺麗な人だった。いつも何かに怯えているような様子が儚《はかな》げだったけれど、おっとりとした優しい人だった。そして、とても心の弱い人でもあった。

幼い亜莉子を連れて実家に戻った時、姉はすでに壊れていた。夫の死を受け止めきれなかったのだと、高校生の康平にすらはっきりとわかった。

最愛の夫を亡くした辛さに耐えきれず幼い娘に手を上げる。

手を上げた後に、愛する娘をぶった自分を激しく責めていた。姉が亜莉子を叩いたその手を壁に打ち付けているのを、康平は見たことがある。

ごめんね、と何度も謝っていた。

父と姉の折り合いは悪く、家に父も母もいなかったある日、姉は亜莉子を連れて家を出て行った。

康平はたまたま、その日は珍しく熱を出して学校を休んでいた。

——じゃあね、康ちゃん。

布団で横になっていた康平に姉が言う。姉の右手は亜莉子と繋がれていて、昼なのに寝ている康平を亜莉子は不思議そうに見つめていた。

——お兄ちゃんに、バイバイして。

てっきり、どこかに出かけるだけなのだろうと思っていた。すぐに、帰って来るのだと。

小さな亜莉子は姉にぴったりくっついたまま、小さな手を笑いながら一生懸命振っていた。康平も布団の中から手を振り返す。

——行ってらっしゃい。

それが、姉を見た最後だ。

康平は止めなかった。思慮が足りなかったといえばそれまでだが、熱で頭が痛かったし、あのころはまだ高校生だ。

……確かに、どこか普通ではない空気を感じ取ってはいた。けれど、それを気遣うような余裕はなく、気づかないふりをした。

正直、うんざりしていた。父も、母も康平も、疲弊していた。

耳を塞いでも、小さな姪が泣きながら母親に謝る声が聞こえてくる家。目を逸らそうとしても、小さな頬を叩く華奢な白い手を見てしまう。

そんな光景を見ているのは辛かった。

心の奥底では、どこかに行ってほしいと思っていたのかもしれない。

時が経つほど、そう思わずにはいられない。

姉が家を出て行こうとした日、姉はわざわざ二階にある康平の部屋までやって来た。誰にも何も告げずに出て行くことも出来ただろうに。

それは、止めてほしかったからじゃないのか。姉の精一杯のSOSだったのかもしれないのに、康平はそれを無視した。見捨てたのだ。

無意識のうちに溜息が出る。

このことを知ったら、亜莉子にまた嫌われるだろう。ようやく、懐いてきてくれたところなのに。また溜息が漏れそうになった時、ふいに背中を叩かれて飛び上がりそうになった。心臓が口から飛び出しそうなほど、ばくばくと激しく脈打っている。

振り返ると、そこにはさっきまで庭にいたはずの亜莉子が立っていた。

「なな何、やってんだ」

今まで考えていたことだけでなく、こっそり見ていたこともバレてしまうと非常に気まずい。どう見ても怪しい反応をしたにもかかわらず、亜莉子は特に気にした様子もなく首を傾げた。

「さんぽ。なかなか戻ってこないから」

遅いと言われるかと思ったが、亜莉子はにこにこと機嫌が良さそうに見える。何かいいことでもあったのだろうか。

「あんまりうろうろ歩き回るなよ。もうすぐ退院っつったって抜糸《ばっし》はまだ先なんだから。ほら戻る！」

先に亜莉子を病室に戻そうと、横に並んで歩き出す。売店にはまた後で行けばいいだろう。

怪我をしている亜莉子の速度に合わせるので、自然と歩みはゆっくりとしたものになる。何か話した方がいいだろうかと考えた時、亜莉子の方がおずおずと口を開いた。

「……あのね？」

「うん？」

「……私ね、明後日、退院なの」

亜莉子の顔を見つめる。今さら何を言い出すのか、この子は。

「知ってるよ。そもそも俺が先生から聞いて亜莉子に伝えたんだろ……」

「うん、ええとね、そうじゃなくって……結構長く入院しちゃったよね」

「そりゃおまえが二度も傷を開かせたからだ」

「……ごもっともです。そ、それはそうとして、そういうことじゃなくって！」

「なんだよ……ああ、入院費のこと？　だから心配するなって」

母子家庭で育った影響もあり、亜莉子は年齢のわりにこういった金銭問題にシビアだ。まだ子供なのだからそんな心配はしなくていいのにと、少し不憫な気さえする。

「保険にも入ってるんだから何百万とかかるわけじゃなし。金の心配なんか子供がするもんじゃない」

「違う！　あ、ううん、それはそれとして心配なんだけど、今言いたいのはそういうことじゃなくって……あの」

言い辛そうに口ごもっているうちに、亜莉子の足は止まっていた。

「なんなんだよ……」

少し呆れながら、康平も立ち止まる。

もともと、はっきりしないところのある子ではあったが、ここ二、三日は特にそうだ。康平の顔をじっと見ては何か言いたげにしていた。いつもなんとなく聞き逃してしまっていたが、今日は根気強く待ってみることにする。

「で、何よ？」

「あの——……え——とですね」

「…………」

「えっと……あのう……」

「なんだ！　言いたいことはちゃっちゃと言え！」

いけない。気が短いせいでつい強い口調で言ってしまってから、口を押さえた。これじゃまた黙り込むな、と思ったが、亜莉子はむしろ背中を押されたように口を大きく開いた。

「お」

「お？」

「叔父さんッ！」

今度は康平が口をぽかんと開ける番だった。初めて、叔父と呼ばれた。

「……って呼んでもいいのでしょうか……」

真っ赤になって、語尾をごにょごにょと濁す。

亜莉子は今後、祖母にあたる康平の母の元に引き取られることになっている。病室でその母と引きあわせた時はすぐにおばあちゃんと呼んだのに、康平だけは再会した時からずっと『和田さん』のままだった。

一線を引いたように苗字で呼ばれるたび、古い傷跡が疼《うず》いた。

あなたは私を見捨てたの。

それなのに叔父さん面《づら》するの？

そう責められている気がしていた。

「……ダ、ダメ？」

自分の世界に入り込んでいたので、一瞬何を聞かれたのか反応が遅れた。返事をしない康平に、亜莉子が不安そうに視線を泳がせる。そんなに怖がるようなことじゃないのに、と苦笑が漏れた。

「……阿呆。そもそも名字で呼んでる方がおかしいだろうが」

わざとどうでも良さげに言ったが、『叔父さん』呼びされた喜びがじわじわと這い上がってくる。これは結構嬉しい。

「だって！　言い換えるタイミング、逃しちゃったんだもん……」

「おまえ俺のこと、信用してなかったろ」

「そんなことないよ！　今は!!」

『今は』と力一杯言ってしまうところが、バカ正直と言うかなんと言うか。

「しょうがないの！　いろいろ事情があったのよ！」

「ハイハイ」

「あ！　でも、和田さ、じゃない、叔父さんも悪いんだからね！」

「え……」

どくん、と心臓が鳴った。

まさか、覚えているのか？　あの日、俺がおまえを――

「私のこと、アリスって呼んだりするから！」

「……はあ!?」

思わず派手に顔をしかめてしまった。

「そんなことなのか!?」

そんなことじゃないもん、と亜莉子は真面目な顔で抗議する。

ほっとしたのと気が抜けたのとで、康平は大きく溜息をついた。

「……おまえ昔、自分のこと、時々アリスって呼んでたんだよ。覚えてないのか？」

「そう、だったんだ……」

思い出せているのかいないのか、亜莉子は複雑な表情を浮かべている。

「そうか、あれは……叔父さん、だったんだ」

「……何が？」

「昔、白いお花を見に連れて行ってくれたの」

ああ、そっちは覚えていたのか。

名前も知らない白い花の香りを思い出した康平は、気がつくと「ごめん」と口に出していた。

――あの日、気づかなくて、力になれなくてごめん。

「えっ、え!? な、何が!?」

何のことかわからない亜莉子は、笑ってしまうくらいおろおろした。

「いや、こっちの話」

今はまだ、この話はする時じゃない。少し罪悪感はあるけれど、まずはちゃんと『叔父さん』になろうと笑って誤魔化す。

「ねえ、何?」

「……世の中には知らなくていいこともあるの」

とぼけてかわそうとすると、亜莉子は少し考える素振りを見せてから意外にも素直に頷いた。

「そうね、猫のフードの中みたいにね?」

「はあ?」

ふふ、と亜莉子が無邪気に笑う。

相変わらず、この姪っ子は時折不思議なことを言う。

「こっちの話!」

ところで、と亜莉子の方から話題を変える。

「私の頼んだものは？」

康平の手に何もないのを見て首を傾る。

「あー……っとそれは……」

「忘れちゃったの？」

亜莉子がこれみよがしに頬を膨らませる。その顔は幼いころのままで、思わず笑ってしまった。

——姉さん、俺があんたの代わりにこの子の家族にちゃんとなるよ。

だから……

もう泣かないで。

◆ side Alice ◆

まだそんなに時間が経っていないのに、何ヶ月も、何年もこの家に帰っていないような錯覚を覚える。

家の中は静かだった。当たり前だけれど、誰もいない。

あの、シロウサギが亜莉子の誕生日を祝いに病院を訪れた日のことを思い出す。解剖室で見た母の首。幻ではなかったと思う。

しかし、倒れていた亜莉子を運んでくれた医師も看護師も、誰も、首なんて見ていないと言った。嘘をついている顔ではなかった。

亜莉子は退院の日まで病院内を手当たり次第探したが、ついに母の首は見つからなかった。……今は、それでよかったのだと思える。

これから先、亜莉子は祖母の家で叔父と暮らすことになっている。

驚いたことに武村から養子縁組を申し込まれてもいるのだが、すぐには答えを出すことはできず、考えさせてほしいとだけ伝えている状態だ。本当は叔父にもそのことを相談したかったのだが、なぜか叔父は武村の名前を出すだけで嫌な顔をするから、中々そのタイミングが計れずにいる……。

またうじうじ悩みそうになって頭を振った。

悩みは尽きない。だけど、少しずつでいいから、新しい自分になっていけたらいい。新しい家族と一緒に。

私にはそのための力が備わっている。そう、今なら信じられる。

ふう、と小さく吐息をつき、亜莉子は部屋の中を見回した。

家具や荷物は、すでに康平と祖母の手によってあらかた片付けられていた。亜莉子の荷物も、ほとんど祖母の家に運び終わっている。

それでもこの家に寄ったのは、残った荷物の整理だけじゃなく、きちんとお別れをしたかったからだ。この家にも、母にも、不思議の国にも。

車を出してくれた康平からは一時間くらいかかってもいいと言ってもらっていたが、あまり待たせるわけにもいかない。まずは残っている荷物の中でも必要なものをささっと旅行用のショルダーバッグに詰めた。そんなに詰めるものもなく、中身がすかすかなままに支度は終わる。

「……行ってきます」

がらんとした家の中に自分の声はやけに大きく響く。応える人はいない。

家の外に出て、足元にショルダーバッグを下ろす。

ドアの鍵をきちんと閉めてから何となく玄関ポーチに座り込んだ。

平日の昼間だからか、辺りは静かだった。時折、鳥の鳴き声がする。

あまりにも静かなせいで、いろんなことを考えてしまう。

母のこと、シロウサギのこと、チェシャ猫のこと。

シロウサギとチェシャ猫の体が砕けて消えてしまってから、不思議の国の住人を見かけてはいない。

今でも、あの国は亜莉子の傍にあるのだろうか。

体育座りをするように膝を抱き、その上に顎を乗せた。

チェシャ猫は……チェシャ猫の頭はどうしているのだろう。病院でいつの間にか消えてしまって、それきりだ。体の方は砕け散ってしまったけれど、頭はどうなっているのかわからない。

それとも、アリスがシロウサギを捕まえた今、導く者としての役目は終わり、亜莉子の元に出てくる必要がなくなったのかもしれない。

——それって、ちょっと薄情じゃない？

勝手な言い分だとはわかっていても、文句くらい言いたくもなる。

ニャア、とふいに猫の鳴き声がして、びくっと顔を上げた。

綺麗な毛並みの三毛猫が、すぐ近くに座っている。ただの猫か、とがっかりしている自分に少し笑った。

立ち上がって猫に近づくと、人に慣れているようで逃げる素振りは見せなかった。屈み込んで喉を撫でると、途端に気持ち良さそうに目を細めて喉を鳴らす。

「何よ……お別れの挨拶くらいしてってくれてもいいでしょ、この薄情者……」

関係のない三毛猫の鼻をつついて、ここにはいない猫の文句を言う。

「アリス、それは食べても美味しくないよ」

「！」

背後から聞こえた声に、三毛猫が怯えたように逃げて行った。

……まさか。

慌てて振り返ると、置きっ放しにしていたショルダーバッグの上に、見慣れたチェシャ猫の首が乗っかっていた。

「……チェシャ猫？　……なんでえ？」

もう、会えないものだと思っていたのに。チェシャ猫は相変わらずぴくりともずれていない灰色のフードを被り、にんまりと笑っている。

「四つ足で歩く猫は美味しくないよ。食べるのなら僕をお食べ」

「そ、そうじゃなくて……ホンモノ？」

「二つ足で歩く猫は僕しかいないよ」

その笑みが懐かしくて、照れ隠しのように亜莉子はわざと意地悪なことを言う。

「……でも、あなた足、ないじゃない」

「…………」

今気づいたみたいに、チェシャ猫が黙り込んだ。珍しく困っている。

亜莉子は笑いながら、チェシャ猫の首を腕に抱いた。確かな重みと感触がある。

「冗談よ、本物だってわかってる。私がチェシャ猫を間違うはずないでしょ……」

きゅっと力を込めると、チェシャ猫を抱く両腕がじんわりとあたたかくなった。すうっと体が軽くなっていくような、不思議な感覚に襲われる。

……この感じを、亜莉子は知っている。

「!!」

はっと手を放すと、重力に従ってチェシャ猫の首がまたショルダーバッグの上に着地した。

「どうしたんだい、アリス」

顔面からバッグに着地したため、もぞもぞとしながら猫が聞いた。

「今、何かした？」

「…………」

チェシャ猫の口は笑っている。

今までも何度かあった。チェシャ猫に触れられると、妙に落ち着いて不安がなくなったことが。

それは亜莉子がこの奇妙な猫に懐いているせいだと思っていたが、今わかった。チェシャ猫もまた、亜莉子の歪みを吸い続けていたのだ。シロウサギと同じように。

シロウサギが砕け散ったあの時の美しい光を、悲しい音を思い出す。

「やめて。もうそんなことしちゃだめ」

もうあんな思いはしたくない。

「でもアリス」

「お願い」

チェシャ猫の言葉を素早く遮る。

「私、チェシャ猫が砕けるのは見たくない。絶対に見たくないの」

お願い、ともう一度繰り返すと、困ったようにチェシャ猫が言った。

「でもアリス。それじゃ僕らの在る意味がないよ」

一瞬、間が空いた。それからすぐに亜莉子の頬に微笑が浮かぶ。

「そんなことないよ。だって」

亜莉子はまたチェシャ猫の頭を腕に抱いた。

すっかり慣れ親しんだ獣の匂いがする。

「あなたの存在は、私が生きることを願っている証、でしょ？」

——不思議の国は、私が作った国。

その国の住人がまた見えているということは、亜莉子はまだ完全に立ち直ったわけではないのだろう。でも、たとえ見えなくても彼らはすぐ傍にいる……。

ふいに、亜莉子の頬を涙が伝った。

「……何を泣いているんだい、アリス」

「……ちょっとひと言では言い表せない」

チェシャ猫は「ああ」と頷く。

「お腹が空いたんだね？」

「どうしてそうなるのよ」

せっかくの感動が台無しだ。相変わらず亜莉子の猫は人の話を聞かない。

「お腹が空いたのなら僕をお食べ」

「食べませんっ」

「猫の肉は美味しいんだよ」

「食べないってば。だいたい、あなた、頭蓋骨ばっかりで、食べるところなんてそんなに……あ」

ふと、シロウサギから亜莉子を庇ってくれたチェシャ猫の体のことを思い出す。

「そうだ。体……助けにきてくれたんだよ」

「うん。なかなか話が通じなくて困ったよ。体にも耳と口をつけるべきだね」

あっさりと頷かれて、亜莉子は目を丸くした。

「……あなたが呼んだの？」

「自分の頭を置き去りにしなければ完璧だったんだけどね。どうも体はせっかちでいけない」

自分の体に文句を言うチェシャ猫に、亜莉子はちょっと笑った。

そして、その頭を撫でながら、体には言えなかった言葉を口にする。言わないで後悔するのは、もう嫌だ。

「ありがとう、チェシャ猫」

猫はぐるぐると喉を鳴らした。

「さてと……」

思いのほか、時間が経ってしまったかもしれない。短気な康平が様子を見にくる前に、そろそろ戻らなければ。

猫を腕に抱き、ショルダーバッグを肩にかけて家を見上げる。

母と二人でずっと暮らしてきた、小さな市営住宅。楽しいことばかりではなかったけれど、嫌な

ことばかりでもなかった。

いろんな思い出が詰まった、今はもう誰もいない空っぽの家。

亜莉子はまた、新しい家と新しい家族の元で、たくさんの思い出を作っていく。

もちろん猫も連れて。

「私、結構幸せだったよね。ここで」

不思議と、ぱっと思い出すのは母との優しい記憶ばかりだった。

「これからも、きっと幸せ、だよね？」

腕の中の猫はにんまりと笑い、

「僕らのアリス、きみが望むなら」

といつもの台詞を口にした。

アリス　僕らのアリス
あなたの腕を　足を　首を　声を
僕らにください
あなたを傷つけるだけの世界なら　捨ててしまって
僕らの世界へ　共にいこう

アリス　僕らのアリス
あなたの小さな手を　腫れた頬を　泣き顔を　泣き声を
僕らは知っている
あなたを悲しませるだけの世界なら　僕らがそれを壊してあげる
僕らが君を守るから　君はもう泣かなくていい

アリス　僕らのアリス
あなたの笑顔を　笑い声を　未来を見つめる瞳を　強い勇気を
僕らに教えて
あなたが笑ってくれるなら　僕らを忘れても構わない
どうか笑って　あなたの笑顔が僕らの幸せ

アリス　僕らのアリス――……

END

あとがき

２００６年3月、テキストノベルゲームとして「歪みの国のアリス」は生まれました。

サンソフトとして家庭用では多くのゲームを送り出していましたが、アプリは経験が浅く、実験的タイトルとして作られた「歪みの国のアリス」は、ありていに言えば、ヒットを狙うので無く、でも他の携帯ゲームのような簡易なモノで無く——「ゲーム」を作りたいと、時間を掛け（てしまった）作られたタイトルです。

オリジナルで、流行モノでもない。そもそも携帯ゲームは通勤・通学時間の暇つぶしに過ぎず、アドベンチャーゲームは外で遊ぶとバッテリーが切れ、家で遊ぶゲームなら家庭用ゲーム機だよと言われ……。でも良いモノにはなったから、どうせなら中途半端に出すので無く、とことん作って世の中に出そう！　と思っていました。

結果として「歪みの国のアリス」は、多くのファンの皆様のご支持をいただき、開発スタッフの予想を遥かに超えて愛される、大変幸せな作品となりました。

それでも、十年近く前の作品ということもあり、書籍化のお話を頂いた当初は、嬉しい反面、ちょっぴり不安もありました。

しかしながら、熱意を持って企画、編集を担当してくださったPHP研究所の小野様、原作を大事に丁寧な執筆をしてくださった狐塚様、美しいイラストを描いてくださったvient様、その他、関わってくださった皆様のおかげで、素晴らしい書籍に仕上がりました。この場を借りてお礼を申し上げたいと思います。もちろん、今これを読んでくださっているあなたにも。

やっぱり、「歪みの国のアリス」は幸せな作品です。

最後に。

書籍は、キャラクターの心理描写が丁寧に描かれ、深みのある内容になっている一方、原作のゲームにはストーリー分岐があり、多角的なマルチエンディングが楽しめるようになっています。ゲーム未プレイの方は、ぜひ、ゲームも遊んでみてくださいね。

それから、ナイトメア・プロジェクトの最新作「オズの国の歩き方」の追加エピソードでは、ほんの少しですが、アリスとチェシャ猫が再登場しています。興味のある方はこちらも、ぜひ。

それでは、また〝優しい悪夢の世界〟でお目にかかれる日を楽しみにしております。

サン電子株式会社（ナイトメア・プロジェクト）スタッフ一同

http://www.sun-denshi.co.jp/gsec/index.html

あとがき

はじめまして、こんにちは。『歪みの国のアリス』小説版を書かせていただきました、狐塚冬里と申します。

まず初めに、こちらのあとがきはネタバレの気配を感じる方もいらっしゃるかと思います。もし、少しでもネタバレなしに読み進めたい方は、あとがきは本書を読み終わってから目を通していただけたらと思います。よろしくお願いします。

では、ここからあとがきに入らせていただきます。

実は私、怖い話が苦手です。そのため、今回のお話をいただいた際、非常に戸惑いました。自分が怖がるあまり、原作の魅力をきちんと伝えられないのではないか……。そう悩んだためです。

しかし、チャンスの神様は前髪しかないとも言います。ここはとにかく、原作ゲームをきちんと知らねばと、プレイさせていただくことにしました。（失礼ながら、ホラーゲームだという認識だったため、このお話をいただくまでプレイしたことはありませんでした）

夜は怖いので、明るい時間を選んでプレイしました。するとどうでしょう。これが、滅法面白い。びくびくしながら始めたはずなのに、気がつくと夢中で楽しんでいたのです。チェシャ猫は可愛いし、亜莉子のツッコミはいい切れ味。登場してくるキャラクターたちは皆チャーミングですぐに大好きになりました。

もちろん、怖いシーンもあるのです。しかし、怖い気持ちよりも続きを知りたいという欲求が勝ち……亜莉子との旅が始まりました。

そして、書き始めてから思い出しました。自分が苦手でも、人に怖い話をするのは大好きだったということを。自分の性格の悪さを忘れていました。

今回の小説化では、出来るだけ原作に忠実に書かせていただきました。そうすることで、私なりに亜莉子の勇気に拍手を贈ったつもりです。

そしてもし、まだゲームをプレイしたことがないという方は、これをきっかけにぜひ楽しんでみてください。きっと、そこにはゲームならではの面白さが待っていることと思います。

――人は、誰でも心の中に不思議の国を持っている。

それは子供のころの遊び場だったかもしれないし、今でも憩いを求めて通う場所かもしれません。すっかりその存在を忘れてしまった人もいるでしょう。

でも、とても大切な場所であることに変わりはないと私は思っています。そして、亜莉子のその大切な場所のお話に関われて、とても幸せだと感じています。

最後に、素晴らしい機会をくださった担当の小野様、素敵な絵の数々を描いてくださったｖｉｅｎｔ様、原作ゲームをご制作されたナイトメア・プロジェクトの皆様、本書が本として世の中に出るまでご協力いただきました多くの方々、本当にありがとうございました。

そして、この本を手に取ってくださった皆様にも心から感謝を申し上げます。

それでは、我が家のチェシャ猫たちに乗られながら、筆を置きたいと思います。

狐塚　冬里

つぶあんが
好きです。
ありがとう
ございました!!
Vent

●原案
サン電子株式会社（ナイトメア・プロジェクト）

●執筆
狐塚冬里

●イラスト
vient

●編集協力・デザイン
株式会社サンプラント
編集／松本光生　デザイン／東郷猛　中岡翔平

●プロデュース
小野くるみ（ＰＨＰ研究所）

歪《ゆが》みの国のアリス

2014年　9月　1日　第1版第1刷発行
2014年　9月 18日　第1版第2刷発行

原　案　サン電子株式会社（ナイトメア・プロジェクト）
執　筆　狐塚冬里
発行者　小林成彦
発行所　株式会社 PHP 研究所
東京本部　〒102-8331　千代田区一番町21
エンターテインメント出版部　☎03-3239-6288（編集）
普及一部　☎03-3239-6233（販売）
京都本部　〒601-8411　京都市南区西九条北ノ内町11
PHP INTERFACE　http://www.php.co.jp/
印刷所　凸版印刷株式会社
製本所　東京美術紙工協業組合

落丁・乱丁本の場合は弊社制作管理部（☎03-3239-6226）へご連絡ください。

送料弊社負担にてお取り替えいたします。

ISBN978-4-569-81939-6